KB209817

또 죽고 말았나요, 탐정님

Killed again, Mr. Detective.

사건 1 퀸 아이리호 살인 사건

리리테아

오우츠키 탐정사무소에서
신세를 지는 소녀.
사쿠야의 조수 자격으로
의뢰에 따라오고,
사쿠야가 살해될 때면
간호(?)하는 역할도 맡는다.

사쿠야

전설의 명탐정,
오우츠키 타츠야의 아들이자
초짜 고등학생 탐정.
죽어도 다시 살아나는
특수 체질이 있다.

"혹시나 스승님은
그렇게 여자의 밀실을
차례로 해명하고
다니는 건가요?"

사건 2 크림즌 시어터의 살인

하이가미네 유리우

신인 여배우.
'탐정 역'의 캐릭터 메이킹을 위해
사쿠야의 제자가 되겠다고 지원한다.

소조로기 카오루타

사쿠야의 지인. 불운의 형사. 30세 독신.
유능한 모양이지만, 어째서인지
출세하지 못한다.

사건 3 쿠롱즈 호텔의 살인마

"제가 보는 앞에서 사쿠야 님을
죽이는 건 용납하지 않습니다."

"스승님~
살아있어요?
랄까~."

임시 제자
(「퀸 아이리호 살인 사건」에서)

또 죽고 말았나요, 탐정님 1

테니오하
TENIWOHA Illustration: riichu

[일러스트]
리이츄

KILLED AGAIN, MR. DETECTIVE.

CONTENTS

또 죽고 말았나요, 탐정님

사건 1 퀸 아이리호 살인 사건

KILLED AGAIN, MR. DETECTIVE.

정보 1 : 퀸 아이리호

일본 최대의 크루즈 여객선.
전장 251미터. 폭 30.6미터.
승선 정원 1100명.

정보 2 : 관련 등장인물

카츠라기 마코토
하이가미네 유리우
와타노야 카시히코
와타노야 와코
와타노야 아마히코
와타노야 네지히코
와타노야 미코

1장 가끔은 진지하게 추리해 주세요

　탐정이란 파도와도 같다.

　파도(=탐정)는 아이(=범인)가 고심해서 만든 모래성을 마지막에 덮치고, 무너뜨린다.

　파도에는 선악도 없고, 자비도 무자비도 없다. 그저 모래사장을 본래의 자연으로 되돌릴 뿐.

　그렇다. 파도에 선악은 없다. 하지만 우열은 있다.

　뛰어나면 명탐정이 되고, 뒤떨어지면 멍(청한)탐정이 된다.

　당연하지만 명탐정으로 불리는 존재는 세상에 손꼽을 정도밖에 없다.

　하지만 그중에서도 특히나 이채로운 재주와 재능을 뽐내는 남자가 있다.

　그 남자는 『불사의 탐정』이란 별명을 가졌고, 모든 범인이 두려워하고, 거리끼고, 원망했다.

　그 어떤 범죄자, 살인마라도 그를 죽일 수 없다. 그는 죽지 않는다.

　그 어떤 불가해하고 불가능한 사건이라도 움츠러들지 않고, 겁내지 않고, 물러서지 않는다.

해명하고, 돌파하고, 끝낸다――.

　밀실 살인이든, 폭탄 테러 사건이든, 금융공황이든, 범인이 존재하는 한, 남자는 탐정이란 이름으로 추리한다.

　대낮에 경찰청 청사 안에서 일어난 『경관 66명 살인 사건』.

　하루아침에 유럽연합 예산의 30퍼센트가 사라진 『유럽 유로 강탈 사건』.

　한 나라에서 사람이 죄다 사라진 『반레히트 왕국, 국가적 집단 실종 사건』.

　여제로 불린 여성이 저지른 가장 아름다운 범죄 『칠대륙 대연애 사변』.

　'천사를 먹어서 천국으로――.' 어느 사이비 종교의 신앙이 일으킨 『식인교단 만찬 사건』.

　『불사의 탐정』이 해결한 사건, 그 손에 붙잡힌 범인은 헤아릴 수 없고, 그 공적은 이루 헤아릴 수 없다.

　탐정이 파도라면, 그 남자는 해변을 통째로 집어삼키는 해일이겠지.

　남자는 오늘도 세계를 날아다니며, 사건을 해결하고 있다.

　그리고 바로 내가 그 사상 최강의 탐정, 오우츠키 타츠야―― 가 아니라, 그 아들이다.

　그리고 나는 지금 내 방에서 유서를 쓰고 있다.

　"사랑하지 않는 아버지께. 이 편지를 보실 무렵, 저는 이미 이 세상에 없을 것이며…….”

왜냐고? 그냥 일과다.

구태여 말하자면── 오늘 갑자기 신발 끈이 떨어졌으니까.

그러니까 언제 죽어도 괜찮도록 남길 것은 남겨둔다.

글은 제법 괜찮게 써졌다.

냉정하고 공평, 또한 적당히 보는 사람의 눈물을 자극하는 유서를 썼다고 생각한다.

“볼륨 243……. 후우.”

유서에 넘버링을 덧붙이고 만족한 나는 같은 층에 있는 사무소로 갔는데──.

“어라?”

다들 나갔는지, 사무소는 조용했다.

학교를 마치고 돌아와서 바로 방에 틀어박혔기에 이쪽은 살펴보지 않았다.

큰길 쪽으로 난 커다란 유리창에는 좌우 반전된 글자로 크게 『오우츠키 탐정사』라고 적혀 있다.

여기는 아버지가 사장인 탐정사무소다. 실질적으로 집과 이어져 있어서, 자유롭게 오갈 수 있다.

창문에서 들어오는 햇살에 나는 무심코 눈을 가늘게 떴다.

거기에 소녀가 서 있다.

눈부신 햇살이 창가에 선 소녀의 어여쁜 몸을 비추고 있다.

백금발에 햇볕이 닿아서 수정처럼 반짝이고 있었다.

몸에 걸친 것은 검은색 바탕의 드레스풍인 타이트한 양복이다. 그것은 왠지 모르게 영국 메이드 같기도 하고, 상복 같기도 하다.

나는 뒤돌아선 소녀에게 가볍게 손을 흔들면서 다가갔다.

"아."

하지만 곧 멈출 수밖에 없는 상황에 처했다.

소녀는 내 교복 겉옷을 들고 있었다.

아까 돌아왔을 때 대충 벗어서 거실에 방치했었다.

소녀는 그 교복의 냄새를── 맡고 있었다.

내 교복을 가슴에 품고, 코를 깊이 파묻고 있었다. 주인인 내가 쳐다보는 것도 전혀 모르고…….

"돌아오셨습니까, 사쿠야 님."

아, 아니었다. 눈이 마주쳤다. 나를 보고 있다. 이미 눈치채고 있었다.

그런데도 계속 맡고 있다. 이쪽을 보면서 당당히.

유리구슬처럼 맑은 눈으로 나를 보면서 맡고 있다.

아니, 뭘 하는 거야? 제정신이야? 과연 이건 남자로서 순순히 가슴이 뛸 상황일까? 판단하기 어렵다.

아무튼 일단 조심스럽게, 야생동물과 마찬가지로 함부로 자극해선 안 된다.

"저기……. 다녀왔어, 리리테아."

대답하자, 리리테아는 간신히 교복에서 얼굴을 뗐다.

그리고 아무 일도 없었던 것처럼 교복의 주름을 펴서 옷걸이에 걸었다. 걸어 주긴 하는구나.

"여러분은 오늘 각자의 의뢰가 있어 출타하셨습니다."

"아니, 그 전에……."

용케 태연하게 일상적 대화가 가능하네. 그렇게 결백하다는 얼굴로.

그렇긴 해도 이렇게까지 없었던 일인 것처럼 넘어가면 막 따질 마음도 사라진다.

리리테아는 오우츠키 탐정사에 몸을 의탁하고 있는 소녀다. 딱히 메이드도 뭐도 아닌데 사무소의 청소부터 경리, 급사에 이르기까지, 그 일처리에는 빈틈이 없다.

"몰래 내 교복에 남은 향기를 만끽하던 것에 대한 변명을 들어 보지."

"그런 짓은 하지 않았습니다."

"했잖아! 20초 정도 눈이 마주쳤거든? 어? 아, 어쩌면 나만 몰랐는데, 사실은 내 체취에 이성을 흥분시키는 효과가……."

"그렇게 편리한 효과는 없습니다."

"그렇겠지. 응. 알아. 나한테 그런 능력이 있으면 지금쯤 더 화려한 학교생활을 보내고 있겠고."

이건 자학이라고 할까, 객관적 사실이다. 그런데 리리테아는 그런 나를 비난하는 눈으로 보았다.

"그렇다면 사쿠야 님의 학교생활은 회색이라 이겁니까? 과연 그럴까요?"

"어?"

"오늘도 학교에서 매력적인 20대 후반의 보건의와 친해지신

모양이니까, 객관적으로 말해서 남자로서 축복받은 학교생활 아닙니까?"

리리테아는 평소처럼 쿨하다고 할까, 다소 무덤덤한 투로 수상한 말을 꺼냈다.

"무, 무슨 소리야?"

"분명히 말씀드리죠. 사쿠야 님, 당신의 교복에서는 소독액과 약품…… 그리고 희미한 향수 냄새가 나고 있었습니다."

"교복에서……?"

"그 약품 냄새는 보건실 특유의 것이었습니다. 그리고 향수는 비비 앨리스의 올봄 신상품 향기가 틀림없습니다."

비비 앨리스. 나도 들은 적이 있다. 인기 화장품 브랜드의 향수다. CM도 곧잘 보인다.

"그건 지금 20대 여성에게 인기 많은 상품이고, 또한 여성으로서 상당한 자신감이 없으면 뿌릴 수 없을 만큼 허들이 높은 향수. 또한 여고생으로서는 좀처럼 손댈 수 없는 가격대입니다."

추리를 말하는 동안 리리테아는 인형처럼 표정을 바꾸지 않았다. 차갑고 사정없이 나를 이론적으로 몰아붙일 생각이다.

"그것들에서 추리하면 필연적으로 이렇게 됩니다. 사쿠야 님은 오늘 수업을 사보타주하고 보건실에서 어른의 매력을 풀풀 풍기는 보건의와 이런 것이나 저런 것, 찰떡쿵러브를……."

"오해야!"

찰떡쿵러브는 또 뭐냐. 그런 말이 어느 사전에 있어?

그런 괴상망측한 말을 하면서도 표정은 여전히 진지하다.

하지만 그게 리리테아다. 도도한 고양이처럼 좀처럼 표정을 흐트러뜨리지 않는다. 때때로 '어째서?' 느낌이 드는 포인트로 간단히 흐트러지는 경우도 있지만, 기본적으로는 흐트러지지 않는다.

"저기, 그렇다면 리리테아는 학교에서의 내 동향을 조사하려고 냄새를……?"

딱히 나한테 숨겨진 마음이 있던 것도, 내 교복에서 이상한 페로몬이 나던 것도 아니었다.

"아무튼 정말로 오해야. 오늘 보건실에 가긴 했어. 그건 인정할게. 체육 수업에서 다리가 까졌거든. 물론 나는 괜찮았지만, 반 애들이 보니까 일단 형식적으로라도 치료를 받아야 해서. 하지만 막상 보건 선생님께 상처를 보여줬더니…… 그다음은 알겠지? 그래서 선생님은 놀라서 내 몸 전체를 꼼꼼히 진찰했어. 보건의로서 내 몸에 흥미가 생겼겠지. 그러니까 그건…… 그래, 순수한 의료 행위야. 이상한 일이라곤 하나도 없었어."

"마지막 한마디 때문에 불순한 인상만 남았습니다."

리리테아는 선천적으로 예리한 눈으로 나를 봤다.

"……그렇다고 해도 냄새만으로 그런 것까지 맞히다니. 여전히 대단한 상상력과 관찰력이군."

하지만 그게 리리테아라는 소녀다.

"리리테아한테는 뭘 숨길 수가 없겠어."

"그렇다면 죄를 인정하는 거로군요."

"아니, 진짜로 보건 선생님이랑은 아무 일도 없었는데…….

저기, 남의 일상을 말 그대로 냄새 맡는 짓은 안 해도 되지 않을까?"

'넌 우리 엄마도 아니잖아.' 라고 말하려다가, 차마 그 말은 참았다.

"제게는 사쿠야 님이 탈선하지 않도록 항상 감시할 의무가 있습니다."

반대로 리리테아는 전혀 부끄러운 기색을 보이지 않고 당당한 자세로 또랑또랑하게 말했다.

"저는 탐정의 조수니까요."

"그렇긴 하지만 말이야. 탐정으로 취급해 주면 기쁘지만, 난 아직 사무소에서 정식 탐정 대우도 못 받는데."

본래는 조수가 있어도 소용이 없다. 돼지 목에 진주. 반푼이 탐정에게 조수다.

그게 리리테아처럼 우수한 조수라면 더욱 그렇다.

"그건 어디까지나 곱절로 엄한 아버님, 타츠야 님의 평가겠죠? 그분의 시점으로 보면 다른 모든 인간은 반푼이의 범주에 들어갑니다."

그것은 실제로 그렇다. 그 인간은 그런 아버지다.

"하지만……."

"고집도 참 세시군요. 그렇다면 지금은 사쿠야 님과 저……."

그렇게 말하며 리리테아는 입 앞에서 사랑스럽게 두 손을 모았다.

"둘이서 합쳐서 한 사람 몫을 하죠."

"리리테아는 혼자서도 한 사람 몫을 한다고 생각하지만. 그래도 그 든든한 서포트에 눈시울이 뜨거워지네. 그러고 보니, 아버지도 나갔어?"

"예."

"아버지가 오늘 맡은 의뢰는 오후부터 아니었나?"

"타츠야 님은 긴급 의뢰로 오후 예정을 취소하시고 조금 전에 공항으로 가셨습니다."

"긴급? 뭐 큰 사건이라도 있었어?"

"아직 보도되지는 않은 모양입니다만, 하이재킹 사건이 일어났다고 합니다."

하이재킹(비행기 납치) 사건이 일어났는데 왜 탐정을 부르는 걸까? 그것은 경찰이나 특수기동대가 할 일이 아닌가? 보통은 그렇게 생각한다.

하지만 아버지는 평범한 탐정이 아니니까 딱히 놀랄 일은 아니다.

『불사의 탐정』이란 별명이 있는, 오우츠키 디츠야란 님자는 그런 탐정이다.

"납치당한 것은 싱가포르 창이 국제공항에서 일본으로 떠날 예정이던 여객기. 범인은 아홉 살 소녀. 승객과 승무원 179명을 인질로 삼고 기내에서 농성하고 있다고 합니다."

아홉 살?

지금── 되묻고 싶어지는 나이가 리리테아의 입에서 튀어나왔지만, 일부러 되묻지 않기로 했다. 다름 아닌 아버지를 불렀다면 어지간한 일이 아니겠지. 특별한 사건이고, 상대는 특수한 범인이겠지. 그렇다면 범인이 아홉 살 소녀라는 소리도 꼭 이상하진 않다.

그리고 오우츠키 타츠야가 불려갔다면, 그것은 오우츠키 타츠야만이 해결할 수 있는 사건이다.

"납치당한 여객기의 기체 번호는……."

리리테아가 친절하게 항공기 식별기호까지 가르쳐 주었지만, 나는 진지하게 듣지 않았다. 나와는 너무 거리가 먼 사건이니까, 기억해 봤자 소용없는 정보다.

"고마워. 알았어. 이제 됐어."

더 자세히 들을 필요도 없다. 어차피 평소처럼 아버지가 상식을 벗어난 사건을, 상식을 벗어난 해결로 인도할 뿐이다.

"내 예정은?"

"오늘은 아무 의뢰도 들어오지 않았습니다."

"아, 그래?"

뭐, 그렇겠지.

"그건 그거대로 좋지. 탐정이라고 해도 아버지의 일을 거드는 사이에 발을 슬쩍 들인 거나 마찬가지니까."

"안심하세요. 내일은 불륜 조사 의뢰가 한 건 있습니다."

"불륜 조사?"

"수수한 일이라고 생각하세요? 더 탐정답고 화려하게 활약할 수 없는 의뢰는 없을까 생각합니까? 하지만 본래 탐정이란 직업은 이런 종류의 의뢰가 대부분으로…… 음."

내 태도를 보고, 리리테아는 도중에 말을 멈췄다.

"하나도 아쉬워하시지 않는군요."

그렇다. 실제로 하나도 아쉽지 않다.

"그거, 좋은걸. 위험한 냄새가 안 나는 일이라서."

"……사쿠야 님은 조금 더 야심이나 공명심이란 것을 가지는 게 좋을 것 같습니다. 의뢰가 안전할수록 기뻐하다니, 오우츠키 타츠야의 아들로서…… 아니, 한 명의 탐정으로서 문제가 아닐까 합니다."

"탐정이라면 더 큰 일을 다루라고? 으리으리한 서양 저택에서 일어나는 밀실 살인이나, 바다 저편의 외딴섬에서 펼쳐지는 연쇄 살인처럼? 그런 건 싫어. 자칫하다간 내가 범인에게 죽을지도 모르는데. 그런 건 목숨이 몇 개가 있어도 모자라."

불륜 조사, 좋지 않은가. 수수한 의뢰, 대환영!

내 열변을 들은 리리테아가 귀엽게 한숨을 쉬었다.

"수수하게 조금씩 실적을 쌓는 게 성미에 맞아. 그래서 조사 대상은 누구지? 또 저번처럼 동네 공장 사장님이야? 장소는 고탄다에서 아침까지 잠복?"

전혀 기대하지 않고 묻자, 리리테아는 아버지의 책상 옆에 있는 커다란 지구본의 한 지점과 다른 한 지점을 각각 두 손의 검지로 짚으면서 말했다.

"요코하마발, 싱가포르행입니다."

"엥?"

"크, 크다! 넓어!"

불륜 조사를 위해 나와 리리테아가 탄 것은 너무 거대하고 화려한 크루즈 선박이었다.

"퀸 아이리호. 전장 251미터. 폭 30.6미터. 승선 정원 1100명을 자랑하는, 일본 최대의 크루즈 여객선……인가."

배 팸플릿을 훑어보며 나는 몇 번째인지 모를 한숨을 흘렸다.

우리가 안내받은 객실은 등급으로 말하자면 밑에서부터 세는 것이 더 빠른 방이었지만, 그래도 어지간한 호텔급 인테리어와 넓이를 보유했다.

"일본에서 싱가포르를 경유하여 홍콩으로. 편도 8일 동안의 선박 여행이라고?"

학교에는 '집안 사정으로 쉬겠습니다' 라고 전했으니 문제없지만, 애초부터 별로 출석을 안 하니까 이걸로 또 교실에서 붕 뜬 존재가 될 것 같다.

"이렇게 호화로운 배에 용케 끼어 탔군."

"의뢰인님이 협력해 주신 덕분입니다. 과정과 비용도 걱정 말고, 최선을 다해 남편의 불륜 조사를 부탁한다고 하더군요."

"의뢰인은 아내인가. 경비를 마음껏 쓰라니 통도 크군. 그렇다면 당연히 보수도 엄청난 액수를 기대해도 될까?"

"아뇨. 아쉽게도 그 점은 기대하지 않으시는 분이 좋을 겁니다. 사쿠야 님의 현재 탐정 랭크로는."

"……그럴 거 같긴 했어."

위험이 없는 편한 일만 맡으니까 당연한 일이다. 분하거든 큰 사건을 해결로 이끄는, 탐정의 격(랭크)을 올리라는 소리다. 그걸 위해서는 당연히 실적을 올릴 필요가 있는데, 애초에 나는 아직 진짜로 정식 탐정이 될지도 정하지 못하고 있다. 진로에 고민하는 보통 고등학생이란 소리다.

창밖을 갈매기가 휙 지나갔다. 거기에 무심코 바라본 곳에는 작은 발코니가 있고, 또 그 너머에는 끝없이 푸른 하늘과 매력적인 바다가 펼쳐져 있었다.

"그래서 그 남편은, 영화 회사의 프로듀서라고 했던가?"

"카츠라기 마코토, 43세, 이번 조사 대상입니다. 기혼자이며 아들이 한 명. 토텐 주식회사에서 오랫동안 프로듀서로 일하였고, 여태까지 몇 차례 히트작을 세상에 배출했습니다."

"그리고 이 배에 탔단 말이지."

"예. 카츠라기 씨는 때때로 수상쩍은 지출이 있는 모양인데, 부인이 그 사실을 따져도 항상 말을 돌린다고 합니다. 최근에는 자택 말고도 도쿄 시내에서 집을 빌린 흔적이 있다고 하더군요."

"비밀리에 다른 집을? 아내가 불륜을 의심할 수밖에 없나."

"이 선박 여행 동안 남편이 불륜의 증거를 드러낼 것이다. 부인은 그렇게 단언하셨습니다."

"승선 전에 항구의 로비에서 슬쩍 봤는데, 카츠라기의 짐은 꽤 많았지."

승선하기 전, 카츠라기는 여행 가방을 몇 개나 직원에게 옮기게 했다.

"거기에 뭐가 있을까? 여자한테 줄 선물이라든가, 차마 말할 수 없는 밤의 장난감?"

"가끔은 진지하게 추리해 주세요."

리리테아는 엄격한 말끝에 "저질."이라고 한마디 덧붙였다. 의외로 진지하게 추리한 건데.

"가방 안에 불륜 상대를 숨겨서 밀항시켰을 수도 있습니다."

아무리 그래도 그 추리는 좀 그렇지 않나?

"애초에 그 사람은 왜 이 배에 탔어? 그냥 관광?"

"아뇨. 영화입니다. 차기작 선전을 위해 주연을 맡은 신인 여배우, 스태프와 함께 이 배를 탔다고 합니다."

"여배우도 탔어?"

"예. 아무쪼록 이상한 마음은 품지 않으시길."

"안 품어. ……참고로 어떤 사람이야?"

알기 쉬운 내 태도에 리리테아는 살짝 볼을 부풀렸다. 이따금 나오는 리리테아의 버릇이다. 솔직히 말해서 귀엽다.

"아니, 이것도 조사를 위해서 필요한 정보니까."

그럴싸한 이유를 덧붙이자, 이것이 의외로 먹혔는지 리리테아는 한숨을 한 차례 흘리고서 입을 열었다.

"……하이가미네 유리우. 16세. 이번 영화에 발탁된 신인 여배우입니다."

"헤에. 아, 진짜다. 아직 출연작이 거의 없어."

스마트폰으로 조사해 봤는데, 제대로 된 경력은 거의 알 수 없었다. 다만 발랄한 선전 사진에는 호감이 생겼다.

"그래서 주연 여배우와 스태프가 다 함께 선박 여행? 영화 회사의 홍보 계획인가?"

"그래요. 이번 선박 여행 중에 주연 여배우를 취재한다는, 여행사와의 합동기획인 모양입니다."

신인 여배우가 첫 주연 영화를 다 찍을 때까지의 나날을 다큐멘터리 형식으로 기록하고, 나중에 잡지나 블루레이의 보너스 영상으로 삼는다. 있을 법한 이야기다.

"그런데 말이지, 리리테아. 매번 내 의뢰에 꼬박꼬박 따라올 것 없어. 불륜 조사 정도는 나 혼자서 할 수 있으니까."

"아뇨. 타츠야 님께서 아무쪼록 사쿠야 님의 곁을 떠나지 말라고 말씀하셨기에. 그리고 사쿠야 님과 저, 둘이서."

"둘이서 합쳐서 한 사람 몫이란 말이지. 알아."

"아시면 됐습니다."

"일단 카스라기 마코투를 찾아볼까. 무리하지 말고, 지나친 짓 말고, 수수하게 하자."

"승객은 대부분 지금 시간이면 갑판에서 경치를 즐기든가, 이른 점심을 위해 레스토랑에 갔겠죠."

"맞는 말이야."

말을 나누면서 방을 나섰다.

그런데 그때 스마트폰에 신호가 들어왔다. 단순한 문자 메시지. 아버지에게서 온 것이었다.

──지금부터 옮겨 탄다. 상공 1만 미터. 높구나.

"옮겨 탄다니……."

분명 이륙 전의 비행기에 침입한다거나 그런 거겠지. 아무래도 이미 납치범은 비행기를 띄워버린 모양이다.

어떤 방법으로 비행 중인 여객기에 옮겨 타는지는 모르지만, 아버지라면 어떻게든 해낼 것 같다.

"부자의 방향성이 정말 다르군요."

"반면교사로 삼고 있으니까. 그렇긴 해도 아버지, 높은 곳을 싫어하면서도 용케 그런 짓을 하네."

민폐가 되니까 미끄러져서 하늘에서 떨어지진 마. ──이렇게 답장해 두자.

□

카츠라기 마코토는 훤칠하고, 제법 눈길을 끄는 남자였다.

"대형 영화사의 프로듀서인 만큼 옷을 잘 입었네."

그는 갑판의 난간에 몸을 기대고, 괴상한 야자나무 장식이 꽂힌 주스를 마시고 있다. 옷은 잘 차려입었지만, 저런 음료를 주문하는 센스는 문제 아닐까? 내가 말할 문제도 아닌가.

옆에는 젊은 남자들이 있고, 때때로 말을 나누고 있었다. 동행한 스태프나 카메라맨이겠지.

상공을 여객기가 제트 엔진 소리를 내면서 날아갔다. 물론 저건 납치당한 여객기와는 전혀 다른 비행기다.

갑판에는 원형 풀장이 있고, 많은 사람이 헤엄치든가 튜브를 타고 떠 있다. 그 너머에서는 밴드맨이 밝은 음악을 연주하고 있다.

나는 카페테라스의 길쭉한 의자에 앉아 멀찍이서 조사 대상을 관찰하고 있었다.

"자료에 따르면 그는 원래 배우 출신으로, 젊었을 적에 몇몇 영화에도 출연했다는 모양입니다."

옆에 앉은 리리테아는 야자나무 장식이 꽂힌 주스를 마시고 있다. 나는 보고도 못 본 척했다.

"어쩐지. 딱히 젊어 보이는 건 아니지만, 얼굴도 제법 곱상해. 배우로는 출세 못하고 프로듀서로 자리를 잡았던 걸까?"

그래도 프로듀서로 업계에서 이름을 드날린다는 모양이니까, 그쪽 재능은 있었던 거겠지.

카츠라기가 선내로 돌아간 뒤에도 우리는 그를 미행했고, 수평선 너머로 해가 저물 때까지 떨어진 장소에서 계속 감시했나.

현재 카츠라기는 선내 레스토랑에서 저녁 식사를 즐기고 있다. 계속해서 떨어진 자리에서 관찰했다.

"아무렇지도 않게 차고 있지만, 저 손목시계도 국산 신차랑 가격이 맞먹겠어. 돈 씀씀이도 좋네. 아, 맛있다."

물론 이쪽도 호화 요리를 즐기고 있다.

"저 사람이라면 친한 여자가 넘쳐날지도 모르겠어. 이 양고기도 최고야."

"사쿠야 님, 너무 걸신들린 것처럼 드시면 안 돼요."

리리테아는 자연스럽게 나이프와 포크를 써서 요리를 입으로 옮겼다. 테이블 매너가 완벽하다.

"어쩔 수 없잖아. 이렇게 호화로운 배도 레스토랑도 거의 경험이 없으니까."

"여러 임무에 대응할 수 있도록 여태까지 타츠야 님께 매너와 기타 등등을 배우지 않았던가요?"

"아버지는 그런 짓 안 해. 누군가를 육성하는 체질이 아니니까. 그 인간은 꽃도 키운 적이 없어."

아버지는 그럴 시간에 차라리 고기나 구워서 먹을 인간이다.

"리리테아도 알잖아. 알아서 눈으로 보고 훔쳐라. 그게 아버지의 생각이야."

탐정에게 훔치라니. 지독한 야유다.

그 아버지는 지금쯤 여객기 안에서 영화 뺨치는 액션 활극을 벌이고 있든가, 아니면 이미 사건을 다 해결하고 지상으로 귀환했겠지.

"그런데 리리테아. 디저트 셔벗, 하나 더 주문해도 돼?"

틈을 봐서 졸라보았다.

리리테아는 한순간 머릿속으로 뭔가 계산하는 기색을 보인 뒤에, 두 손의 검지로 X자를 만들더니, 묘하게 자애로운 표정으로——.

"안 돼."라고 말했다.

'안 됩니다' 도 '그럴 순 없습니다' 도 아니라 '안 돼'.

리리테아는 이렇게 때때로 말씨가 어긋난다. 완벽한 모국어가 아니라는 것도 이유 중 하나일지도 모르지만, 이 경우는 단순히 단둘만의 대화니까 마음을 놓았을 뿐이다.

리리테아는 조수라는 입장을 강조하기 위해서 내게 존댓말을 쓰지만, 엉뚱한 타이밍에 이렇게 말이 흐트러진다.

"사쿠야 님의 칼로리 관리도 제 일. 뚱보가 되면 안 됩니다."

그러면서 X자를 얼굴 앞으로 가져와서 강조했다. 진지한 표정과 행동의 갭이 대단하다. 아니, 의외로 내가 잔소리하는 것을 기다릴 가능성도 있군. 다음에 기회가 있거든 해보자.

그리고 남의 칼로리를 제한하면서 리리테아는 눈앞의 부드러운 고급 푸딩을 흥흥거리며 맛있게 입에 넣었다.

다음이 있을 거라고 생각하지 말고 눈앞의 것을 소중히 해라. 현명한 그녀는 그렇게 말하는 것이다.

저녁 식사를 마치고 오후 7시 반. 나와 리리테아는 첫날의 주요 행사인 선상 서커스단의 공연을 보러 가고자 다시금 갑판으로 나가려고 했다. 카츠라기가 스태프들을 데리고 그걸 보러 간다는 정보를 입수한 것이다.

"이런! 죄송합니다."

도중에 복도 모퉁이에서 사람과 부딪친 나는 얼굴도 보기 전에 먼저 사과했다. 그러자 상대는 뜻하지 않은 반응을 보였다.

"아! 너는! 오우츠키의 아들!"

"예?"

고개를 들었다가 놀랐다.

낡아빠진 코트, 부들부들 떨리는 어깨, 멋들어진 천연 파마.

"어라, 소조로기 씨 아닙니까."

상대는 아는 사람이었다.

이름은 소조로기 카오루타. 아버지와 10년 가까이 알고 지내는 사이다.

30세 독신. 유능한 모양이지만, 크게 출세는 못 했다. 인망이 별로 없는 거겠지. 쉽게 말해서 별 볼 일 없는 형사다.

"왜 소조로기 씨가 이런 고급 배에?"

"신경 꺼! 그게……. 동생이 표를 준비해서 태워줬어."

그러고 보면 그의 동생은 기업가이자 상당한 부유층이라고 들은 적이 있다.

"네가 있다면 네 아버지도 있겠지? 모처럼의 선박 여행에 너희 부자와 얼굴을 마주쳐야만 하다니, 원."

그는 머리를 긁적이면서 투덜거렸다.

"너희……라기보다도 주로 오우츠키 타츠야가 있으면 언제든 안 좋은 일이 일어나지. 괜한 사건에 말려들긴 싫어."

소조로기의 눈빛은 예리하지만, 잘 보니 평소의 직무로 엄청나게 지친 기색이었다.

"마치 아버지가 어떤 인력으로 사건을 끌어당긴다는 말처럼 들립니다만."

과거의 결과를 돌이켜보면, 무조건 부정할 수도 없지만.

"하지만 안심하세요. 아버지는 다른 일로 여기 없습니다."

"그렇다면 다행이지만……. 아니, 아들인 너도 귀찮은 체질을 물려받았을 가능성도……."

"그만두세요."

"아무튼 너도 얌전히 있어라. 성가신 일은 일으키지 마. 보다시피 나는 휴가 중이니까."

그렇게 말하며 그가 가리킨 것은 선내에 있던 성인용 바였다.

"술입니까? 서커스는 안 보고?"

"신경 꺼! 어차피 나는 너랑 다르게 동반자도 없어."

이어서 소조로기는 리리테아를 가리켰다.

"너도 고생이 많군. 타츠야가 방탕한 아들놈을 너한테 떠맡겼으니. 힘들어지거든 언제든지 말해. 좋은 변호사를 소개하마."

소조로기는 평소에 리리테아와도 얼굴을 마주치지만, 이 형사는 나와 리리테아의 관계성을 오해하는 구석이 있다.

리리테아는 그런 오해를 풀지도 않고, 그저 어깨를 움츠리는 시늉만 했다.

"잘 있어. 알코올의 이름으로 좋은 밤을 부내길."

잘 모를 말을 남기고 소조로기는 바의 어둠 속으로 사라졌다.

해상의 배에 탐정과 형사가 같이 있다. 분명히 우연이라고 해도, 이게 드라마라면 진짜 뭔가 문제가 터질 듯한 조합이다.

"인력……이라. 아니, 설마."

"사쿠야 님, 슬슬 공연이 시작할 시간입니다."

"아, 그랬지. 가자."

갑판에 준비된 반원형 무대 주위에는 관객을 위한 의자가 질서정연하게 놓여 있었다.

서커스의 오프닝이 시작된 것은 나와 리리테아가 나란히 자리에 앉았을 때였다. 옆 사람에게 밀려서 열대 과일 주스가 쏟아질 뻔했다.

입구에서 받은 팸플릿에는 주최 단체나 공연 내용 외에 협찬 기업의 이름이 실려 있었다.

"서커스를 보는 게 얼마 만이더라. 리리테아는?"

"저는 처음입니다. 그게, 그림책에서 본 적이 있는 정도라서."

"그림책?"

"……그 반응은 뭔가요?"

"귀여워서 좋네. 그거라면 오늘은 잘 즐겨."

"무슨 말씀입니까. 이것도 업무의 일환입니다."

진지한 조수는 긴장감이 부족한 탐정에게 당부했다.

"사쿠야 님, 공연에 눈을 빼앗긴 나머지 타깃을 놓치진 말아 주세요."

"괜찮아. 애초에 나는 서커스에 흥미가 없고."

"그렇습니까?"

"거 왜, 서커스란 때로는 생명이 위험한 짓도 하잖아? 공중그네라든가 외줄타기 같은 것을 어떻게 즐기면 좋을지 나로서는 좀 이해가 안 가서."

그 뒤에 실제로 쇼가 시작되자 내 말처럼 서커스의 단골인 묘기들이 나오기 시작했다.

공중그네, 외줄타기, 곡예와 나이프 던지기――.

눈앞에서 그게 펼쳐질 때마다 내 고동은 높아지고, 손바닥은 땀으로 젖었다.

"사쿠야…… 괜찮아?"

리리테아가 내 분위기를 재빠르게 읽고서, 내 손 위에 자기 손을 올렸다.

나는 웃으며 "괜찮아."라고 말했다.

"나도 알아. 서커스는 깊이 생각하지 말고 스릴을 즐기면 되지. 애라도 할 수 있는 일이야."

하지만 그건 자기 죽음을 가깝게 실감하지 않으니까 가능한 일이다. 죽음의 맛이나 위력, 어떻게 할 수 없는 그 고독감을 모르니까 오락으로 누릴 수 있는 것이다.

혹시 실수로 저 나이프가 몇 센티미터만 어긋나면――.

외줄타기 도중에 발을 헛디디면――.

물론 서커스 단원은 그런 실수를 저지르지 않게끔 다들 피나게 훈련할 것이다. 하지만 만에 하나 그런 일이 일어나면 적지 않은 확률로 목숨을 잃겠지.

하지만 내가 개인적으로 즐기는지와 관계없이, 계속해서 선보이는 재주는 실제로 다들 화려해서 다른 관객을 확실히 매료하고 있었다.

무대에는 거대한 피에로의 얼굴 모양 풍선이 장식되고, 그것 또한 공연 분위기를 띄웠다.

"피에로네."라고 리리테아에게 대수롭잖게 말하자, "저건 클라운입니다."라는 정정이 돌아왔다.

"뭐가 달라?"

"클라운은 광대. 피에로는 그중 하나입니다."

그림책으로 읽은 적 있는 정도라고 한 것치고 잘 안다.

"그런가. 몰라서 미안해."

"피에로는 울고 있어요."

"울려서 미안해."

나는 누구한테 사과하는 걸까.

"그게 아닙니다. 뺨에 눈물 모양 화장을 한 것이 피에로라는 말이었습니다."

놀림 받고 비웃음을 사는 게 피에로의 역할이라고 리리테아는 말했다. 슬픔을 등에 지고 있다고.

그 말을 들은 뒤에 다시금 커다란 클라운의 얼굴을 보니, 피에로와 비교해서 왠지 속이 시꺼멓게 못된 표정으로도 보였다. 이럴 수가. 너는 피에로의 슬픔을 상상한 적이 있긴 하냐.

공연의 화려함은 사람들에게 여기가 배 위라는 사실을 잊게 만들기에 충분했던 모양이다.

잘 보니 리리테아도 서커스의 밝은 음악에 맞추어 몸을 조금씩 좌우로 흔들고 있다. 인생 첫 서커스를 온몸으로 즐기는 모양이라 미소가 절로 나온다.

그래도── 리리테아의, 그리고 내 시선은 공연 처음부터 빈틈없이 왼쪽 앞을 향하고 있었다.

거기에는 카즈라기 마코토가 앉아 있다.

카츠라기는 서커스에 푹 빠진 것도 아니고, 지루한 눈치도 아니고, 담담히 서커스를 즐기는 모습이었다. 왼쪽에 남자, 오른쪽에는 여자가 앉았다.

혹시 불륜 상대와 밀회한다면 지금이 기회다. 그렇다면 오른쪽 여자가 수상——하겠지만, 그렇다고 해도 거리감이 미묘하다. 사랑하는 사이라면 더 친밀하게 있을 것 같은데.

그렇게 관찰하고 있자, 뒤늦게 나타난 일가족이 카츠라기가 앉은 자리 앞을 지났다. 그때 그 가족은 잠시 멈춰 그와 두어 마디 말을 나누고, 서로 인사를 주고받았다. 아는 사이인 걸까?

"아무리 감시해도 여자와 단둘이 접촉하는 낌새가 전혀 없군. 부인의 의혹은 착각일까?"

서커스 단원의 재주를 눈으로 슬쩍 보면서 벌써부터 의뢰 달성의 기분에 잠기고 있자 "과연 그럴까요?"라고 리리테아가 의문을 보내왔다.

"뭐 짚이는 거라도?"

"불륜 상대가 여자라고 할 순 없습니다."

"그건…… 가능성은 있겠지만, 저 사람은 기혼자잖아? 의뢰인은 부인이고."

"결혼한 뒤에 진정한 자신을 깨달았을지도 모르죠. 그 사실에 고민한 그는 누구에게도 의논할 수 없는 채로 밤거리를 방황하고, 갑자기 쏟아지는 비. 거기서 손을 내밀어준 한 청년과 특별한 관계가 됐다고 해도 신기할 건 없겠죠."

"딱히 신기할 건 없지만."

하지만 듣고 보니 사랑의 형태는 여러 가지다. 리리테아의 유연한 발상에 감탄했다.

"더 말하자면 욕정의 상대는 인간조차도 아닐지 모릅니다."

"엥?"

"가능성의 이야기입니다. 어디까지나."

"예를 들어서?"

"고양이나 선인장이나 비행기나."

"그만둬! 더는 내 머릿속의 관념을 망가뜨리지 마!"

머리를 싸쥐고 신음하는 나를 리리테아는 왜인지 흐뭇하게 바라보았다. 남이 괴로워하는 모습을 그런 눈으로 보지 마.

만났을 때부터 그렇지만, 특이한 아이다.

리리테아와의 만남은 지금으로부터 반년 정도 전으로 거슬러 올라간다. 그녀는 내 아버지가 당시 해결에 임했던 사건——나는 수습으로 동행했다——의 중요 관계자였다.

그때는 험한, 정말로 험한 꼴을 봤지만, 아버지의 손에 사건은 무사히 해결됐다. 아니, 지금 와서 생각하면 '해결'은 아니었고, 그건 해결했다고 말해도 될 일도 아니었던 것 같지만.

아무튼 그 사건 이후로 리리테아는 어쩔 수 없는 사정으로 오갈 곳도 받아줄 곳도 잃고, 결국 우리 사무소에서 신세를 지게 됐다. 모두 아버지의 판단이다.

리리테아와의 관계는 그때부터 계속됐다.

"아무튼 아직 방심할 수 없습니다. 밤은 깁니다."

"뭐…… 그렇지. 카츠라기의 방은 파악하고 있고."

서두를 것 없다. 선박 여행은 이제 막 시작됐다. 실제로 밤도 여행도 길다.

"꼬리를 드러내지 않는다면 적당한 타이밍에 청소원으로 변장해서 방 안에 카메라라도 하나 설치하고……."

그때 한층 커다란 박수가 일었다. 눈을 돌려보니 풍선──이 아니라 진짜 클라운이 경쾌하고 호들갑스럽게 인사하고 나서 무대 뒤로 물러나는 참이었다.

"뭐, 잔재주는 나중에 생각하기로 하고, 지금은 대상의 감시와 서커스를 즐기자. 자, 다음은 열심히 홍보하는 오토바이 곡예야."

다소 억지로 공연에도 흥미를 보였다.

이윽고 무대 중앙에 커다란 철망 구체가 등장했다. 그 안에 오토바이가 차례로 들어갔다.

"저 구체 안을 오토바이로 달리는 겁니까?"

"그래. 빙글빙글 돈다나 봐. 대단하지. 나라면 2초 만에 사고로 저세상행이야."

나중에 조사했더니, 그 곡예에는 글로브 오브 데스라는 이름이 있었다.

이름도 무섭다.

2장 죽으면 싫어요

서커스 공연이 끝나자, 사람들은 각자 감상을 주고받으면서 선내로 돌아갔다.

눈치를 살피니 카츠라기도 자리를 뜨는 참이었다.

그 타이밍에 리리테아도 마찬가지로 자리에서 일어났다.

"그렇다면 리리테아, 계획대로 하자."

"예."

여기서부터는 일단 별개 행동이다.

리리테아는 선내의 구경거리를 즐기는 척하면서 계속해서 카츠라기를 감시한다. 그리고 나는 주변 관계자에게 넌지시 접근해서 평소의 분위기나 사람됨을 캐낸다. 탐정과 조수답게 분담해서 정보를 수집하는 것이다.

반쯤 장난으로 "화려한 놀이의 유혹에 지지 마."라고 했더니, 리리테아는 "진심으로 뜻밖입니다."라며 눈살을 찌푸렸다. 진심이란 거냐, 뜻밖이란 거냐.

"분명히 쇼핑, 영화 관람, 카지노에 각종 구경거리. 밤의 선내에는 환락이 가득하지만, 그것들은 어디까지나 허깨비. 리리테아는 그런 유혹에 지지 않습니다."

"조수로서 훌륭한 태도야, 리리테아. 헤질 때까지 읽은 흔적이 있는 여객선 팸플릿을 등 뒤에 숨기면서 말하는 게 아니라면 더욱 좋았겠지만."

"무슨 말씀입니까?"

"아무튼 조심해."

"……사쿠야도 조심해."

헤어질 때 대수롭잖게 그런 말을 건네자, 뜻하지도 않은 진지한 말이 돌아왔다.

그 어울리지 않는 심각함을 나는 웃어넘길 수 없었다. 여태까지의 일을 돌아보면, 그 말도 당연하기 때문이다.

나는 말없이 눈짓을 교환하고 리리테아와 헤어져서 선내로 돌아왔다.

"자, 나도 유혹에 지기 전에 일을……. 어차, 그 전에……."

뒤로 돌아서 근처 화장실로 들어갔다.

이유인즉슨, 열대 과일 주스를 너무 마시지 않을 필요가 있다는 뜻이다.

"휴……."

사실은 서커스 중반부터 위험수역에 도달하고 있었기에, 안 늦어서 다행이었다.

"여기에 아버지가 있었으면 모름지기 탐정의 조사 중에는 설령 지리는 한이 있더라도 대상에게서 눈을 떼선 안 된다는 헛소리를 하겠지."

화장실에 먼저 있던 이용객이 없어서, 나는 차분히 소변에 집중할 수 있었다.

"탐정 일도 쉬운 건 아니야……."

뜬금 아닌 혼잣말이 튀어나왔다.

"꺄앙!"

그때—— 그런 남자에 의한 남자를 위한 공간에 갑자기 귀여운 목소리가 울렸다.

나는 아직 일을 마치지 않았다. 그런 자세인 채로 조심조심 고개만 뒤로 돌려보니, 타일 바닥 위에 여자애가 쓰러져 있었다.

"……엥?"

갑자기 남자 화장실에 모습을 보인 여자 앞에서, 나는 이미 개인적인 볼일을 볼 때가 아니게 됐다.

대체 언제 어디서 나타났지?

몇 초 전까지 거기에는 아무도 없었는데.

텔레포테이션?

아니, 그럴 리는 없다. 대답은 천장에 있었다.

소녀의 머리 위에는 사람 하나가 드나들 정도 크기의 배기구가 있고, 그 뚜껑이 떨어져서 바닥에 뒹굴고 있었다.

"끄으으으응……! 아야야야……."

낯선 소녀는 거기서 떨어진 것이다. 떨어질 때 바닥에 세게 부딪혔는지, 눈에 눈물을 글썽이며 엉덩이를 문지르고 있다.

"우우……. 영화처럼은 안 되나……. 아."

눈이 마주쳤다.

"아, 실례하겠습니다……. 어어……. 저기……. 여기는?"

"남자 화장실인데."

"그럴 수가!"

잘은 모르겠지만, 얘가 무진장 귀여워지기 시작했다.

나는 등을 돌려 세면대로 가서 꼼꼼히 손을 씻었다.

"자, 잠깐만! 아니에요! 자극하지 않도록 슬쩍 이 자리를 뜨자는 생각이죠?! 엿보려는 게 아니에요! 변태도 아닙니다! 여기에는 이유가 있어서……."

"진정해."

딱히 이 애가 상상하는 것을 생각하진 않았다. 단순히 이건 에티켓의 문제다.

"괜찮아? 설 수 있어? 자, 보다시피 손은 씻었어."

"저기……."

"아, 나는 오우츠키 사쿠야라고 해서, 수상한 사람은 아니야. 단순한 탐……."

경계심을 풀기 위해 자기소개를 하려다가 나는 입을 다물었다. 불륜 조사라는 의뢰의 특성상, 이 배에 있는 동안은 내가 탐정이라는 사실을 덮어두는 게 최고다.

하지만 그런 배려는 허사였다.

"오우츠키…… 사쿠야 씨……는 탐정……입니까?"

"어, 어떻게 그걸?"

이미 알려져 있었다.

"위에서 떨어지기 직전…… 저기 덕트 안에 있을 때 혼잣말을 들어서……. 탐정 일도 쉬운 건 아니라고."

"아하……."

벽에도 귀가 있고, 덕트에도 귀가 있다.

"뭐……. 그렇다면 그런 걸로 할까."

이런 사태는 예측하거나 예방할 수 없다. 일어난 일은 일어난 일이다.

"저, 저기……."

한동안 내 손은 내뻗은 채로 쓸쓸하게 있었지만, 간신히 소녀가 손을 잡았다.

그것도 덥석 움켜쥐는 기세로.

"그렇다면! 일 의뢰도 받아주나요?!"

"의, 의뢰?"

"고양이를 찾아주셨으면 해요!"

또 예측도 예방도 불가능한 전개다.

의뢰? 지금 막 만난 나한테? 남자 화장실 한가운데서?

혼란한 상태에서 다시금 소녀의 얼굴을 똑바로 봤다.

무심코 깨닫고 숨을 들이마셨다.

"어라? 너는……."

"부탁이에요! 탐정님!"

간신히 깨달았다.

내 손을 잡은 그 소녀는 배우, 하이가미네 유리우였다.

□

　나는 소녀를 데리고 얼른 화장실을 나온 뒤에 근처 소파에 앉혔다.

　"하이가미네 유리우…… 씨지? 배우인."

　옆에 앉아서 다시금 확인해 봤는데, 소녀는 역시나 배우 하이가미네 유리우 본인이 틀림없었다.

　"예?! 어떻게 그걸!"

　얌전한 장식의 연분홍색 드레스가 참 잘 어울린다.

　"탐정의 관찰력……은 농담이고, 네 사진을 본 적이 있어."

　"와아! 저 같은 무명 신인을 알아주시다니……! 기뻐라……크으으으응!"

　왠지 기쁨을 곱씹고 있다.

　"그런데 그런 네가 왜 덕트 안에 있었어?"

　"루루를 찾고 있었어요……. 안에서 소리가 들리길래…… 야단맞겠다는 생각은 했지만 루루가 들어가 버려서……. 하지만 그런 장소에 떨어진 건 사고였어요! 갑자기 뚜껑이 떨어져서…… 어느새 남자 화장실에…… 있고…… 푸……햐햐햐!"

　설명하면서 웃음을 터뜨렸다.

　"미안해요……. 떠올려보니 제 상황이 웃겨서! 아…… 아까는 정말로 실례했습니다……."

　그런가 싶더니 갑자기 얌전함을 되찾고 고개를 숙여왔다. 감정이 정신없이 바뀌는군.

하지만 놀랍군. 스파이 영화라면 또 몰라도 현실에서 덕트 안을 포복 전진으로 이동하는 사람이 있을 줄이야.

"고양이 찾기라. 그 루루라는 건 네 고양이 이름?"

"그렇습니다. 하지만 그게 아니에요."

"……무슨 소리?"

"이름은 루루지만, 제 고양이가 아니에요. 루루는 프로듀서가 아끼는 고양이죠. 암컷 삼색고양이로……."

"음? 누구 고양이라고?"

무심코 큰 목소리가 나왔다. 이거 뜻하지 않은 수확이다.

"프로듀서인 카츠라기 씨란 사람이에요. 적잖은 고양이 애호가라는 모양이에요. 그래서 이 선박 여행에도 데리고 온 모양인데, 한 마리 도망쳤다고 해서."

"그래서 네가 고양이를 찾으러? 그 카츠라기 씨에게 부탁받아서?"

"아뇨. 제가 멋대로 하는 일이에요."

"부탁받은 것도 아닌데 덕트에 들어갔어? 너도 참 기특한 애구나."

"하지만 걱정되잖아요."

그런 식으로 아무런 주저도 없이 말하는 모습 앞에서는 말문이 막혔다.

"하지만 전혀 안 보여서 난처했어요……. 그러니까 찾는 걸 도와주시면 좋겠다 싶었습니다. 갑자기 죄송합니다. 떨어진 곳에 탐정님이 있었으니까, 그 기세를 타고!"

"낙하의 기세로 의뢰하지 마."

담백하게 딴지를 걸자, 의외로 유리우는 "아햐햐!" 하고 즐겁게 웃었다. 반응이 참 좋다.

말 그대로 천장에서 떨어진 의뢰였지만, 여기서는 얼른 고양이를 찾아내고 카츠라기에게 전해주면 단숨에 그에게 접근하고 경계심도 풀 수 있다. 필연적으로 앞으로 있을 조사도 훨씬 손쉬워진다. 나쁘지 않다.

"알았어. 그 의뢰를 받아들이지. 루루를 찾으면 되는 거지?"

"감사합니다!"

"물론 보수도 받을 거야."

무슨 일이든 기브 앤드 테이크. 그렇게 말하자 유리우는 갑자기 눈썹을 축 늘어뜨렸다. 개라면 두 귀가 알기 쉽게 처졌겠지.

"보수…… 돈입니까? 아, 저기…… 전 아직 배우로 전혀 잘나가지 않아서, 수중에 돈이 별로 없는데요……."

"그건 큰일인데. 그래, 그렇다면 이렇게 하자. 무사히 고양이를 찾거든 보수로 나와 친구가 되어줘. 어때?"

"예? 그런 거면 되나요?"

"응. 최대한 양보한 거야."

물론 거짓말이다. 처음부터 이쪽 보수가 진짜다. 유리우와 친해지면, 카츠라기에 대해 이것저것 들을 수 있다.

"그거라면 기꺼이 받아들이죠!"

"교섭 성립이군. 그렇다면 얼른 고양이를 찾으러 갈까."

"예! 마지막에 루루를 본 장소로 안내할게요. 스승님! 이쪽입니다!"

"응……. 아니, 잠깐만. 스승님 소린 뭐야?"

자, 출발이다, 했는데 시작부터 기세가 죽었다.

"아, 역시 눈치채셨나요?"

"너 같은 제자를 둔 기억은 없습니다만."

"실은 말이죠, 저는…… 탐정이 되고 싶습니다!"

"……이직 희망? 배우의 길에 벌써 한계를 느껴서?"

"아니에요! 오히려 그 반대라고요! 연기를 위해 공부하고 싶습니다!"

"탐정업을 공부하고 싶어?"

"실은 제가 처음으로 영화 주연에 뽑혔는데……. 거기서 제가 연기하는 게 탐정이에요."

"그렇구나."

"들어보신 적 없나요? 여고생 탐정 우즈라!"

처음 듣는다. 하지만 참 엉뚱한 이름이 탐정도 다 있군. 그 영화 괜찮나?

"하지만 죄다 처음인 내용밖에 없어서, 어떻게 특징을 잡아야 좋을지 계속 고민했어요……. 그래도 결국 이해가 안 됐으니까, 아예 평범하게 탐정이 됐다는 마음가짐으로 생활하면 어떨까 해서 말이죠."

"배역을 위해 탐정 흉내라. 하하, 그래서 프로듀서의 고양이도 자기가 찾겠다고 나선 거로군."

"부끄러운 일이지만……. 하지만 걱정한 건 사실이에요!"

"그럴 때 진짜 탐정과 알게 됐으니까, 기세로 제자 지원을?"

"우우……. 안 될까요……?"

뭐, 생각해 보면 실내에서 분실물을 찾는 일은 여객선 직원에게 맡기면 되니까, 일부러 자기가 찾을 필요는 없다. 아무리 마음 착한 사람이라도 선의만으로 거미집을 뒤집어쓰면서 고양이를 찾는다는 건 조금 묘한 이야기였다.

"그 영화, 인기 추리 소설이 원작이라서, 관객들의 평판이 좋으면 시리즈 구상도 있다고 해요! 하지만 잘 안 되면 그걸로 끝일 거고……. 저처럼 제대로 연기 공부도 못 한 애송이는 다음 일도 못 받을 거예요. 그러니까…… 꼭 성공시키고 싶습니다! 방해하진 않을게요. 오히려 도움이 되도록 할 테니까요!"

"으음……."

갑자기 그렇게 말해도 솔직히 곤란하다. 그 인생을 짊어질 용기도 없다.

하지만 나도 이 정도로 매달리는데 '초보가 얼쩡대면 일에 방해만 돼. 짐짝은 필요 없어!' 라고 딱 잘라버릴 정도의 신념은 없다.

"제발요!"

그러니까 이렇게 강하게 부탁을 받으면 좀처럼 거절하기 힘들다. 나라는 인간에게는 그런 면이 있다. 그 바람에 여태까지 적잖이 손해도 보고 살았다.

"하아……. 알았어. 마음대로 해. 연기에 밑거름이 될 것 같지는 않지만."

여기서는 괜히 거부하지 말고 적당히 본인의 소원을 들어주는 것이 좋겠지. 어쩌면 또 손해를 볼지도 모르지만, 인간은 그리 쉽사리 바뀌지 못하는 법이다.

하지만 연기를 위해 이런 행동도 하다니 대단한 열정이다. 의외로 거물 배우가 될지도 모르겠다.

"다만 내가 탐정이라는 사실은 다른 사람들에게 비밀로 부탁해. 업무상의 원칙이야."

"알겠습니다! 정체는 톱 시크릿이군요! 무슨 스파이 같아요!"

"탐정이라니까. 그래서 어디서 고양이…… 루루를 보았다고? 삼색고양이라고 했던가."

"그게, 이 층의 뒤쪽이었어요. 슬쩍 보인 거지만, 틀림없어요. 하지만……."

말끝을 이상하게 흐린다.

"혹시나 다치기라도 했어?"

"아뇨. 쌩쌩해 보였는데요. 하지만 루루는 웬지 등에 이상한 걸 메고 있었어요."

"메고 있어? 뭘?"

"글쎄요? 배낭…… 같은 거?"

고양이가 배낭을 메고 가출? 무슨 동화책 같은 소리군.

우리는 자칭 탐정 지망생인 하이가미네 유리우가 루루를 보았다고 하는 곳인 2층 플로어 뒤쪽으로 가봤다.

"루루! 루루~!"

유리우는 지나가는 사람들의 눈도 신경 쓰지 않고 루루의 이름을 불렀다. 뭐랄까, 지극정성이다.

"역시나 이젠 안 보이네요. 이 복도에서 저쪽을 향해 피융 하고 뛰어가서……."

"유리우, 잠깐만. 이거."

나는 모퉁이 벽의 아래에서 이상한 것을 발견했다. 바닥에 무릎을 꿇고 확인했다. 발톱으로 할퀸 흔적이다.

"실마리 발견."

"와! 스승님, 해냈네요!"

마찬가지로 바닥에 엎드려서 흔적을 확인한 유리우가 고개를 갸웃거리면서 이쪽을 바라보았다.

그 무방비한 모습에 나는 다급히 일어났다. 순간적으로 두근거렸다.

"하지만 이렇게 비싼 벽지에 발톱을 갈았나. 좀 불쾌한 고양이인데. 찾는 거 그만둘까."

"그러지 마시고요! 그래서, 여기서부터 어떻게 할까요?"

고개를 들자, 그 앞에 계단이 있었다. 3층으로 올라가는 것과 1층으로 내려가는 것이.

"위냐, 아래냐."

"나눠서?"

"그거야."

이왕 생긴 인재는 유효하게 활용하자. 그런고로 유리우는 위층으로 보내기로 했다. 나는 아래.

따로 움직이게 되면서 우리는 서로 연락처를 교환했다.

"유리우, 혹시 뭔가 위험한 일이 있거든 바로 연락……"

"아, 예. 바로 스승님께 도움을 청하면 되는 거군요!"

"연락할 테니까 바로 나한테 달려와 줘."

"……제가 달려가는 쪽이로군요."

"아! 그게 아니라! 응. 물론 나도 도우러 갈게. 상호지원."

"예! 저도 조심하겠습니다! 스승님도 죽으면 싫어요!"

"마음씨 착한 제자를 둬서 행복해."

"마, 마음씨 착하다니 천만의 말씀! 그 말, 완벽히 고대로 나비매듭을 묶어서 스승님께 돌려드리겠어요!"

그렇게까지 정중하게 돌려주면 완전히 수신 거부 느낌이라서 조금 슬프다.

"아무튼 나도 괜찮아. 안 죽어. 루루를 찾아내고 살아서 다시 만나자."

왠지 모르게 시작한 호들갑스러운 연극에 마침표를 찍고, 나는 유리우와 헤어졌다.

그렇다. 습관이 되어 버린 죽음에 대한 불안 때문에 무심코 한심한 소리를 해버렸지만, 고양이를 찾는 일에서 일일이 죽으면 목숨이 몇 개가 있어도 모자란다.

애초에 픽션의 세계도 아니니까, 쉽게 살인 사건이 일어날 리도 없다.

1층 복도를 똑바로 걸었다. 그 앞에는 창고가 있을 듯한 느낌의 구조였다. 출입금지인 것은 아닌 모양이지만, 승객의 출입을 생각하지 않은 살풍경한 장소다.

　승객이 이용하는 장소는 2층부터 위인 것이다.

　지나가던 남자 직원에게 사정을 설명하고 고양이를 찾게 해주었으면 한다고 부탁해 봤다. 키가 크면서 자세가 조금 구부정한 그 직원은 쾌히 허가해 주었다.

　헤어질 때 일단 그에게도 루루를 보지 못했는지 물어봤다.

　"삼색고양이입니까? 못 봤네요. 죄송합니다."

　그는 깊이 눌러쓴 모자의 챙을 가볍게 만지면서 정중하게 사과했다.

　"아뇨, 아뇨."

　"아, 하지만 고양이라면 냄새에 낚여서 주방으로 가지 않았을까요?"

　"주방은 어디에 있죠?"

　"위층입니다."

　이쪽은 아니었나?

　그래도 혹시 모르니 얼른 안쪽도 둘러보기로 했다.

　더 안으로 들어가자, 무슨 홀 같은 장소로 나왔다. 선박용 자재라도 들어있는지, 사방 1미터 정도의 나무상자가 올려다봐야 할 정도로 높게 쌓여 있었다.

　"여긴, 꽤 어둡군……."

　유리우에게 그렇게 신나게 떠들어 놓고서 나는 그 자리의 분위기에 벌써부터 위축되기 시작했다.

"이렇게 어두우면 화물 뒤에 누가 숨어 있어도 모르겠지. 갑자기 전기톱을 든 신장 2미터짜리 괴한이 나타나서 두 동강 난다든가."

절대로 있을 리 없는 일을 상상했다.

"그리고 해체 가공된 돼지고기와 함께 냉동고에 매달리는 거야……."

정말로 최악이며 상정할 필요도 없는 가능성을 상상했다.

어떻게 할 수 없는, 정체 모를, 몸에 배어버린 버릇이다.

"그게 아니더라도 저 나무상자가 어쩌다가 이쪽으로 무너지면……. 그걸로 즉사하면 낫겠지만, 하반신만 깔려서 움직이지도 못하고 괴로워하면서 천천히 죽어가는 건 절대로 싫어."

멋대로 상상하고 멋대로 몸을 부르르 떨었다.

죽음은 무섭다.

죽음은 싫다.

하지만 두려워할수록, 싫어할수록 생각하게 된다.

그때 갑자기 주머니 속 스마트폰이 진동해 비명을 지를 뻔했다.

"뭐, 뭐야, 아버지의 문자인가……. 왜 또 이런 타이밍에."

투덜거리면서 메시지를 열어보았다.

——한심한 우리 아들내미. 수수한 일에 매진하고 있나? 어차피 무서워서 떨고 있겠지?

무슨 중요한 내용일까 싶었더니 그냥 놀리는 말이었다.

"시작부터 사람 놀리는 말이나 하고 있어!"

화가 났기에 답신은 보내지 않기로 했다.

"아아, 됐다, 됐어. 그만 쫄아야지!"

필사적으로 마음을 고쳐먹고, 주위를 조사하기로 했다.

창고에는 나무상자 외에도 잔뜩 쌓인 파이프 골조나 외바퀴 자전거나 만국기 같은 것도 있었다.

"외발자전거? 만국기? 왜 이런 게……. 아, 그런가. 이건 아까 봤던."

뒤늦게 그것들이 저 서커스단의 도구임을 깨달았다.

"공연이 끝나면 여기에 세트나 도구를 넣어두는 건가."

하지만 그 특징적인 거대 클라운의 풍선은 보이지 않았다. 공연은 내일도 있으니까, 커다란 것은 철수시키지 않고 그대로 갑판에 놔두는 거겠지.

근처에는 남자의 마음을 자극하는 그 오토바이들도 있었다.

"하지만 서커스단 사람들도 고생이네. 오토바이 정비도 죄다 여기서 하는 건가."

오토바이 앞에 주저앉아서 손가락으로 휠을 만져보았다.

"바닷바람에 상할 것 같고."

그때 뚝 하는 소리가 울렸다.

그 소리에 반응한 나는 오른쪽 앞을 보았다.

거기에——모르는 남자가 매달려 있었다.

"…………어?!"

아니, 정확하게는 목을 매단 모습이었다.

배의 흔들림에 따라서 좌우로 진자처럼 몸이 흔들렸다. 발끝은 바닥에서 1.5미터 정도 높이다.

뺨이 살짝 여윈 그 남자는 퉁명스러운 느낌인 눈꺼풀을 크게 뜨고, 입에서는 무슨 가짜같이 커다란 혓바닥이 엿보였다.

울혈을 일으킨 얼굴은 과하게 익은 과일 같았다.

"죽……."

죽었다. 직감적으로, 본능적으로, 깨달았다. 남자는 이미 죽었다.

무섭다, 무섭다. 아프다. 아프다. 원치 않고 위험하고 싫은 죽음이 눈앞에 매달려 있다.

"아아……. 왜 이런 상황을 발견하게 되는 거지……."

사람 시체를 처음 보는 건 아니지만, 몇 번 본 적이 있으니까 괜찮아진다──는 것도 아니다.

하지만 이런 이야기도 심하다 싶지만, 솔직히 가슴 아프기보다도 우울함이 앞섰다.

일단 발견했으면 엮이게 되는 거잖아.

아무리 그래도 탐정의 이름을 내건 자로서, 보고도 못 본 척할 순 없잖아?

혼란과 전율의 여운을 느끼면서도 일단 시신을 향해 손을 한 차례 모았다.

"……틀렸……나."

그리고 다시 남자의 몸을 조사해 봤지만, 역시 완전히 죽었다.

"연령은 20대 중반쯤? 음? 이건 오토바이 정비용……?"

남자가 목을 매달고 있던 것은 전기 호이스트의 훅에 연결된 벨트였다. 호이스트란 와이어 로프로 무거운 물건을 들어 올리거나 내리는 기계를 말한다.

코드로 연결된 리모컨이 위에서 늘어져 있다. 리모컨에는 위아래 방향 버튼이 달려 있다. 누르고 있는 동안에만 호이스트가 가동하고, 떼면 정지하는 타입이다.

아마도 서커스단의 오토바이 이용자가 기체의 정비를 위해, 이 창고의 천장에 설치한 거겠지.

분명히 오토바이를 허공에 들어 올릴 수 있으면 아무래도 정비하기 쉽겠고, 목을 매달아 자살하기도 쉽다.

야옹.

문득 그 자리에 어울리지 않는 소리를 들었다.

들었다고 생각한다. 배의 엔진 소리가 거슬려서 확실하게는 듣지 못했지만.

"지금 그건……?"

귀를 기울여 봐도 이미 들리지 않는다. 기계음과는 다른, 묘하게 유들유들하고 독특한 소리였다.

대체 뭐지? 잘못 들었나?

신경 쓰이긴 하지만, 그쪽은 나중으로 미루기로 했다.

"여보세요? 리리테아?"

확인할 것을 다 확인하고, 나는 스마트폰으로 근면한 조수에게 전화를 걸었다.

그녀는 신호 한 번 만에 전화를 받았다.

"실은 일이 좀 있어서 지금 배의 1층 창고에 있는데, 이쪽에서 좀 큰일이 생겨서…… 어? 지금 다트가 잘되고 있다고? 아니, 진짜로 다트를 즐기고 있었냐! 됐으니까 얼른 근처 스태프에게 전해줘. 시체야! 1층 창고에서 시체가 발견됐어! 자살…… 아."

용건을 떠들던 중에 나는 허공에 매달린 남자에게서 몇 미터 떨어진 장소에 스마트폰이 떨어진 것을 발견했다. 어둑어둑한 창고 안이라서 그 화면의 불빛이 이쪽에 존재를 주장하고 있다. 떨어질 때의 충격 때문인지, 화면은 무참하게 금이 갔다.

"잠금은 풀린 상태군. 아니, 그보다도 생각해 보면……."

나는 이 자살의 상황이 애초부터 이상하다는 것을 간신히 깨달았다.

"그러고 보면 너무 높잖아. 시체의 위치가……."

이 남자가 스스로 호이스트의 리모컨 버튼을 눌러서 자기 자신을 매단 거라면, 기껏해야 발이 지면에서 수십 센티미터 떨어진 단계에서 목이 졸린다. 당연히 그 시점에서 숨을 쉴 수 없게 되고, 의식도 몽롱해질 것이다. 그렇게 되면 아무리 강인한 인물이라도 손에 든 리모컨을 놓칠 터.

리모컨을 놓치면 버튼에서도 손이 떨어지고, 호이스트의 상승도 정지한다.

하지만 남자의 몸은 지상에서 1.5미터나 떠 있다.

즉——.

"리모컨을 조작한 건 본인이 아니야. 다른 누군가지. 누군가가 상승 버튼을 계속 누르고 있었어."

죽어, 죽어, 죽어줘──.

강한 살의가, 흥분이, 거듭 확인하듯이 그를 높게 매달았다.

"타살…… 살인……."

그렇다면 리모컨을 조작한 누군가에게 죄가 있을 것이다. 한 남자를 망자로 만든 죄가.

레스토랑, 바, 서커스, 풀장. 이 배에는 뭐든지 있다. 하나의 거리라고 할 수도 있다. 하지만 경찰서는 없다. 그렇다면 누군가가 그 죄를 찾아내야만 한다. 벌하지는 못하더라도, 폭로는 해야 한다.

그때 떨어져 있던 스마트폰이 한발 늦게 슬립 모드로 들어갔다. 주인의 영혼을 따라가듯이 화면이 어두워졌다.

그 바람에 내가 또 한 가지 놓쳤던 것을 깨달았다.

"……지금 슬립 모드로? 이 타이밍에?"

무심코 엎드려서 시커메진 스마트폰을 들여다보았다.

"응? 이건……?"

화면에 손가락을 더듬은 듯한 흔적이 남아 있다. 천장의 조명 각도에 따라서, 시커메진 스마트폰 화면에 흔적이 떠오른 것이다.

"이거, 손가락으로 폰 잠금을 해제할 때의 흔적이야."

자연스럽게 생각하면 이건 주인의 손가락 자국이겠지. 아홉 개의 점을 하나의 선으로 연결하는 것으로 잠금을 해제하는 방식이다.

패턴을 가르쳐 주지 않았으니까 안심하고 있다가, 자는 틈에 아내나 연인에게 화면상에 남은 손가락 자국을 들켜서 잠금이 풀린다——라는 이야기를 TV인가 어딘가에서 본 적이 있다. 나와는 거리가 먼 이야기지만.

이 손가락 자국을 따라가면, 죽은 남자의 스마트폰 잠금을 풀 수 있을 것 같다. 잘만 하면 일기나 유서, 기타 그의 죽음에 대한 정보가 있을지도 모른다.

아무것도 없다면 없는 대로, 이게 자살로 위장한 타살일 가능성이 커진다.

"죽은 자의 관짝을 여는 짓 같아서 미안하지만, 잠깐 실례를 ……."

그리고 화면을 만지려고 할 때—— 갑자기 누군가가 나를 뒤에서 붙잡았다.

"……?! 누…… 쿨럭……?!"

'누구야!' 라고 소리치려던 때, 목소리 대신 목 안쪽에서 대량의 피가 나왔다. 끈적한 혈액이었다.

그걸 끝으로 나는 두 번 다시 숨을 들이마실 수 없어졌다.

등 뒤의 누군가를 뿌리치고 그 자리에 쓰러졌다. 몸부림치면서 시선을 내리자, 내 목에 나이프가 깊이 꽂혀 있는 게 보였다.

"무……!"

필사적으로 두 손으로 목을 눌러도 피는 계속 솟구쳤다. 내 죽음은 이미 피할 수 없었다.

두 다리에서 힘이 빠진다.

드러누워 올려다본 시선 끝에는 사람의 모습. 누군가가 서서, 죽어가는 나를 내려다보고 있다.

뒤에서 내 목에 나이프를 꽂은 누군가가······.

이 녀석이 자살로 위장한 범인이다.

내 눈앞에······ 범인이.

그런데── 제길. 피를 너무 많이 잃었다.

눈이······ 흐려서 잘 안 보여.

범인은 누구지?

남자인가? 여자인가?

나이는······ 특징······은······.

정말이지 탐정은 목숨이 몇 개 있어도 부족한 직업이다.

아아, 정말로.

죽음은 무섭다.

그러니까 죽음은 싫다.

자기 죽음도, 타인의 죽음도 평등하게 싫다.

아무튼 어제 유서를 써두길 잘했다.

3장 꼴까닥한 겁니다

　의식이 몽롱한 가운데, 천천히 눈을 떴다. 흐릿하던 초점이 서서히 맞기 시작하자, 눈앞에 무시무시하게 곱상한 리리테아의 얼굴이 있고, 뒤통수에는 부드러운 무릎베개의 감촉이 있었다.
　내 의식이 완전히 돌아오는 것을 보고서, 리리테아는 평소처럼 공손하게 맞아주었다.
　"잘 돌아오셨습니다, 사쿠야 님."
　"우우…… 쿨럭! 쿨럭!"
　격하게 기침하고 핏덩어리를 토해내면서 상반신을 일으켰다.
　앉은 자세로 리리테아를 봤다.
　공손하게 무릎을 꿇고 있어서 이쪽을 똑바로 보고 있었다.
　그 옷은 피로 젖었다.
　뺨이나 두 손에도 흠뻑 피가 묻었고, 그것은 이미 말라가고 있었다. 물론 전부 내 피다.
　리리테아는 내가 죽을 때마다 항상 곁에서 소생을 기다려준다. 내 피나 눈물이나 구토물을 망설이지도 않고 받아주며.
　그리고 되살아난 나에게 황당함과 비웃음과 진지함과 애정이 혼재된 목소리로 말한다.

"또 죽고 말았나요, 사쿠야 님."

"······그런 모양이야."

죽었다. 또 살해당했다.

"나이프로 목을 정확히 찔린 모양입니다. 방심하셨군요."

죽을 때의 기억은 흐릿하지만, 솟구치는 피의 맛은 잘 기억하고 있었다.

그리고 나는 퍼뜩 떠오르는 게 있어서, 마치 늦잠이라도 잔 사람처럼 손목시계를 확인했다.

"사쿠야 님은 1시간하고 6분 동안 영면하셨습니다."

장소는 변하지 않았다. 1층 창고다.

"나는 여기서 죽었고····· 그때······."

생전의 기억을 더듬던 나는 확 기운이 빠졌다.

그만큼 죽음을 두려워하고 상정했음에도, 결국에는 역시 살해당했다. 진짜 쉽사리.

"사쿠야 님에게서 연락을 받은 뒤에 직원을 대동하고 이쪽 창고에 왔을 때, 와타노야 네지히코 씨와 사쿠야 님의 시신을 발견했습니다. 현재 이 사건은 다른 승객 여러분에게 비밀로 하고 있습니다."

"눈치 빨라서 고마워······. 와타노야? 누구지?"

"와타노야 네지히코. 목이 매달린, 또 한 명의 사망자분의 성함입니다."

"벌써 피해자의 신원까지 알아냈군."

"신분증을 소지하고 계셨으니까요. 그리고 가족은 현재 밖에 내보내지 않고 방에서 머무르게 했습니다. 가족이 살해됐으니까 당연하지만요."

"가족…… 와타노야 네지히코는 이 배에 가족 단위로 탔나."

"예. 다들 사쿠야 님을 원망하고 계십니다."

"나도 죽고 싶어서 죽은 게 아니야. 등 뒤에서 갑자기 공격당했어…… 음?"

리리테아가 너무 담담히 보고하기에, 이상한 부분을 흘려넘길 뻔했다.

"지금 뭐라고 했어? 원망해? 나를?"

왜?

"현장 상황을 볼 때, 사쿠야 님이 네지히코 씨를 살해했다고 여겨지기 때문입니다."

"왜 그렇게!"

"오른쪽을 봐주세요."

"……무슨 버스 가이드 흉내야?"

"그게 아닙니다. 네지히코 씨의 시신 발밑을 봐주세요."

목 안에 아직 있던 피를 삼키면서 시키는 대로 바라보았다.

시신은 아직 같은 장소에 매달려 있었다. 현장 보존을 위해서일까. 아직 내려줄 수도 없다니 불쌍하다.

움직이지 않는 네지히코의 발밑에는 기억에 있는 형태의 나이프가 굴러다니고 있었다.

"사쿠야 님은 네지히코 씨의 손에 저 나이프로 목을 찔려서 죽었다고 여겨지고 있습니다."

그것은 서커스 공연에서 나이프 던지기에 사용되던 나이프였다. 칼날에도, 손잡이에도, 달라붙은 피가 말라가고 있었다.

"조사해 보니 저쪽에 투척용 나이프를 담은 상자가 있었습니다. 관리가 엉성했는지 대충이었는지, 상자는 잠겨 있지 않았습니다."

분명히 여기는 서커스단의 대도구, 소도구 일체를 놔두는 장소로도 쓰이고 있었다.

"또한 네지히코 씨의 손바닥에도 나이프와 마찬가지로 혈액이 묻어 있습니다. 쌍방의 마른 자국으로 볼 때, 양쪽 다 사쿠야 님의 혈액이겠죠. 이 상황만 보면 네지히코 씨의 숨이 멎으면서 나이프가 손에서 흘러내려서 이렇게 바닥에 떨어졌다고 생각하는 게 타당합니다."

"아니, 아니! 나이프는! 내가 발견했을 때는 손에 없었······."

"이렇게 되는 겁니다. 어떠한 동기로 네지히코 씨의 목을 매달아 살해하려던 사쿠야 님은, 네지히코 씨가 미리 숨기고 있던 나이프에 마지막 순간에 역습당해서 목을 찔렸다. 하지만 사쿠야 님도 타고난 근성으로 마지막 힘을 쥐어짜 네지히코 씨를 그대로 높게 매달아서 숨통을 끊으셨다. 그 뒤에 당신께서도 힘이 다해서 그 자리에서 꼴까닥한 겁니다."

"마지막 부분을 너무 가볍게 말하지 마."

그리고 이 자리에 두 시체가 나란히 있게 됐다. 그것이 현장에 달려온 리리테아와 여객선 직원이 발견한 광경이었다.

"어디까지나 여객선 직원들의 해석은 그렇습니다."

"오해야! 나는 범인이 아니야! 오히려 피해자야! 실제로 살해당했어!"

"물론 리리테아는 사쿠야 님을 믿어요. 하지만 죽은 자는 말이 없죠. 사쿠야 님이 타계하여 반론할 수 없는 것을 빌미로 삼아서 다들 멋대로 떠들며 사쿠야 님을 범인으로 취급하고 있습니다."

"모처럼 되살아났는데 범인 취급이라니 보람이 없네."

"아뇨. 오히려 기뻐해야겠죠."

리리테아는 단정한 그 얼굴에 희미한 미소를 지으면서 내 손을 잡았다.

"사쿠야 님은 다행히 이렇게 되살아나셨으니 죽은 자가 아닙니다. 따라서 말도 할 수 있습니다. 앞으로 얼마든지 변명이 가능하죠."

"……일이 귀찮아질 것 같은데."

하지만 맞는 말이다. 내 혐의는 내 손으로 벗을 수밖에 없다.

"일단은 그 와타노야 인가에게 안내를 부탁할게."

내 몸의 상태를 확인하면서 일어서자, 조금 현기증이 일었다. 빈혈이다.

"예, 하지만."

그런 내 눈앞에 하얀 셔츠를 내미는 리리테아.

"그 전에 옷을 갈아입으시죠."

듣고 보니, 내 옷은 내 피로 엉망이 되어 있었다.

□

　살해당해도 되살아난다.

　죽어도── 되살아난다.

　내가 언제부터 그랬는지는 확실하지 않다.

　어느 날 깨닫고 보니 이랬다.

　내 몸의 설계도란 놈이 어딘가에 있다면, 그건 아마 신이 밤샘으로 나머지 업무를 처리하며 힘들 때 대충 졸면서 만들었겠지.

　오우츠키 사쿠야라는 생물은 아무리 죽어도 되살아난다.

　더는 되살아나기 싫다고 빌어도, 기도해도, 몇 번이든 되살아난다.

　여태까지 엮였던 사건에서도 적잖이 죽었다. 살해되고, 숨이 멎고, 심정지 상태가 되고, 타계하고, 서거하고, 나무아미타불 승천 임종해 왔다.

　왜 이렇게 죽기만 하는지 나도 잘 모르겠다. 리리테아에게는 항상 부주의하다, 조심성이 없다고 잔소리를 듣는다. 그런 말을 들어도, 나라고 좋아서 죽는 게 아니다.

　항상 왜인지, 신기하게도, 죽음이 나를 찾아온다. 손쓸 수 없는 인력을 동반한 운명처럼 달라붙는 것이다.

　나는 그저 거듭해서 살해되고, 그때마다 되살아났다.

　불사신──이란 것과는 다르다.

　불사신이란 것은 죽어도 죽지 않고, 인간이 아닐 정도로 강한,

비길 자도, 상대할 자도 없는, 아버지 같은 존재를 가리킨다.

그러니까 오우츠키 타츠야는 불사의 탐정이라고 불린다.

하지만 나는 다르다.

진짜로 죽고, 그 뒤에 되살아난다———. 그뿐이다.

그러니까 그것은 불사신이란 것과는 다르겠지.

죽지 않는 것은 아니고, 죽으면 매번 예외 없이 죽도록 괴롭고 싸해진다.

그러니까 나는 전 세계의 누구보다도 죽음을 두려워한다. 싫어한다.

너무 무서워한다고 놀려대는 상대에게는 항상 이렇게 맞받아치고 싶다.

그러면 너는 죽어본 적이 있어?

그 고통과 괴로움을, 죽음의 절망과 고독을 알고 있어?

경험자만이 안다는 소리다.

□

옷을 다 갈아입고, 나와 리리테아는 바로 현장인 1층 창고를 뒤로했다.

"그러고 보면 사쿠야 님이 영면하신 동안에 세간에서는 한 가지 움직임이 있었습니다."

피로 범벅이 된 내 셔츠를 잘 개면서 리리테아가 입을 열었다.

"움직임?"

"문제의 비행기 납치 사건이 언론에 공개 보도되었습니다."

"아, 그쪽 말인가."

"선내에서는 그 사건이 사람들 관심을 끄는 모양입니다."

그건 세기의 대사건이다. 선내에서 조용히 일어난 살인 사건과 비교하면 말이다. 그렇지만 당연히 단순히 비교할 사안이 아니다.

2층으로 돌아가기 위해 계단을 올라가려던 때, 마침 내려온 여객선 직원 몇 명과 딱 마주쳤다.

"어라? 손님은……! 어떻게?! 살아 있잖아! 손님은 돌아가신 게?! 으아악!"

그들은 사건에 대해 이미 아는 모양인지, 태연한 얼굴로 걷고 있는 나를 보자마자 비명을 지르고 얼이 빠졌다. 어쩔 수 없는 일이다.

"너, 너는, 분명히 죽었을 터가 아니십니까!"

직원의 프로 의식과 커다란 놀라움이 혼재하여 기상천외한 말이 탄생했다.

"그게, 여러모로 좀 일이 있어서."

이거 큰일이군.

물론 나도 이렇게 이상하고 믿기 어려운 체질을 드러내고 싶지 않다. 최대한 다른 인간에게 들키지 않게끔 매번 고생도 했다.

하지만 그것도 한계는 있다.

어떻게 된 거냐, 어떻게 살아서 걷고 움직이냐고 침을 튀기면서 캐묻는 자도 적지 않았다.

그럴 때 어떻게 빠져나왔냐 하면──.

"여러분, 부디 걱정 마시길. 제 조국에 비밀리에 전해지는 소생술로 이렇게 사쿠야 님은 목숨을 건졌습니다."

이렇게 우리의 든든한 탐정 조수 리리테아가 대응해 주니까.

"소생술이라니……. 하지만."

"걱정 마시길."

듣고 있는 이쪽이 얼이 빠질 정도의 변명이다.

분명히 말도 안 되는 노릇이긴 하지만, 실제로 나는 살아있다. 애초에 인간이란 것은 자기 눈으로 본 것만큼은 이상하게 믿어 주니까, 항상 이걸로 어떻게든 넘겼다.

이번에도 여객선 직원들은 서로 얼굴을 마주 보다가 최종적으로 사실을 받아들여 주었다.

좀 진정이 되었기에 그들에게 질문했다. 그렇다. 여기서 그들에게 묻는 것이 제일 확실하게 빠르다.

"그런데 와타노야 씨 일가의 방은 몇 호실입니까? 진범에 대해 이야기를 좀 하고 싶습니다."

와타노야 일가는 직원이 급히 마련한 방에 모여 있다고 했다.

"여긴가."

사건 직후의 피해자 유가족과 얼굴을 마주친다──게다가 저쪽은 내가 죽었다고 생각하는 모양이다──는 것은 솔직히 마음이 무겁지만, 일단 각오하고 문을 두드렸다.

"룸서비스는 부탁한 적 없어. 미안하지만, 지금 바빠서…….

하지만 열린 문 너머에서 얼굴을 내민 것은 와타노야 가문 사람이 아니라 소조로기 형사였다.

"에엑?! 너, 넌?!"

이쪽의 얼굴을 보자마자 그는 소리를 지르며 방 안쪽으로 후퇴했다.

"사쿠야! 너…… 창고에서 죽었다고 하지 않았어……?! 분명히 죽은 거 맞지……? 살아있었나……. 살아있는 거지? 귀신 아니지?"

이 반응을 보면 알듯이, 소조로기는 내 특수한 체질에 대해서 모른다.

"그거에 대해서는 나중에 말하죠. 소조로기 씨, 안에 다들 모여 있죠?"

"피해자 유가족 말이냐? 그야 있지만…… 아, 어이!"

"잠깐 실례하겠습니다."

소조로기의 옆을 빠져나가 안으로 들어갔다. 소파가 여럿 있는 방에 네 사람이 있었다.

앞쪽의 2인용 소파에 50대 초반 정도의 남성. 다소 통통하지만, 건강이 나쁘다는 인상은 없다. 일가의 가장이겠지.

그 옆의 40대 후반 정도의 마른 여성은 아내가 틀림없는 모양이다. 꽤 비싸 보이는 기모노(일본 전통복)를 입고 있다.

반대쪽의 4인용 소파의 가장자리에 다리를 모아서 끌어안고 있는 소녀는 부부의 딸, 조금 떨어진 장소에 서 있는 덩치 좋은 젊은 남자는 나이 차이가 많은 오빠일까. 오빠는 지금 막 냉장고에서 꺼낸 듯한 컵 아이스크림을 따려고 고생하고 있었다.

이것이 와타노야 일가의 가족 구성인 모양이다.

갑작스러운 난입자에 그들은 나란히 내 쪽을 보았다. 과연, 분명히 피해자 가족이다. 다들 쌍꺼풀이 없는 눈이 비슷하다.

그와 동시에 한 가지 깨달은 게 있었다.

이 일가, 본 적이 있다.

서커스 공연 중에 카츠라기와 이야기한 그 가족이다.

"너, 너는⋯⋯."

일가의 가장이 떨리는 목소리로 말한 직후에, 딸이 그것을 지워버리듯이 소리쳤다.

"꺄악! 좀비!"

고개가 끄덕여지는, 당연하고 타당하며 건전한 반응이다.

리리테아에게 들은 이야기로는, 그들은 현장에서 네지히코와 함께 내 시체도 확인했다. 그 시체가 태연한 얼굴로 방을 찾아왔으니까 어쩔 수 없다.

"이렇게 찾아와서 죄송합니다. 나는 탐정인 오우츠키 사쿠야라고 합니다."

무례를 사과하고 정체를 밝힌다.

하지만 아무도 환영해 주지 않았다. 악수도 없고, 마실 것을 권하는 말도 없었다.

"탐정이라고? 범인이겠지?"

"우연히 사건에 말려든 탐정입니다."

귀찮았지만, 나와 리리테아는 아까 여객선 직원들에게 했던 것과 똑같은 변명을 그 자리의 전원에게 들려주고 마음을 다독였다.

"목숨을 건졌다니……. 당신, 그 부상으로……."

부인은 그래도 아직 반신반의다.

"운이 좋았습니다."

"운이라고 해도……. 경동맥에서 장난 아니게 피가 나온 걸로 보였는데……."

이건 가장의 반응.

"예, 그래서 아직 좀 빈혈이 있습니다."

시시한 농담을 섞어가면서 옆에 선 소조로기를 힐끗 봤다. 내 마음을 짐작했는지, 그는 간단히 일가 소개를 해주었다.

"이쪽부터 순서대로 가장인 와타노야 카시히코 씨. 부인인 와코 씨. 장녀인 미코 씨, 그리고……."

"장남인 아마히코입니다. 으음, 너 생명력 참 대단하네."

소개를 기다릴 것도 없이 장남이 이름을 밝히고 나섰다. 간신히 컵 아이스크림을 따는 데 성공한 모양이다.

"여러분, 일가족이 선박 여행입니까. 통이 크시군요."

가족 다섯 명의 여행비용 정도 되면, 서민으로서는 쉽게 나서기 어려운 가격이 된다. 상류계급이라는 걸까.

"통이 크긴. 바로 그 와타노야 제과다! 이쪽은 그 사장인 카시히코 씨다."

내 무례를 나무라듯이 소조로기가 끼어들었다.

"음? 그건…… 아하! 와타노야 제과!"

그래, 아까 받은 서커스의 팸플릿. 거기에 있던 협찬기업 중 하나에 그런 이름이 있었다. 와타노야 제과라고 하면 유명한 과자 메이커다.

"와하하 하고 웃음이 나오는 와~타~노~야~ ♪ 였죠! TV 광고의 노래!"

초등학생 때 곧잘 TV에서 흘러나왔지.

"그래! 오랫동안 개성적인 맛을 추구해 온 노포 메이커다!"

"왜 소조로기 씨가 그렇게 열변하는 겁니까?"

와타노야 제과. 분명히 해외에 광대한 사탕수수밭을 소유하고, 전 세계에 폭넓게 상품을 수출한다는 내용의 특집 방송을 예전에 본 적이 있다.

그러고 보면 그 CM, 언제부턴가 TV에서 안 보이게 되었지.

"그런 옛날 CM 같은 건 아무래도 좋잖아!"

다시금 소리친 것은 미코였다.

"넌 대체 뭘 하러 왔어!"

좋아하는 물건인 듯한 고래 인형을 껴안은 자세로 나를 노려보았다. 나이는 아마도 열하나에서 열둘. 어머니와 비슷하게 미인에 기가 세 보인다.

"네지히코 오빠를 죽여 놓고서 뻔뻔하게 나타났네!"

상황과 심정을 생각하면 그녀의 분노도 지당하다. 얌전히 고개를 숙이고 설명했다.

"언짢게 해서 미안해. 나는 그 오해를 풀려고 왔어."

"오해……?"

카시히코 씨가 정말로 모르겠다는 듯이 얼굴을 찌푸렸다.

"간단한 이야기입니다. 여러분은 내가 네지히코 씨를 죽인 범인이라고 생각하는 모양인데, 범인은 따로 있습니다. 일단 나는 네지히코 씨와 면식이 없습니다. 동기가 전혀 없습니다."

"그거야 배를 탄 뒤에 알게 됐을지도 모르잖아. 동기라고 해봤자, 사소한 다툼이 점점 커지다가 울컥해서 죽여버렸습니다, 같은 것도 생각할 수 있지."

"그건 사장님 말씀이 맞습니다. 가능성으로 생각할 수 있죠. 하지만 그래도 나는 단언할 수 있습니다. 이 사건에는 진짜 범인이 따로 있다고."

"왜……."

"나는 내가 틀림없이 네지히코 씨 이외의 제3자에게 공격받는 것을 봤고, 기억하기 때문입니다."

"기억한다니……."

카시히코 씨는 곤혹스러워하고 있다. 카드 게임에서 속임수를 당한 아이 같은 표정이다.

이건 속임수가 맞다. 살해된 피해자가 되살아나고, 자기가 죽었을 때의 상황을 말하는 거니까.

현실에서 그런 게 가능하다면 세상의 추리 소설은 성립하지 않는다. 지혜를 쥐어짜 추리할 필요가 없어지기 때문이다.

하지만 내가 하는 짓은 그런 거다. 탐정으로 칠 수도 없다. 이런 건 사기, 반칙이다.

그러니까 나는 반푼이 탐정이다.

"하지만 현장 상황에서 보면 네가 범인이라고 생각할 수밖에 없는 느낌이었는데?"

아마히코가 수중의 아이스크림을 스푼으로 뜨면서 말했다.

"아니, 여기에는 감식도 없고, 제대로 현장을 수사한 것도 아니야. 지금으로선 아무 말도 할 수 없지."

소조로기가 기쁜 지원 사격을 해준다. 본인은 그럴 생각이 없고, 그저 형사로서 사실을 말할 뿐이겠지만.

그래도 감사하는 의미로 소조로기에게 시선을 보내자, 그는 기분 상한 듯이 쏘아붙였다.

"흥, 역시나. 이 배에서 네 얼굴을 본 순간부터 안 좋은 예감이 들었어. 거봐, 일어났잖아. 역시 일어났어, 사건이! 게다가 살인이야! 정말로 싫어진다고!"

"간신히 목숨을 건진 나한테 화풀이하지 말아주세요. ……뭐, 그건 그렇고, 지금 소조로기 형사가 한 말이 맞습니다. 내가 네지히코 씨와 싸우다가 같이 죽었다는 견해는 현장의 첫인상에 불과합니다. 차분하게 관찰하면 부자연스러운 점이 있습니다."

"어떻게 부자연스러운데?"

"문제는 내가 죽은…… 아니, 쓰러진 장소입니다. 그때 나는 매달린 네지히코 씨의 시신에서 몇 미터는 떨어진 장소에 쓰러졌습니다."

"그게?"

"혹시 네지히코 씨가 목을 매달리면서도 최후의 저항으로 나를 나이프로 찌른 거라면, 바로 옆에 내가 서 있지 않으면 나이프가 닿지 않습니다. 하지만 나는 꽤 떨어진 장소에 쓰러져 있었죠."

"찔린 뒤에 괴로워하면서 뒷걸음질 쳐서 멀어졌고, 그러다가 쓰러진 거지."

"그건 아냐, 미코. 목을 깊이 찔리면 누구든 대량의 출혈을 피할 수 없어. 실제로 나도 꽤 피를 흘렸지. 그런 상태로 이동하면 지면에는 혈흔이 점점이 남게 돼. 하지만 그런 혈흔은 그 자리에 남아 있지 않아."

내가 흘린 피는 내가 쓰러졌던 지점에만 있었다.

"누군가가 나를 나이프로 찌른 뒤에, 네지히코 씨의 손에 일단 그 흉기를 쥐어 준 겁니다. 나이프에 묻은 피를 그의 손에, 그리고 나이프 쪽에 그의 지문을 묻히기 위해서."

"너한테 죄를 씌우기 위해 현장을 위장했단 소리네……?"

미코, 나이에 비해 어려운 말을 아네.

"그 말에 힘을 더하려는 것은 아닙니다만."

그러며 발언을 요청한 것은 리리테아였다.

"제가 말씀을 드려도 되겠습니까?"

"부탁해, 리리테아."

"그렇다면."

여태까지 기척을 지우고 있던 만큼, 전원의 시선이 일제히 리리테아에게 모였다.

"사실을 말씀드리자면, 사쿠야 님에 대한 혐의를 벗기는 데 도움이 되었으면 하는 마음에 사쿠야 님이 눈뜨실 때까지 저는 그 전동 호이스트의 리모컨을 조사했습니다."

"어이! 멋대로 그러면…… 곤란하다고."

소조로기는 리리테아에게 호통을 치려고 했지만, 너무 의연한 소녀 앞에서 기가 죽었는지 말소리가 줄어들었다.

"저는 우연히 지참하고 있던 지문 검출 키트로 리모컨에 지문이 남지 않았는지 조사해 봤습니다."

"리리테아, 그런 것도 해줬나."

그 충성과 의리에 가슴이 뜨거워진다.

"아니, 지문 검출 키트라니……."

누군가가 지극히 당연한 소리를 꺼냈다. 하지만 실제로 리리테아는 항상 그런 소도구를 가지고 다닌다.

"과연, 그 결과 버튼에 내 지문이 없다는 게 증명되었군."

"그 결과, 거기에는 사쿠야 님의 지문만이 있었습니다."

"틀렸잖아!"

'역시 네가 범인이냐?'라는 눈으로 소조로기가 이쪽을 바라보았다.

"틀린 게 아닙니다. 사쿠야 님의 지문만 남아 있다는 점이 중요합니다. 몇 개의 지문이 있는 게 아니라 사쿠야 님의 지문만 남았다는 점이. 서커스단 단원 여러분이 일상적으로 이 기계를 사용하고 버튼을 만졌다면, 분명 겹치듯이 다른 분의 지문도 있어야 합니다. 그런데도 사쿠야 님의 지문밖에 없었죠. 즉, 직전에 버튼을 만진 범인이 자기 지문을 닦아내고, 그 뒤에 사쿠야 님의 손을 잡아서 위장을 위해 손가락을 찍은 것입니다."

실로 명쾌한 추리였다.

"물론 서커스단 단원 여러분이 평소부터 꼼꼼하게 리모컨을 청소했을 가능성은 있습니다만, 이것은 나중에 물어보면 알게 될 일입니다. 여러분의 시간을 빼앗아서 죄송합니다."

리리테아는 그렇게 말을 마무리 짓고 일동을 향해 커트시 포즈를 취한 뒤 내 뒤로 물러났다.

아무도 반론하지 않았다.

"으음, 뭐, 하고 싶은 말이 없는 건 아니지만, 나는 네 주장을 받아들일게."

그러며 한 표를 던진 것은 장남인 아마히코였다.

"하지만…… 내 아들이 누군가에게 살해된 건 변함없어……. 정말로 걔는…… 언제나…….."

카시히코 씨는 가장으로서 최대한 평정심을 지키려 하는 모양이지만, 그래도 움켜쥔 주먹이 살짝 떨리고 있었다.

그 심정은 이해할 수 있다. 하지만 마지막에 흘린 말은 놓칠 수 없었다.

"일족의 수치다……."

열심히 목소리를 억누른다고 했겠지만, 내게는 들렸다. 그리고 그것은 소조로기도 마찬가지였는지 한 발짝 앞으로 나서서 카시히코 씨에게 캐물었다.

"일족의 수치라는 게 무슨 말입니까?"

"그, 그건……."

"실례입니다만, 혹시 아드님은 생전에 소행이 별로 좋지 않았습니까?"

정중하면서도 솔직하기 짝이 없게 말한 것은 리리테아였다.

"고인을 모욕할 의도는 없습니다. 다만 네지히코 씨의 시신을 보았을 때, 오른손 주먹에서 오래된 멍 자국을 확인했습니다."

그것은 나도 처음 듣는 정보였다.

"주먹에 멍? 그건 혹시 사람이나 물체를 때릴 때 생기는 그건가? 복서 같은 사람이 주먹에 굳은살이 박히는 것처럼?"

주먹의 특징인가. 그건 놓치고 있었다.

"그렇습니다."

"과연. 저기, 네지히코 씨, 평소 취미로 복싱을 했다든가…… 하는 일은?"

일가에게 확인해 봤지만, 그런 사실은 없었다.

그렇다면 주먹에 그런 멍이 생길 이유는 하나밖에 떠오르지 않는다.

싸움이다.

"부끄러운 이야기지만, 아들놈은…… 네지히코는…… 예전부터 방탕했습니다. 밖에서 빈번하게 문제를 일으키고, 그때마다 아내나 내가 머리를 숙여서……."

"항상 술에 취해서 싸움만 해대. ……최악의 인간이야."

미코는 멍하니 천장을 바라보고 있다. 생전의 오빠가 한 짓을 떠올리는 걸까.

"가족의 흠을 드러내는 것 같아서 그렇습니다만, 네지히코는 원래부터 소행이 나빠서 여기저기서 사고를 치고 다녔습니다……. 이번 선박 여행 중에도 뭔가 저지르지 않을까 걱정했는데…… 설마 이렇게……."

유명한 과자 회사 집안 아들의 불량한 사생활. 이건 사장인 카시히코 씨가 드러내고 싶지 않은 일이겠지.

"우리 식구들이 모르는 데서 누군가와 싸우다가 원한을 사고 공격받았다……. 그렇게 생각하면 이번 일도 이해가 됩니다. 아비로서 한심하고 부끄러운 일입니다만……."

네지히코에게는 살해당할 만한 이유가 있었다. 그는 그렇게 말하고 싶은 것이다.

"으음……. 진짜 범인이 따로 있는 모양이란 건 알았어. 그래도 말이지, 애초에 너는 범인의 얼굴 못 봤냐? 공격받았잖아?"

소조로기는 일가만큼 완전히 납득한 건 아닌 눈치였지만, 그래도 일단 납득한 형태로 이야기를 진행시켰다.

리리테아의 설명 덕분에 내 혐의는 대부분 걷혔다고 해도 좋았다. 하지만 그래도 일시적인 것이다. 이대로 진범이 발견되지 않으면 잠정적으로 내가 범인으로 몰릴지도 모른다.

여기서는 최대한 결백을 주장하고 싶지만, 아무래도 나는 결정적인 정보를 갖고 있지 않다.

"그게 말이죠, 나도 범인의 얼굴을 제대로 본 게 아니라서요. 아무래도 뒤에서 갑자기 이거였으니까."

그러면서 내 목에 나이프를 찌르는 시늉을 했다. 와코 씨가 기분 나쁘다는 듯이 눈을 가늘게 떴다.

"아마도 진범은 당초에 네지히코 씨를 자살로 위장할 생각이었겠죠. 매단 시체를 숨기지도 않고, 누군가에게 찾아달라는 듯이 그 장소에 방치한 것이 더없는 증거입니다. 그런데 자살로 꾸미는 위장이 다 끝나기 전에 거기에 내가 나타난 겁니다. 진범은 눈에 안 띄는 곳에 숨어서 낌새를 엿보고 있었던 게 아닐까요."

나는 자살한 것치고는 네지히코의 시신이 부자연스럽게 높게 매달려 있는 상태였던 것을 꼽았다.

"분명 내가 그 점에 의문을 품었을 때, 진범 또한 자기 실수를 깨달았겠죠. 그리고 내가 네지히코 씨가 떨어뜨린 스마트폰을 발견한 것도."

"네지히코의 스마트폰? 거기에 무슨 증거라도 남아 있었나?"

"예, 소조로기 씨. 그 스마트폰은……."

"당연히 증거품으로 압수했지."

소조로기는 재미없다는 듯이 코트 주머니에서 네지히코의 스마트폰을 꺼내었다. 확실하게 지퍼가 달린 비닐백에 들어 있었다.

"그 화면 표면에 얼룩은 있습니까? 사용자가 손가락으로 조작한 듯한 자국이라든가."

"지시하지 마. ……화면에 손가락 자국?"

소조로기는 방의 조명이 닿는 각도를 조정하면서 스마트폰의 화면을 확인했다.

"없군. 금이 가긴 했지만, 깨끗해."

역시나 그런가.

"즉, 깨끗하게 닦아낸 거군요. 그건 이상합니다. 내가 죽……어흠, 공격받기 직전에 확인했을 때, 거기에는 분명히 손가락 자국이 있었습니다."

하지만 지금은 남아 있지 않다.

"그쪽 형사가 결벽주의자라서 무심코 닦아냈다든가?"

미코가 천진난만하게 질문을 던졌다.

"그런 짓은 안 해. 소중한 증거품이라고."

"즉 진범이 닦아낸 겁니다. 나를 공격한 뒤에."

"그만큼 범인에게 불리한 것이었단 소린가. 그래서 화면에는 어떤 자국이 남아 있었지?"

"M입니다. 알파벳의 M."

소조로기를 포함한 몇 명이 무의식중에 공중에 손가락으로 글자를 썼다.

"혹시나 그거 스마트폰의 잠금 해제 암호?"

그렇게 말한 것은 아마히코였다.

"거 왜, 아홉 개의 점을 손가락으로 스윽 하고 이어서 해제하는 타입의 그거."

"그 형태가 M 모양이라고?"

미코가 흥미를 보였다.

"그게 편하긴 한데, 보안 면에서는 칭찬하기 힘드네. 네지히코는 그런 것에 소홀했지만."

아마히코가 조금 무시하는 투로 말했다. 스마트폰이나 컴퓨터 등, 그러한 최신 기기에 해박한 걸지도 모른다.

"즉, 네지히코의 스마트폰 안에는 뭔가 결정적인 증거가 있고, 범인은 그걸 들키기 싫어서 사쿠야를 습격하고 화면을 닦아낸 건가."

"그러면 소조로기 씨, 그 스마트폰의 잠금을 풀어 주세요."

"그렇군! M……M……이라."

소조로기는 얼른 비닐봉투 너머로 스마트폰을 만지더니 중얼거리면서 잠금장치를 열려고 했다.

"……어라?"

하지만 그것은 실패로 끝났다.

"안 열리는데? 어이, 정말로 M을 본 게 맞냐?"

"M이었습니다. 하지만 역시나 그런가."

"역시나란 건 뭔 소린데?"

"M은 잠금장치의 해제 자국이 아니었단 소립니다."

"다잉 메시지겠죠."

리리테아가 핵심을 찌르는 말을 꺼냈다.

미묘하게 중요한 부분을 빼앗긴 느낌이 안 드는 것도 아니지만, 그렇게 속 좁은 소리나 할 때가 아니다.

"다잉 메시지! 살해된 피해자가 죽는 순간에 남기는, 범인으로 이어지는 실마리 말이네!"

소파 위에서 폴짝폴짝 뛰면서 미코가 말을 이었다. 위장이라는 말도 썼던 걸 보면, 사실은 미스터리 팬일지도 모른다.

"흔히 있는 거로는 역시 범인의 이니셜이지? 그렇다면 M으로 시작되는 이름인 사람이 수상…… 아…….”

정신없이 중얼거렸지만, 미코는 도중에 안 좋은 사실을 깨달아버렸는지 순식간에 창백한 얼굴을 하면서 고개 숙였다.

"나……나 아냐……. 관계없어! 정말로 난 몰라!”

M은 미코(MIKO)의 M.

자기가 조건에 들어맞는다는 것을 깨달았다.

"아니! 내 딸이 범인이라는 소리야?!”

"분명히…… 전기 호이스트를 쓰면 힘없는 아이라도 범행은 가능……인가.”

소조로기가 혼잣말처럼 중얼거렸다.

"뭔가 잘못됐어요! 우리 미코가 그런 잔인할 짓을 할 리가 없어요! 애초에 이름의 이니셜이 M인 인간은 얼마든지 있잖아요! 이 배에 대체 몇 명이나 타고 있다고 생각하나요?!”

어머니답게 와코 씨가 험악한 얼굴로 딸을 감쌌다.

"그 말씀처럼 이 배에는 사람이 많이 탔습니다. 그러니 일단은 승객과 여객선 직원의 명부를 조사해서 M에 해당하는 인물을 찾아내겠습니다. 그것만으로도 숫자가 꽤 좁혀지겠죠. 그중에 네지히코 씨와 아는 사이에, 뭔가 원한이 있는 인물이 몇 명 있을까요. 아마 한 손으로 꼽을 정도라고 생각합니다.”

"말도 참 심술궂게 하셔.”

옆에서 나한테만 들리도록 중얼거리는 바람에 흠칫했다. 슬쩍 보니 리리테아가 묘하게 요염한 미소를 지으며 이쪽을 보고 있었다. 키득키득 웃고 있다. 아니, 왜 그렇게 기뻐하는데?

뭐, 분명히 심술궂었던 걸지도 모른다. 한 손으로 꼽을 정도의 숫자까지 좁혀졌다고 해도, 그 안에는 여전히 미코가 포함될 테니까.

그걸 이해했기 때문이겠지, 와코 씨가 더욱 물고 늘어졌다.

"애, 애초에 그게 이름을 가리키는 건지도 알 수 없잖아요!"

"그것도 지당한 말씀입니다. 해석의 가능성은 무한합니다. 하지만 이건 네지히코 씨가 죽는 순간에, 한정된 시간 속에서 남긴 메시지입니다. 일부러 알기 어렵게 다른 의미를 담지는 않았겠죠. 추리 소설도 아니니까요."

사건을 어렵게 해서 독자를 즐겁게 하고자, 다잉 메시지를 복잡하게 한다. 그런 주객전도는 픽션에서나 허락되는 일이다.

"하지만 오해하진 말아 주십시오. 미코가 범인이라고는 나도 생각하지 않습니다. 이렇게 나이도 얼마 안 되는 소녀가 덩치 큰 남자를 연이어 둘이나 살해할 수 있다고는 생각하기 어려우니까요. 그리고 여기서 일단 확인하고 싶은 게……. 아, 잠시만요."

말을 길게 잇고 있자니 갑자기 휴대전화에 착신이 있었다.

유리우가 건 전화였다.

『스승님~ 살아있어요? 랄까~.』

시작부터 아주 느긋한 인사다.

"수고 많아. 한 번 죽었지만, 지금은 살아있어."

『아햐햐! 또 그러신다~! 아, 그래서 루루 말인데요.』

사건 1 〈퀸 아이리호 살인 사건〉 · 79

"아, 그거라면 이쪽은 아직 못 찾았어. 그보다 고양이랑 비교도 안 되는 것을 발견해서…….“

『저는 찾았습니다. 아까 9층에서!』

전화 너머에서 유리우가 기쁜 듯이 보고했다.

"어? 찾았어? 배낭을 멘 고양이를?"

『그래요! 하지만 붙잡지는 못했습니다! 빨라요! 하지만 루루는 엘리베이터를 올라타고 위로 올라갔어요.』

"위로 갔다? 9층보다 위로 가면 갑판밖에 없는데."

『예! 저는 확실히 보았어요. 맡겨주세요. 이제부터 쫓아가서 붙잡고 말 테니까요!』

"아, 잠깐만. 그쪽도 중요하지만, 지금 이쪽도 난리가……. 끊겼네."

정신도 없다.

살인 사건 이야기를 꺼내지 못했다.

"실례했습니다. 으음, 어디까지 말했죠?"

모두를 돌아보고 화제를 떠올렸다.

"아, 그렇지, 여기서 일단 여러분의 사건 발생 당시 행동을 묻고 싶은데, 괜찮겠습니까?"

"어? 우리도 의심하는 거야?"

"죄송합니다, 아마히코 씨. 정보는 많은 편이 좋아서."

누구든 자기 알리바이의 유무를 확인하려고 하면 싫겠지. 하지만 켕기는 일이 없으면 숨길 필요도 없다.

그렇게 설명하자 내키지 않는 기색으로 각자 대답해 주었다.

아마히코는 선내 바에서 혼자 마시고 있었다고 한다. 이건 후에 소조로기가 바텐더에게 확인해 봤더니 쉽게 증언을 얻었다.

미코는 서커스가 끝난 뒤에 방에 돌아가서 바로 목욕하고 인터넷으로 쭉 탐정물 드라마를 보았다는 모양이다. 여기에 대해서는 같이 방에 돌아갔던 카시히코 씨와 와코 씨 부부가 증언했다. 그와 동시에 부부 사이의 알리바이도 성립됐다.

가족의 알리바이 증언은 무효——라는 점에는 일단 눈을 감고, 일단 가능성을 없애는 방향을 우선했다.

"감사합니다. 참고로 소조로기 씨, 피해자의 사망 추정 시각 상으로는 어떻습니까?"

"지금으로선 확실하게 말할 수 없지만, 그 모습으로 보면 살해된 직후겠지."

즉, 사건 발각과 사망 추정 시각은 시간상 거의 차이가 없는 건가.

"알리바이에서 생각하면 가족 여러분 중에서 범행이 가능한 사람은 없다는 뜻이군요."

"당연하죠."라고 와코 씨가 불쾌한 기색으로 말했다.

"그렇게 되면, 지금 이 배에는 아직 살인범이 숨어 있다는 뜻인가. 그렇다면 경찰이 필요하군. 아직 누군가를 노리고 있을지도 모르지. 그리고 그 누군가는……."

"우리 가족 중 누군가란 소리인가요?"

"피해자의 근친자니까요. 가능성에서 생각하면 그렇게 되는군요."

어디까지나 가능성의 이야기입니다만, 이라고 소조로기가 덧붙였다.

　"형사님, 설마 범인이 잡힐 때까지 우리 가족을 계속 이 비좁은 방에 가둘 생각은 아니겠죠?"

　"아니, 그게 말이죠……."

　"말도 안 되는 소리죠. 싱가포르까지 며칠이나 더 걸린다고 생각하나요? 가능성만으로 갇혀 있을 수는 없어요. 이 배에 타느라 얼마나 썼는 줄 아세요?"

　말은 날카롭지만, 와코 부인의 주장도 지당하다.

　"아내의 말처럼 장난질에 겁먹을 필요는 없을지도 모릅니다."

　카시히코 씨가 아내를 원호하듯이 입을 열었다.

　"그 말씀은?"

　"아까도 말했듯이 네지히코는 남들에게 원한을 사기 쉬운 성격이었습니다. 아마 이번에도 그게 발단이겠죠. 그렇다면…… 이런 말도 그렇지만, 네지히코의 죽음은 어떤 의미로 자업자득이라고 할 수 있으니."

　"어디까지나 살인은 네지히코 씨와 가해자 사이의 문제. 그가 죽은 지금, 범인은 이 이상 새로운 살인을 저지르지 않을 거라는 말씀이로군요."

　하지만 그것도 가능성의 문제에 불과하다. 같은 배 안에서 가족이 죽었는데 그리 쉽사리 안심할 수도 없겠지. 특히나 아직 나이 어린 미코에게 그 불안은 현저했다.

　불안한 기색인 미코와 눈이 마주쳤다.

"탐정 오빠…….”

간신히 '너'에서 신분 상승을 이룬 것이 은근슬쩍 기쁘다.

그렇게 속으로 좋아하고 있을 때, 미코가 나한테 덥석 뛰어들었다.

"부탁이야! 범인을 잡아줘!”

그 흔들림 없는 눈동자에 무심코 당황했다.

"설마 나한테 의뢰를? 네가?”

예상 밖의 전개다. 이건 문제다. 큰 문제다.

솔직히 말해서 내 누명을 벗은 단계에서 거의 만족하고 있었지만. 아니, 생각해 보면 처음에는 조금 의분에 불탔던 것도 같군.

하지만 범인 찾기라. 해상 호화 여객선의 살인 사건 해결…….

으음. 짐이 무거워!

고양이 찾기, 나아가 카츠라기의 불륜 조사도 아직 끝나지 않았는데.

"응? 아빠, 괜찮지? 내 용돈을 나 줘도 좋으니까!”

"으……으으음. 하지만 그런 건 저기 형사님에게 맡기는 쪽이……. 어떻습니까?”

카시히코 씨는 난처한 표정으로 이쪽을 바라보았다.

어떠냐고 해도 좀 곤란하다.

"맡도록 하겠습니다.”

고민하고 있었더니, 내 옆의 조수가 멋대로 맡아버렸다.

"아니, 리리테아!”

"사쿠야 님, 여기서는 맡도록 하죠. 살인 사건 의뢰는 현실에서 그리 쉽게 있는 게 아닙니다. 여기서는 탐정 오우츠키 사쿠야의 이름을 알릴 기회입니다. 그러니까 아시겠죠?"

리리테아는 내 귓가로 입을 가져와서 속삭였다. 그녀의 긴 속눈썹이 귀에 닿을 듯한 거리다.

"이름을 알리고 자시고……."

"사쿠야 님, 조금 더 의욕을 내주세요. 이대로 부모의 이름을 등에 업은 낙하산 후계자란 소리만 듣는 인생으로 족합니까? 싫죠?"

"내가 그런 소리 듣고 있었어?"

쇼크다.

하지만 생각해 보면 이만큼 말려들고서, 나 자신이 살해되기까지 했는데, 추리를 내던지고 물러나긴 좀 그렇다.

이건 틀림없는 살인 사건이다. 누군가가 범인을 찾아 붙잡을 필요가 있다. 기항지인 싱가포르까지 8일 예정인 여행. 아직 날짜는 많이 남았다. 그동안 살인범과 한 배 위에서 침식이나 고락을 함께하는 것은 내키지 않는다. 아니, 고락은 함께하지 않나.

이젠 나와 관계없다. 힘에 부치는 의뢰는 받지 않는다.

그것도 좋겠지. 탐정일로 밥벌이를 하는 자의, 초탈한 태도 중 하나다.

하지만 다음에 죽는 게 눈앞에 있는 이 조그만 미코일지도 모른다. 리리테아일지도 모른다. 어쩌면 유리우일지도 모른다.

그러면 할 수 있는 일은 해둘까──.

죽음이 함께하는 위험한 일에 참견하는 짓은 신조에 어긋나지만.

"이미 한 번 죽어놓고 신조고 뭐고 없나……."

나는 살짝 투덜거린 뒤에 한숨 섞어가며 말했다.

"알겠습니다. 그 의뢰를 받아들이죠."

"탐정 오빠, 고마워!"

"미코의 기대에 부응할 수 있을지는 모르지만."

"뭐, 너무 무리는 안 해도 되니까."

"예, 무리는 하지 않겠습니다, 카시히코 씨. 그런데."

"뭐지?"

"카츠라기 씨와는 아는 사이십니까?"

"음? 카츠라기……씨라고?"

너무 갑작스러웠을까. 그는 왜 지금 그 이름이 튀어나오는지 모르겠다는 얼굴이었다.

"영화 프로듀서인 카츠라기 마코토 씨 말입니다."

"아, 영화 회사? 으, 음……. 가족들끼리 교류가 있지만……. 이전에 그의 영화에 출자한 게 계기가 되어서."

"그쪽 업계와도 교류가 있는 거군요."

"음. 아내가 예전에 배우였던 것도 있어서 지금도 영화계에 관심이……."

"여보, 다 옛날 일이니까요."라고 와코 씨가 겸연쩍은 듯이 말했다.

"하지만 그게 왜?"

부부는 왜 지금 카츠라기의 이름이 나오는지 의아한 눈치다.

"그랬습니까. 아까 서커스 공연 도중에 인사를 나누시는 모습을 보았기에."

"자네도 그와 아는 사이인가?"

"예. 직접적인 건 아닙니다만. 감사합니다. 그렇다면 이만."

재빨리 대화를 끝마치고, 나는 그 방에서 물러났다.

카츠라기와 와타노야는 서로 면식이 있다──란 말이지. 일이 잘만 굴러가면 살인범 찾기와 함께 불륜 조사도 진전이 있을 것 같다.

4장 워밍업은 끝냈습니다

카시히코 씨의 부탁도 있어서, 계속해서 다른 승객에게는 사건을 비밀로 하기로 했다. 그러는 게 나을 거라는 소조로기의 조언도 있어서, 여객선 직원들은 그 말에 따랐다.

방을 나선 뒤, 나와 리리테아는 복도를 걸으면서 범인에 대해 의논을 나누었다.

"범인은 아직 이 배에 숨어 있어. 아까 카시히코 씨는 범인은 더 범행하지 않을 거라고 했지만, 그건 아니야. 혹시 내가 살아 있다는 걸 알면 분명 이렇게 생각하겠지. 아뿔싸!"

"숨통을 제대로 못 끊었구나."

"그런 거야."

그때 한발 늦게 쫓아온 소조로기가 뒤에서 말을 걸었다.

"어이, 그 생각대로 가면 범인은 다시금 너를 노리는 거 아닌가? 이번에야말로 확실히 죽여서 입을 막기 위해."

실제로는 내가 죽었을 때 범인의 얼굴을 목격했다든가, 진상과 이어지는 결정적인 증거를 손에 쥐고 있는 것도 아니니까 서둘러서 없앨 필요성은 없지만, 범인이 그 사실을 모른다면 관계 없다.

"만일을 위해, 확실히 숨통을 끊지 못한 나를 다시금 습격할 가능성은 있습니다."

"그렇다면 너는 함부로 나돌아 다니지 말고 안전한 장소에 있는 게 낫지 않겠어?"

"설마요. 이 선박 여행 내내 방에 갇혀 있어야 한다니, 나도 싫습니다. 애초에 범인이 누구인지 모르는 이상 절대적인 안전이라곤 없죠. 식사를 가져온 보이가 범인이라면?"

"으음……."

"여기는 크루즈 여객선 안. 그리고 배는 바다 한가운데. 말하자면 크루즈드 서클입니다."

"사쿠야 님, 그거라면 클로즈드 서클입니다. 클로즈드."

자신만만했는데 리리테아가 태연하게 정정해버렸다.

"클로즈드 서클? 미스터리 소설에서 자주 나오는 그건가?"

"그렇습니다. 외부와 차단되어 도망칠 곳이 없는 상황을 가리키는 말입니다. 즉, 이 배 안에 안전한 장소라곤 이미 없죠."

"그건 그럴지도 모르지만……."

"그렇다면 이쪽에서 나서서 붙잡을 뿐입니다. 오히려 나 자신이 범인을 유인할 좋은 미끼가 될지도 모르죠. 괜찮습니다. 다음에는 방심하지 않습니다."

"으음……. 알았다! 하지만 뭔가 위험을 느끼거든 바로 나를 불러. 알겠지? 애들끼리 돌진하지 말라고."

푸념처럼 그렇게 말하고 소조로기는 우리와 헤어져서 저편으로 가버렸다. 다시금 사건 현장을 보러 간 걸지도 모른다.

"다들 내 가벼운 목숨을 걱정해 줘서 고마워. 그런데."

나는 소조로기를 지켜본 뒤에 떠오른 것처럼 리리테아에게 말을 꺼냈다.

"아까 방에서 이야기하던 도중에 한 가지 떠올랐는데 말이지. M 말이야."

"우연이군요. 저도 그렇습니다."

깨닫고 있었나. 역시 리리테아는 예리하다. 그렇다면 이야기는 간단하다.

"카츠라기 마코토. 그도 M이군."

카츠라기는 와타노야와 면식이 있다.

"경우에 따라서는 그도 범인 후보에 들어갈지도……."

"그것도, 그렇군요."

"음?"

리리테아의 반응은 다소 마음에 걸렸지만, 점과 점이 이어진 것 같아서 개인적으로는 만족이다.

"아무것도 아닙니다. 그렇다면 저는 퀸 아이리호의 승객 명부 확인과……."

"선내 감시 카메라의 영상 체크로군."

"예."

그것도 중요한 일이다. 아쉽게도 1층 그 창고에 카메라는 없었던 것 같지만, 어쩌면 어딘가에 수상한 인물이 찍혔을지도 모른다.

리리테아와 헤어진 뒤에 나는 갑판에서 승객을 즐겁게 해준 서커스단 단원들에게 이야기를 들어보기로 했다.

예상대로 공연을 마친 단원들은 바에서 쉬고 있었다. 앞쪽 자리에 있는 것은 멋진 곡예를 보여주었던 오토바이 라이더들이다.

사건의 자세한 내용까지는 아니더라도, 자기들의 비품인 전기 호이스트가 범행에 사용된 모양이라는 것은 이미 소조로기가 말한 모양이라서, 그들은 일제히 복잡한 표정을 짓고 있었다.

바 안쪽에서는 다른 그룹이 술을 마시고 있다. 그쪽에서 '바보 자식이'라는 낮은 목소리가 들렸다.

귀를 기울이자, 내 살해에 사용된 투척용 나이프 상자를 제대로 잠그지 않았던 신인 단원이 야단맞고 있었다.

"저기, 바쁘신 데 죄송합니다."

"아앙?"

말을 걸자, 왜 이런 가게에 꼬맹이가 있냐는 듯한 얼굴이 돌아왔다.

"탐정입니다."라고 말하고, 아직 밖에는 퍼지지 않았을 터인 사건 내용을 속삭이자 그들의 태도는 다소 누그러졌다.

나이프에 대해 물어봤더니, 정말로 공연 후에 보관한 상자에서 나이프가 하나 사라졌다고 했다. 그들이 그 사실을 안 것은 내가 아직 사망했을 동안이었다.

소중한 장사 도구가 범죄에 사용되는 것은 프로로서 괴로운 일이겠지.

"나중에 이게 오너의 귀에 들어간다고 생각만 해도…… 최악이야."

신입단원이 머리를 싸쥐었다.

"오너? 이 서커스의 책임자입니까? 그렇게 무서운 분입니까?"

"무섭다고 할까, 장사가 제일인 사람이라서, 아무튼 인정머리란 게 없어요. 이익이 안 되는 일을 무엇보다 싫어하고……. 그런 주제에 자기만 1등 객실에서 놀고 있고……."

"어이, 그만해."

외부인에게 들려줄 만한 이야기가 아니라며 선배 단원이 그를 다독였다.

아무래도 범인은 그 창고에 있었던 것을 즉석 흉기로 범행에 써먹었다는 인상이 있다.

서커스단과 수전노인 오너라. 머릿속 한구석에 담아두자.

바 앞의 복도를 더 걸어가자, 호화로운 문에 도달했다. 거길 열자 바닷바람이 밀려왔다. 그 앞은 배의 뱃머리였다.

시각은 밤 11시가 안 된 시간. 슬슬 늦은 시간대라서 밖에는 사람이 적고 한산했다.

돌아보니 배 위쪽에 서커스 공연이 있었던 갑판이 보였다. 문제의 클라운 풍선을 희미한 조명이 비추고 있었다.

풍선이라고 해도 하늘에 띄우는 게 아니라 지면에 직접 세우는 타입이다. 바람에 날아가지 않도록 와이어와 쇠붙이로 확실히 고정했을 것이다.

"서커스라……."

문득 생각했다. 그때 범인도 그 장소에서 서커스 공연을 보았던 게 아닐까? 그러니까 공연 중에 나이프 던지기가 있는 것을 알았다.

1층 창고에서의 범행 때, 사전 정보가 없는 상태로 확신을 가지고 흉기를 찾는 것은 조금 부자연스러울 것 같지만, 나이프 던지기 공연을 알면 나이프를 찾자는 발상으로 이어지는 것도 —— 있을 법하다.

그런 발상을 내게 주기는 했지만, 여기에는 그것 외에 딱히 봐야 할 것이 없을 것 같았다.

선내로 돌아가려고 했을 때, 스마트폰에 연락이 들어왔다.

"유리우인가……. 어차차차차."

주머니에서 꺼내어 통화 버튼을 누르려다가 스마트폰의 위아래를 거꾸로 들었다는 것을 깨닫고 다시 들었다. 어두운 곳에서는 흔히 있는 실수다. 손잡이가 없는 직사각형의 스마트폰은 주머니에서 꺼낼 때 위아래나 앞뒤를 헷갈리기 쉽다.

그래, 위아래를…….

착각하여…….

"기다렸지. 유리우, 뭐 좀 찾았어?"

『있다!』

귀가 울려서 내 머릿속 생각이 흩어졌다.

유리우는 최고조의 흥분 상태로 소리치고 있었다.

"……있어?"

『찾았어요! 루루! 눈이 마주쳤어요. 지금 결사의 눈싸움을 벌이고 있습니다. ……착하지, 착해.』

"눈앞에 있나."

『있어요. 이쪽, 이쪽……. 함부로 자극하지 않도록……. 자, 가다랑어포입니다. 주방장에게 받아온 고급품이에요…….』

그 목소리만으로도 저쪽 상황이 눈에 선했다.

『지금이다! 으랴아! 해냈다! 해냈어요! 포획입니다!』

"붙잡았어?! 잘했어, 유리우!"

『루루 포획 성공!』

수화부에서는 기뻐 날뛰는 유리우의 목소리와 '야옹' 하는 고양이의 굵직한 울음소리가 들렸다.

내 제자는 수수한 수색으로 드디어 고양이 찾기를 달성한 모양이었다.

"뭐야. 결국 내 힘 같은 건 빌리지 않고도 해냈잖아."

스승으로서는 조금 한심한 기분이지만, 유리우의 이 끈기는 의외로 정말 탐정에 맞는 걸지도 모른다.

"그래서 유리우, 지금 어디에 있어?"

『그게, 피에로 앞입니다. 어라? 클라운이었나?』

"그렇다면…… 갑판?"

『그렇습니다.』

나는 몇 걸음 물러나서 다시금 위를 보았다.

"정말이네. 보인다, 보여."

갑판 끝자락, 난간 바로 옆에 핑크색 드레스 차림의 소녀가 서 있는 게 여기서도 보였다.

『어?! 스승님, 어디서 보고 있나요?! 신의 눈?!』

"아니야. 아래야, 아래."

손을 흔들어주었지만, 저쪽은 나를 발견하지 못하는 모양인지 난간 옆에서 우왕좌왕하기만 했다.

"금방 그쪽으로 갈게."

통화하면서 서둘러 선내로 돌아갔다. 분명히 갑판으로 직통인 엘리베이터가 있었을 거다.

『아, 루루, 역시 뭔가 메고 있네요. 몸에 감긴 검은 벨트로 고정되어 있습니다.』

"어? 아, 배낭인가 뭔가가 있다고 했지."

『배낭은 아닌 모양이에요. 이거 본 적이 있어요. 어어……. 그래, TV에서 연예인이 헬멧에 다는 카메라! 번지 점프 할 때.』

"……소형 카메라? 그건 혹시 Go 카메라인가?"

고성능 소형 카메라로, 최근에는 『Go 카메라』라는 상품명으로 알려져 있다.

"고양이 등에 카메라가? 왜?"

나는 엘리베이터를 발견하여 상승 버튼을 눌렀다. 다행스럽게도 이 층에 서 있었기에 문은 바로 열렸다.

『아, 뭔가 녹화한 모양이에요. 루루가 돌아다니면서 찍은 걸까요? 어디 보자.』

"어디 보자라니…… 보려고?"

호기심도 왕성한 애다.

또 전화 너머에서 루루가 '야옹' 하고 울었다.

두 번째 울음소리를 들었을 때, 문득 내 뇌리에 어떤 소리가 되살아났다.

그건 네지히코의 시체 발밑에서, 호이스트를 관찰할 때 희미하게 들렸던——.

"그 소리다……. 그때의……."

분명히 들은 소리.

그때는 달리 생각할 일이 많아서 나중으로 미뤘다. 나중으로 미룬 채로 까맣게 잊어버리고 있었지만——.

야옹.

"그건 루루가 낸 소리였어! 루루는 그때, 그 장소에 있었어!"

『저기……. 스승님, 지금 영상을 재생해 봤는데요, 이거…… 제가 봐도 되는 건가요……?』

"유리우! 거기에는 뭐가 찍혔어?"

아까만 해도 밝았던 유리우의 목소리가 어느 틈에 무겁게 가라앉아 있었다. 뭔가 아주 겁먹은 기색이다.

『이것저것 많이 찍혀있어요……. 복도를 가는 사람이나, 보이…… 그리고 지금은 어디 창고 같은 장소의 영상이 시작되고 있는데요…….』

"1층 창고다!"

엘리베이터는 아직 최상층에 도달하지 않았다.

『남자랑…… 또 한 명, 누군가가 찍혀 있어요.』

남자라는 건 네지히코 말이겠지.

『또 한 명은 뒷모습이라서 아직 잘 모르겠지만…… 말싸움을 벌이는 것 같고…….』

역시 그렇다. 그때 루루는 그늘에서 지켜보고 있었다.

『아! 남자가! 뒤에서 목에 뭔가가 감겨서……. 와! 와! 위로 죽죽 매달려서…… 너무해……!』

"진정해! 그보다 이제 영상은 안 봐도 되니까, 너는 얼른 그 자리에서 도망쳐!"

더는 볼 것도 없다. 그대로 영상이 계속되면 다음에는 내가 어슬렁어슬렁 창고에 나타나고, 이번에는 내가 뒤에서 칼에 찔리는 장면이 나온다. 그건 이미 확정된 과거다.

루루는 그때, 그 자리에서 그 모습도 지켜보고 있었다. 그러니까 그때 내 귀에 그 울음소리가 닿았다.

같은 장소에 있던 범인이 나를 살해한 뒤에 루루의 모습을 목격하고, 그 등에 소형 카메라가 달려 있음을 깨달았다면?

자기 범행이 시종일관 촬영됐다는 것을 알았다면?

루루가 지금까지 카메라를 등에 달고 도망 다니고 있었다는 소리는, 범인도 그 자리에서 루루를 붙잡지 못했다는 소리다.

그렇다면 범인으로서는 도저히 마음 편할 수 없겠지.

자기 죄의 확실한 증거를 가진 고양이가 유유히 선내를 산책하고 있다. 당연히 한시라도 빨리 루루를 찾아내서 증거 영상을 없애자고 생각하겠지.

그리고 현재 가장 범인상에 가까운 인물은 루루의 위치에 대해 중요한 정보를── 이미 쥐고 있다.

아까 와타노야 일가가 모인 방에서 범인은 나와 유리우의 통화를 듣고 알았을 것이다.

루루는 갑판으로 올라갔다고.

필연적으로 범인은 거기로 가서 루루를 회수하려고 하겠지.

유리우가 루루를 발견하고 증거 영상을 보기 전에.

『어라……. 이 사람은……. 이 사람이 범인이야……?』

하지만 유리우는 이미 그것을 봐버렸다.

"내 말 들어, 유리우. 잘 들어. 네 몸에 위험이 다가오고 있어. 당장 그 자리를 벗어나!"

사실은 소조로기에게 전화하여 와타노야 일가가 각각 지금 어디에 있는지 확인하고 싶었지만, 그런 느긋한 소리나 하고 있을 수 없다.

간신히 엘리베이터가 멎고 문이 열렸다. 바닷바람이 뺨에 닿았다. 보이는 범위에 승객은 없었다.

바로 갑판으로 뛰쳐나가서 유리우의 모습을 찾았다.

있다. 아까와 같은 장소에서, 이쪽에 등을 돌리고 있었다.

하지만 이미 그 뒤에 사람의 그림자가 다가와 있었다.

"유리우! 뒤야!"

나는 스마트폰을 입에서 떼고 직접 그 뒷모습을 향해 외쳤다. 동시에 그 그림자가 태클이라도 하듯이 유리우에게 몸을 부딪쳤다.

"그만둬! 와코 씨!"

"꺄아!"

그 충격에 유리우의 몸이 튕겨났다. 껴안고 있던 루루도 함께 난간 너머로 떨어졌다.

생각하기 전에 몸이 먼저 움직였다. 유리우를 향해 똑바로 달려갔다.

그 몸이 갑판 너머의 나락으로 떨어졌다.

"유리우!"

아니, 괜찮아. 갑판 가장자리에 손이 걸린 게 보였다. 아직 떨어지지 않았어!

유리우를 떠밀친 인물, 와타노야 와코가 그 자리에서 도망치려는 모습이 시야 구석에 희미하게 비쳤다.

하지만 지금은 그쪽에 신경 쓸 여유는 없다. 그러니까 나는 소리치기로 했다.

"리리! 부탁해!"

"알겠습니다."

모습은 보이지 않았지만, 대답은 거의 딜레이 없이 돌아왔다.

동시에 어디에선가 날아온 나이프 하나가 메마른 소리를 내며 갑판에 꽂혔다.

짧은 비명이 울리고, 와코 씨가 바닥에 쓰러졌다.

그 한순간 동안에 나는 난간을 뛰어넘어 유리우의 손을 붙잡고 있었다.

"스, 스승님!"

유리우는 그런 상황에서도 루루를 놓지 않았다. 대단한 근성이다. 하지만 그 눈은 공포로 물들어 있다. 애초에 아래는 시커먼 바다의 나락이다. 떨어지면 목숨은 없다.

"괜찮……아! 반드시 구해줄게!"

그렇게 말하긴 해도 인간 한 명 플러스 고양이 한 마리의 무게를 한 손으로 버티는 것은, 상대가 가녀린 소녀라고 해도 가벼운 노동이라고 할 수 없다. 뚜둑 하고 내 팔에서 이상한 소리가 났다. 팔을 다친 걸지도 모른다.

하지만 그게 다 뭐냐. 어차피 내 몸은 멋대로 재생한다.

망가져도 되니까 유리우를 끌어 올리는 거다. 반드시.

"스승님! 제발요! 이 애만이라도 먼저!"

그런데도 유리우는 왼손으로 껴안은 루루를 필사적으로 들어 올리려고 했다.

거짓말이지? 이 애, 진심인가. 영화 촬영이 아니라고. 스턴트맨이 대신해 주는 것도 아니고, 아래에 매트가 깔린 것도 아니나. 그런네 고양이 목숨을 우선해?

"그런 건…… 완전히 히로인이잖아!"

일이 이렇게 되자 왠지 웃기게 느껴져서 갑자기 웃음이 솟구쳤다.

최후의 힘을 쥐어짜 끌어올렸다.

유리우가 다시금 난간을 붙잡았다.

"좋아! 해냈다!"

그걸 확인하는 동시에, 내 몸이 대신해서 떨어졌다.

"스승님!"

마지막 순간, 유리우의 목소리와 내 목뼈가 부러지는 소리를 들었다.

□

죽기 직전——이 아니라, 죽음 한복판에서 되살아나자, 천사와도 닮은 리리테아가 나를 내려다보고 있었다.

"잘 돌아오셨습니다, 사쿠야 님."

조수가 자애롭게 맞이해 주었다.

내가 누워있던 곳은 갑판 위고, 내 머리는 리리테아의 부드러운 무릎베개 위에 있었다.

"나…… 떨어졌지?"

"예, 떨어졌습니다. 발견 당시 사쿠야 님의 목은 180도 정도 회전해 있었습니다."

어쩐지 잠을 잘못 잤을 때처럼 목이 아프다 했다.

"그런가……. 아아……."

한 차례 눈을 감고 내 몸에 일어난 죽음을 받아들인다.

"으아아, 무서웠어!"

입을 열자, 마음속 깊은 곳의 본심이 나왔다.

"사쿠야 님, 고생하셨군요."

리리테아가 무릎베개를 한 자세인 채로 내 이마를 어루만지고, 전 세계에서 나에게만 보이도록 부드럽게 미소 지었다.

역시나 쑥스러워져서 다급히 몸을 일으켰다.

그때 뒤에서 목소리가 들렸다.

"어? 살아있어? 거, 거짓말이지?"

돌아보니, 와타노야 일가 사람들과 소조로기가 나란히 이쪽을 보고 있었다.

"사쿠야 님은 운 좋게도 뱃머리 가장자리에 떨어졌기 때문에 바로 시신을 회수할 수 있었습니다. 이 갑판까지 운반해 주신 것은 저 형사님입니다. 나중에 감사의 말을 하죠."

"너, 괜찮아? 어디를 어떻게 봐도 죽은 걸로 보였는데……."

와타노야 일가를 대표하여 아마히코가 조심조심 물었다.

"……운 좋게도 안 죽을 곳을 부딪쳤던 모양입니다."

"목이 뒤로 꺾여서 뺨이 날개뼈에 닿은 것처럼 보였는데……."

천천히 일어섰다. 아직 목의 움직임에 다소 위화감이 남아 있었다.

"스승님~!"

그 직후에 유리우가 껴안고 드는 바람에 또 넘어졌다.

"죽은 줄 알았어요! 죽은 줄 알았어요!"

유리우는 귀여운 얼굴을 엉망으로 일그러뜨리고 울었다.

"미안. 너를 끌어올리느라 힘을 다 써버렸던 모양이야."

어색하게 그녀를 위로했다.

"하지만 유리우도 그러면 안 되잖아. 고양이도 소중하지만, 자기 목숨을 제일로 생각해야지."

그렇게 다독이자, 유리우는 다소 원망 어린 얼굴을 했다.

"그 말, 고대로 나비매듭을 묶어서 돌려드리겠습니다!"

찍소리도 안 나왔다.

그 뒤로 나는 갑판 위에 서 있는 그 사람—— 와타노야 와코의 앞에 섰다. 날카로운 나이프 하나가 그녀의 옷자락을 바닥에 꿰어놔서 못 움직이게 하고 있었다.

와코 씨를 멋지게 붙든 것은 리리테아가 멀리서 던진 나이프였다. 서커스단의 나이프가 아니다. 그녀가 원래부터 숨기고 다니는 물건이다.

"리리테아, 훌륭했어."

그 솜씨와 반응 속도를 칭찬하자, 리리테아는 투척 자세를 보이면서 말했다.

"사전에 워밍업은 끝내두었기에."

"……설마 여차할 때를 위해 선내에서 다트를?"

"당연합니다."

"거짓말이군."

와코 씨는 소조로기 씨에게 구속당한 상태였다. 이미 체념한 기색이다. 유리우를 밀치는 것을 나와 유리우가 똑똑히 목격했으니까 당연하다.

"어머니……. 왜 이런 짓을……."

아마히코는 고개 숙인 채로 있는 어머니에게 뭐라 말해야 할지 모르는 모습이었다.

나는 분노도 기쁨도 섞이지 않은 목소리로 그녀에게 말했다.

"와코 씨, 당신이 진범이었군요."

다시금 이 사실을 가족 앞에서 말하는 건 꺼려지지만, 여기서 대충 넘긴다고 될 일도 아니다.

"그 애…… 네지히코 때문이야……. 나는…… 나는 그저, 집안을 지키려고……."

와코 씨는 부러질 기세로 손톱으로 바닥을 찔러대며 목소리를 쥐어짜냈다.

"비밀을…… 지키려고……. 그런데!"

"와코! 이제 됐어! 그 이상은……!"

그런 아내의 독백을 막은 것은 카시히코 씨였다. 핏기 없는 안색이었다.

"카시히코 씨, 뭔가 아시는 모양이군요? 혹시 와코 씨가 네지히코 씨를 죽인 이유를 아십니까?"

"나, 나는……!"

절대로 말하기 싫다는 표정이다.

"냐아~ ♪ 배 쓰다듬어 줄게요~. ……어? 아, 됐다!"

그때 루루를 껴안고 있던 유리우가 다가왔다. 아까 죽을 뻔했는데도 멘탈이 참 강하다.

"스승님, 겨우 벗겨졌어요."

루루는 간신히 등에서 Go 카메라를 내려놓을 수 있어서 기분이 좋아진 기색이다.

"그러고 보니 궁금하긴 했는데, 이 카메라를 루루의 등에 단 건……?"

"아, 아마 카츠라기 씨일 거예요."

"역시 그렇군."

담담히 느끼고는 있었는데, 단순히 붙잡기도 힘든 고양이 등에 Go 카메라를 다는 짓은 주인이 아니라면 간단히 할 수 없는 일이다.

"그 사람, 직업상 카메라도 잘 아는 모양이라서. 하지만 뭣 때문에 이런 짓을 했을까요?"

"아까부터 궁금했는데, 그 고양이는 혹시 루루?"

카츠라기의 영문 모를 행동에 대해 잠시 의논하고 있자, 옆에서 아마히코가 끼어들었다.

"아시나요?"

"팬이야. 동영상 사이트에서 항상 보고 있어."

"동영상 사이트?"

"몰라? 루루 산책 채널. 루루의 등에 단 카메라를 통해서 시내의 여러 풍경을 고양이의 시점으로 즐기는 거야."

아마히코가 스마트폰을 쳐들어서 보여주었다. 분명히 유명 동영상 투고 사이트에 그런 농영상이 여럿 올라와 있었다. 부고자의 이름이나 기타 정보는 비밀인데, 아무튼 루루를 열심히 밀고 있었다.

그걸 봐도 아마히코처럼 흥분할 수는 없었지만, 그래도 깨달았다. 이걸로 카츠라기의 행동의 이유를 알았다.

그는 취미로 고양이를 이용한 특수 동영상을 투고하고 있었다. 그리고 그것들을 아내에게 비밀로 하고 있었던 거겠지.

"요컨대 이번에는 호화 여객선 여행이라는 이름으로 평소와는 다른 동영상을 찍을 계획이었겠지. 하지만 낯선 환경에 흥분한 루루가 출항하자마자 방에서 도망친 거고."

상황을 정리하자 "아하! 그게 정답이겠네요!"라며 유리우가 말했다.

"방 앞에서 만났을 때, 카츠라기 씨가 꽤 허둥대고 있었어요. 왜 그러냐고 물었더니, 소중한 고양이가 도망쳤다고 그러기에, 제게 맡겨주세요! 라고 나섰고요."

"부탁하지도 않았는데 탐정 역할을 억지로 자처한 거군."

"아니, 하지만 난처한 모양이었고요. 뭐, 분명히 '알아서 찾을 테니까 그러지 않아도 된다.' 고 그러긴 했지만요."

"이런 취미를 주연 여배우에게 들키는 건 그로서도 피하고 싶었겠지. 이미 늦었지만."

말하자면 이건 고양이를 쓴 불법 촬영이니까, 칭찬받을 취미는 아니다.

"우우…… . 제가 괜한 짓을 해버린 걸까요? 스승님~."

"울지 마. 유리우 너도 나름대로 애썼어."

축 늘어져 풀 죽은 유리우를 위로했다. 그러자 순식간에 눈썹에 힘이 들어갔다.

"그렇죠! 덕분에 중요한 증거를 잡을 수 있었고요!"

유리우는 벗겨낸 카메라를 챔피언 벨트처럼 하늘에 쳐들고 가슴을 폈다.

태세 전환이 빠르군.

그리고 그러는 바람에 카메라 화면에 영상이 흐르기 시작했다. 재생 버튼에 손이 닿았던 모양이다.

"아, 죄송합니다~."

다급히 그걸 정지시키려는 유리우.

"……잠깐만!"

나는 재빨리 그걸 제지하고 화면을 들여다보았다. 무슨 일인가 싶어서 다른 사람들도 화면을 보았다.

거기서 나오고 있던 것은 창고에서 와코 씨와 네지히코가 말다툼을 벌이는 장면이었다.

그것은 이런 내용이었다.

『이제 지긋지긋해! 일본에 돌아가면 죄다 엎어버리겠어!』

『네지히코! 그런 짓을 하면 집안이 어떻게 될지 모르는 거니?! 5대나 이어져온 와타노야의 역사와 신용을 너는……!』

『그렇다고 집안이 똘똘 뭉쳐서 이런 짓을 계속하다니 미쳤어? 어머니, 막아 봤자 소용없어! 나는 죄다 밝히겠어! 몇 년이나 참고 살았나고!』

모자의 말다툼은 꽤 심했다.

『이거고 저거고 다 회사를 재건하기 위해서야! 네 아버지가 어떤 마음으로 결심했는지 생각하렴!』

『알 바 아니야! 아버지 대에서 경영이 기운 건 아버지에게 경영 능력이 없었기 때문이야! 신상품인 흑당 오크라 멜론 쿠키란 놈은 뭐야! 그딴 게 잘도 팔리겠다! 애초에 회사가 존속된다고 좋을 게 있어? 어차피 다 형 거잖아! 나랑은 관계없어! 흥! 장남이라고 아마히코라는 그럴싸한 이름이나 붙여 주고!」

『그건……! 회사만이 아니야. 모든 건 너희를 키우기 위해서
였어!』

『더러운 짓을 해서 번 돈으로 크고 싶진 않았어! 이딴…….』

"악!"

갑자기 밤의 바닷바람이 부는 갑판에 유리우의 목소리가 울려
퍼졌다.

영상에 집중하고 있던 모두가 고개를 들자, 유리우가 카메라
너머에 있는 한 점을 가리키고 있었다.

그것은 저 클라운 풍선── 발치 부분이었다.

"아아~! 그러면 못써!"

유리우는 카메라를 내게 넘기고 그쪽으로 달려갔다.

"뭐지! 지금 중요한 장면인데!"

소조로기가 두 손으로 머리를 긁적였다.

"죄송해요! 하지만 이 애가 풍선을 할퀴어서……! 푸슉 하고."

"푸슉?"

그 의성어로는 대체 무슨 일이 일어났는지 알 수 없었지만, 클
라운을 올려다보고 깨달았다. 클라운의 스마일이 서서히 시들
기 시작했다.

"아하. 루루가 구멍을 뚫어버렸나."

"서커스 사람들에게 사과하러 가야겠어요! 하지만 이 애, 아
까 여기서 발견했을 때 이 풍선을 자꾸만 긁어대고 있었어요.
뭔가 관심 가는 냄새라도 있었던 걸까요? 아! 그러면 못써!"

유리우가 말하는 동안에도 장난꾸러기 루루는 자기가 뚫은 구멍에 고개를 들이밀더니, 그대로 풍선 안으로 들어가 버렸다.

"나오세요~! 루루~!"

 루루의 뒤를 쫓아서 유리우도 그 구멍에 얼굴을 들이밀었다.

"아, 안 돼!"

 그것을 본 순간, 이번에는 카시히코 씨가 비명 같은 소리를 질렀다.

"안 돼, 안 돼! 거기는……! 그만둬!"

"왜 그러십니까? 누가 보면 안 되는 거라도?"

"아! 아니……. 저기……."

 그는 이리저리 시선을 움직이며 말을 흐렸다.

"어라? 저기요!"

 상반신만 풍선에 들이민 자세인 채로——소녀로서 되도록 보이고 싶지 않은 자세다——유리우가 이쪽에 대고 외쳤다.

"이번엔 뭐야? 유리우, 설마 못 빠져나오게 됐어?"

"아니에요! 저기, 안에 뭔가가 있는데요……."

"안에? 풍선 안에 있는 거라고는 공기뿐이겠지! 조금은 눈치를 챙겨!"

 소조로기는 짜증을 내고 있었다.

"그게…… 비닐로 싼 녹색 솜 같은 게 잔뜩 쌓여 있어서……."

"솜? 왜 그런 게?"

"왠지 단내가 나요~."

 나와 소조로기는 서로의 얼굴을 바라보았다.

녹색 솜에 단 내.

그 조건에 들어맞는 것은 그리 많지 않다.

모두의 흥미가 완전히 그쪽으로 쏠린 사이에, 나는 가만히 버튼을 눌러서 영상의 다음 장면을 확인했다.

영상 안에서 생전의 네지히코가 어머니를 향해 소리쳤다.

『이런…… 대마를 판 돈으로 크고 싶지 않았어!』

□

와타노야 제과는 최근 몇 년 동안 매상 부진이 계속되어서 부도 이야기도 나돌고 있었다.

1900년대 초부터 이어지는 역사 있는 가게가 맞은 최대의 위기였다.

신상품 개발, 판매도 실패로 끝나고, 드디어 간판을 내릴 때라고 여겨졌다. 하지만 어느 해를 경계로 다시금 일가의 씀씀이가 좋아졌다.

이것은 후에 리리테아가 조사하여 판명한 일이다.

"설마 그 와타노야 제과가 대마 밀매에 관여했다니……."

와타노야 카시히코, 와코 부부를 구속하면서 소조로기는 한숨을 쉬었다.

"흑당 오크라 멜론 쿠키인 『포와르』, 좋아했는데."라고 아쉬워하고 있다. 와타노야 제과의 숨겨진 팬이었던 걸까.

"와타노야 제과는 국내외에 농장을 갖고 있었죠. 카시히코 씨, 당신은 그 토지를 이용하여 몰래 대마를 재배했던 거군요."

거듭 묻자 카시히코 씨는 체념한 듯이 수긍했다.

국내와 해외, 각각의 밭에서 건조대마를 만들고 수출입을 거듭했다. 개인이 살짝 유혹에 넘어가서 저지른 수준이 아니다. 회사를 이용해서 자금 마련을 위해 밀매한 것이다.

그것은 카시히코 씨와 아내 와코 씨 사이에서 공유되던 일족의 비밀이었다.

나중에 조사한 바로는 장남인 아마히코도 딸인 미코도 부모가 그런 더러운 짓을 한다는 사실은 전혀 몰랐다고 한다.

하지만 어떤 계기로 네지히코만큼은 그 비밀을 알아버렸다.

"네지히코는…… 그 아이는, 이런 짓은 그만둬야 한다면서 말을 듣지 않았어……. 죄다 세간에 공표하고 죗값을 치러야 한다고……."

카시히코 씨는 깊이 고개 숙인 채로 그렇게 말했다.

난폭하고 툭하면 여자를 갈아 치우는, 부잣집 차남. 고인을 나쁘게 말하고 싶진 않지만, 솔직히 들려오는 말에서 네지히코의 인상은 딱히 좋지 않았다. 그래도, 그런데도 네지히코라는 남자가 세상의 악을 죄다 긍정하는 인간이라고 생각하긴 일렀다.

그 나름대로 부모의 죄를 고민하고 괴로워하고, 안정된 생활을 버려서라도 바로잡으려고 했다.

"하지만 그런 짓을 하면 일족은 끝이야! 일족은 물론이고 제휴사인 친족의 자회사, 근무하는 수많은 종업원의 생활도! 이제 와서 돌이킬 수는 없었어……."

"그러니까 죽일 수밖에 없었다? 그러니까 부인이 네지히코 씨를 죽인 것을 알면서도 은폐하려고 하고, 서로의 알리바이를 위증했다고?"

네지히코가 살해당한 시간, 와코는 방에 없었다. 목욕하던 미코는 몰랐지만, 카시히코만큼은 그걸 알고 있었다. 하지만 그는 '아내는 나와 함께 방에 있었다.'라고 거짓말했다.

역시 가족의 증언은 무효였다.

"그 애가 말귀를 못 알아먹어서 그랬어요."

소름 돋는 듯한 목소리가 들렸다. 와코 씨였다. 그녀는 바닥에 주저앉은 채로 무표정하게, 저 멀리 시커먼 바다를 바라보고 있었다.

"끝까지 불효자식이었죠. 부모의 말을 듣지 않을 거라면……죽일 수밖에 없지 않나요."

전혀 감정이 실리지 않은 어조였다. 그런 어머니를 본 아마히코와 미코는 겁에 질렸다. 하지만 그 태도에서 느껴지는 만큼 와코 씨가 무자비하게 아들을 죽였다고는 생각되지 않았다.

아무리 그래도 이번에는 우발적인 범행이다. 계획적이란 건 말도 안 된다.

확 열이 오르는 바람에 판단력이 날아가고, 엉겁결에 그만 저지른 것이다.

그래서 어쩌라고——라는 소리이긴 하지만.

카시히코 씨가 어떤 경위로 대마 밀매의 아이디어나 루트를 얻었는지에 대해서는 추궁하지 않았다. 반사회적 세력과의 관계에서 나온 걸까, 아니면 해외에서 좋지 않은 '친구'라도 사귀었던 걸까.

어찌 되었든 그걸 추궁하는 건 내 일이 아니다. 처벌하는 것도 내가 아니다.

"이걸로 사건은 해결인가."

난간에 등을 기댄 채로 나는 갑판에서 선내로 연행되어 가는 와타노야 부부를 지켜보았다.

무심결에 내 오른팔을 만져보았다. 아직 통증이 남아 있다. 유리우를 올릴 때 탈골이 난 걸지도 모르겠다.

"훌륭하셨습니다."

어느 틈에 오른쪽 옆에 리리테아가 서 있었다.

"수고했어. 리리테아의 빈틈없는 서포트 덕분에 살았어."

아프지 않은 쪽의 팔로 다트 시늉을 하자, 리리테아는 조금 수줍은 듯이 몸을 꼬았다.

"설명하지 않아도 의사소통은 완벽. 우리는 최고의 콤비잖아? 이걸로 게임 피니시!"

"사쿠야, 천박한 소리 하지 마."

쌀쌀맞긴.

클라운 풍선은 지금 완전히 쭈그러든 모습이었다. 안에 숨겨졌던 대량의 건조대마는 나중에 확실히 운반되어서 엄중히 관리되겠지.

"하지만 크루즈 여행을 이용해 밀수하다니 대담한 짓을 하는군. 게다가 서커스단의 풍선 안에 숨기다니."

그렇게 눈에 띄는 장소에 숨길 리가 없다──라는 맹점을 찌르는 의미로는 오히려 최적의 장소였을지도 모르지만.

"뭐, 동물의 코는 속일 수 없었지만."

"아마도 이 크루즈 여객선 기획 자체에 와타노야 제과가 처음부터 엮여 있었겠죠."

"그렇다면 서커스단도?"

"단원까지는 모르지만, 오너는 한패겠죠."

"어른이란 무섭군."

결국 내가 품은 인상처럼 클라운은 속이 시커멨다.

유리우를 보니, 울음을 터뜨린 미코를 애써 위로하고 있다.

한동안 그 모습을 떨어진 곳에서 지켜보았다.

갑자기 미코가 살짝 웃는 게 보였다. 유리우가 어떤 재치 있는 농담이라도 한 걸까, 여기에서는 알아들을 수 없었다.

미코가 울음을 그치자, 유리우는 어깨에 루루를 올리고 이쪽으로 다가왔다.

"해냈네요, 스승님."

"유리우, 큰 공을 세웠어."

루루는 이미 도망칠 걱정이 없는 모양이고, 우연이지만 숨겨진 대마도 발견했다. 대활약이다.

"에헤헤. 잘 모르는 채로 사건이 끝나버렸지만요."

"이번에는 끌어들여서 죄송했습니다. 사쿠야 님을 대신하여 사죄의 말씀을 드립니다."

정중하게 고개 숙이는 리리테아의 모습에 유리우가 몸 둘 바를 몰랐다.

"아뇨, 아뇨. ……그런데 스승님, 이 미인은 대체?"

그러고 보면 두 사람은 이게 첫 대면이다.

"아, 이쪽은 리리테아. 내 조수로……."

"그런데 사쿠야 님, 스승님이란 말은 대체 무슨 뜻입니까?"

고개를 든 리리테아가 차가운 눈으로 나를 바라보았다.

"전 들은 적 없는데요? 여자에게 스승이라고 부르게 해서 대체 어떤 희열에 잠겼던 겁니까? 전 들은 적 없습니다만?"

"마, 말할 기회가 없었어."

허둥지둥 시선을 돌리고 있자, 이 세상의 누구도──내가 아니면 누구도 들을 수 없을 만큼 작은 목소리로 리리테아는 "바보 같은 사람."이라고 말했다. 아, 삐졌구나.

"그런데 스승님은 대체 어느 단계에서 범인이 와코 씨라고 알아차리셨나요? 게다가 짚이는 게 있으니까 저한테 달려와 준 거잖아요? 유리우! 죽지 마! 죽지 말아줘! 라면서."

유리우는 꿈꾸는 듯한 얼굴로 연기를 했다. 물론 내가 그런 말을 했다는 사실은 없다.

"여러 조각을 모아서 결론이 났지만, 마지막 결정타는 네지히코 씨가 남겨준 다잉 메시지일까."

"그 M 말인가요? 어째서 그걸로 범인이 와코 씨가 되는 거죠?"

유리우는 전혀 모르겠다는 얼굴이다. 나는 주머니에서 내 스마트폰을 꺼내어서 그걸 180도 회전시켜 보여주었다.

"그 문자, 처음부터 거꾸로였던 거야. 생각해 보면 그 가능성도 더 일찍 깨달았어야 했어."

"거꾸로……. M…… M…… 엠…… 맹……."

"M을 거꾸로 뒤집으면?"

"아! 그렇구나! W!"

"그래. 처음에 화면에 남겨진 글자를 보았을 때, 나는 그게 스마트폰의 잠금장치 해제 자국이라고 착각했어. 그 뒤에 그건 역시 다른 메시지라는 이야기가 되었지만, 처음의 선입관이 남았던 탓에 네지히코 씨가 스마트폰을 거꾸로 들고 그 글자를 썼다는 가능성을 검토하지 않았던 거지."

"그렇구나! 분명히 그게 잠금장치를 해제하려다 남은 자국이었으면, 당연히 스마트폰은 똑바로 들고 있겠지만……."

"그래. 급히 주머니에서 꺼내서 뭐든지 좋으니까 얼른 거기에 글씨를 쓰려고 할 때는 위아래를 생각할 수 없지. 생각할 겨를이 없어."

애초에 그때 그는 목이 매달려 질식하는 중이었으니까.

"M이 W가 됐을 때, 거기에 가장 들어맞는 인물은 와코 씨 한 명뿐이었어."

그렇게 설명했지만, 실은 또 하나의 작은 해석의 여지도 있다.

W = 와타노야, 일 가능성이다.

네지히코는 대마 밀수에 손을 더럽힌 와타노야 자체를 범인으로 생각하고 W라는 글자를 남겼을지도 모른다.

물론 전부 내 상상이다.

"리리테아는 그것도 더 일찍 깨닫지 않았어?"

그렇게 귀엣말을 하자, 리리테아는 살짝 고개를 끄덕였다. 하지만 그 입에서 나온 말은 내 예상을 또 한 단계 뛰어넘는 것이었다.

　"그것도 있습니다."

　"그것도?"

　"스마트폰을 거꾸로 들어서 W가 M이 됐다는 추리 말입니다만, 저는 이렇게 생각했습니다. 네지히코 씨는 처음부터 W와 M, 어느 쪽으로 해석되어도 범인에게 도달할 수 있도록 그 나름대로 생각하고 다잉 메시지를 남겼던 게 아닐까 하고."

　"어느 쪽으로든⋯⋯."

　"M은 Mother의 M."

　"아!"

　"어디까지나 제 해석입니다. 지금에 와선 어느 쪽이든."

　나는 다시금 내 조수의 예리함에 혀를 내둘렀다. 그건 옆에서 이야기를 듣던 유리우도 마찬가지였는지,

　"그런 거였군요. 전 감격했습니다! 스승님은 진짜로 진짜 탐정이네요!"

　그렇게 감격하고 있다.

　"진짜 탐정⋯⋯이라."

　분명히 크루즈 선내의 살인 사건에 엮이는 건 진짜 탐정답긴 하다. 각오도 없는 반푼이 탐정인 나로서는 충분하고 남은 성과를 남긴 걸지도 모른다.

　하지만――.

"오늘 밤엔 운이 좋았던 거야. 평소에는 이렇게 안 돼."

내일부터는 또 반푼이다.

"뭐, 그렇긴 해도 무사히 해결했으니까 아무래도 좋나. 이걸로 간신히 느긋하게 지낼 수 있겠군. 오늘은 지쳤어."

"사쿠야 님. 아직 중요한 일이 남아 있습니다."

완전히 다 끝냈다고 생각하는 나에게 리리테아는 비정한 현실을 들이밀었다.

"……아."

그 말에 나도 까맣게 잊고 있던 안건을 떠올렸다.

"카츠라기의 불륜 조사! 완전히 잊고 있었다……."

"어? 카츠라기 씨의 불륜?"

유리우가 입가를 누르며 놀랐다.

아차, 조사 내용을 그만 누설해 버렸다. 하지만 실수를 한탄하는 나를 무시하고 유리우는 밝게 웃었다.

"에이! 아햐햐! 그거라면 괜찮아요! 카츠라기 씨가 바람을 피운다고요?! 아하! 절대로 그럴 리 없어요. 있을 리가 없어요!"

"왜?"

"아니, 카츠라기 씨는 일벌레 그 자체란 느낌의 사람이고요."

"아니, 하지만 사람은 안 보이는 데서 무슨 짓을 할지……."

"그거라면 증거 영상을 보여줄까요?"

"증거 영상? 그런 게 있어? 어디에?"

"여기입니다!"

유리우가 자신만만하게 쳐든 것은 방금 대활약한 Go 카메라

© Chihwa 2021
Illustration: fuchu
KADOKAWA CORPORATION

였다. 그녀는 이미 익숙한 움직임으로 그걸 조작하여 영상 데이터를 선택했다.

"실은 아까 영상의 시작 부분이 슬쩍 눈에 들어왔는데요. 자, 여기요."

그 말에 영상을 보니, 거기에는 카츠라기가 찍혀 있었다.

장소는 배의 자기 방이겠지. 높이가 낮은 시점, 루루의 시점에서 촬영한 앵글이다. 그것을 들여다보는 형태로 카츠라기가 한쪽 무릎을 세우며 앉아 있었다.

"카츠라기는 대체 뭘 하고 있는 거지……?"

그의 방은 이상한 모습이었다.

본 바를 그대로 말하자면, 방 안에는 무수한 고양이가 있었다.

브리티시 쇼트헤어, 스코티시 폴드, 메인쿤, 먼치킨, 아메리칸 쇼트헤어, 페르시안, 러시안블루.

그리고 카츠라기 자신은 속옷만 입은, 거의 알몸에 가까운 차림으로, 모여드는 고양이의 감촉에 황홀한 표정을 지었다.

"이 사람, 설마……. 심각한 고양이 애호가?"

그 상반신을 고양이의 꺼끌꺼끌한 혀가 핥을 때마다, 별로 듣고 싶지 않은 목소리를 흘렸다.

"변태네요……."

나와 리리테아는 서로의 얼굴을 바라보았다.

카츠라기가 이 배에 실은 짐가방 안에는 이게 들어 있었나.

"루루를 찾으러 나가기 전에 카츠라기 씨에게 들었는데요, 카츠라기 씨는 사실 고양이 마니아였다나 봐요. 하지만 부인은 그걸 이해해 주지 못하는 것 같더라고요."

유리우가 기억을 더듬으면서 말했다.

"최근에는 고양이를 위해서 몰래 집을 빌렸다고도 했어요. 그 정도로 평소 마음고생이 많으니까, 하다못해 이번 기획 여행 동안은 마음껏 고양이들과 놀자고 결심했대요. 그런데 왜 알몸이지?"

""그러면 불륜 상대는…… 고양이?""

나와 리리테아는 동시에 완전히 똑같은 말을 했다.

사랑의 형태는 여러 가지——인가.

"잘은 모르겠지만, 두 사람은 호흡이 딱 맞네요."

그런 우리를 유리우는 훈훈하게 바라보았다.

"이걸 불륜이라고 보고해도 될지는 고민스럽지만, 아무튼 카츠라기의 비밀은 밝혔으니까 이쪽 의뢰도 무사히 끝이군."

이제 남은 선박 여행을 만끽하기만 하면 된다. 그리고 일본에 돌아가면 이 증거 영상을 카츠라기의 아내에게 넘기고 보수를 받는다. 최고다.

나는 기분 좋은 피로감 속에서 한 차례 하품했다.

"오늘은 일이 너무 많아서 지쳤어……. 시간도 시간이고, 이제 방에 돌아가서 잠이나……."

그러면서 밤하늘을 올려다보았다.

머리 위에 불타는 여객기가 있었다.

"⋯⋯⋯⋯⋯⋯⋯어?"

여객기다.

틀림없이. 결정적으로.

불길을 두른 여객기는 퀸 아이리호를 향해 추락하고 있었다.

어느 틈에, 어디서 솟아난 걸까. 머리가 따라갈 수 없었다.

밤하늘에 떠오른 그 그림자는 절망적으로 거대하게 보였다.

"아니⋯⋯. 대체 무슨⋯⋯!"

리리테아와 유리우도 내 반응을 따라 하늘을 올려다보았다.

여객기는 그대로 조타실에 충돌했다.

이 세상 것으로 생각되지 않는 어마어마한 굉음과 서 있을 수 없을 정도의 충격이 배를 덮치고, 우리는 그 자리에 쓰러졌다.

"엎드려!"

"꺄아아아아아아!"

재빨리 리리테아와 유리우를 감쌌다. 충격으로 부러진 우익이 우리의 머리 위 아슬아슬한 곳을 부메랑처럼 스쳐서 밤바다 속으로 사라졌다.

그 행방을 돌아볼 틈도 없이 여객기의 동체가 두 동강이 나서 불을 뿜고, 이어서 대폭발을 일으켰다.

지옥에서 올라오는 듯이 시뻘건 불길이 드높게 치솟았다.

"으아아아아아아아아아아아아악!"

멀리서 승객 누군가의 비명이 울렸다. 길고 비통한 외침이었다.

그것은 크루즈 여객선의 수백 개의 방, 각각의 창문에서 들리고 있었다.

퀸 아이리호는 순식간에 아비규환의 도가니에 빠졌다.

굵직한 검은 연기가 하늘로 치솟고, 선체가 크게 기울고, 수많은 사람들의 비명이 일었다.

"무⋯⋯무슨 일이⋯⋯. 저거⋯⋯? 스, 스승님⋯⋯."

유리우는 그 자리에 주저앉은 채로 멍하니 눈앞의 참사를 바라보고 있었다.

"뭔가요, 이거⋯⋯. 뭔가요, 저거⋯⋯!"

그건 내가 하고 싶은 말이다.

뭐냐고, 저건?

죽을 기세로 간신히 해결한 사건을, 살해될 기세로 어떻게든 얻어낸 평온을── 죄다 쓸어버리고 태워버리는 저건.

저 여객기는──.

"리리테아⋯⋯. 설마⋯⋯ 아니겠지?"

"사쿠⋯⋯야⋯⋯. 아아⋯⋯ 이럴 수가⋯⋯ 저건!"

"⋯⋯저 비행기가 왜 여기 있어?! 왜 여기로 떨어지는 거야!"

저게 이쪽을 향해 떨어질 때 나는 보았다.

동체에 적힌 기체 번호.

그것은 틀림없이 뉴스를 떠들썩하게 만든, 납치당했던 바로 그 여객기였다.

해결을 위해 오우츠키 타츠야가 옮겨 탔던 비행기였다.

나는 겉옷을 벗어 던지고 불길로 달려갔다.

"사쿠야 님! 안 됩니다! 무모합니다! 사쿠야!"

리리테아를 뿌리치고 그저 달려갔다. 하지만 10미터도 가기 전에 불길로 숨 쉬기 힘들어졌다.

"어이…… 이게 뭐냐고? 괜찮지? 불사신이지? 이 정도로…… 어이……!"

열풍에서 필사적으로 몸을 지키면서 계속 다가갔다. 다가가면 다가갈수록 비정한 현실이 보였다.

여객기는 치명적으로 파괴되고, 절망적으로 부서져서 타오르고 있었다.

발밑에는 모르는 사람들의 팔이 한 다스 정도 모여서 굴러다니고, 구워지고 있었다.

앞쪽의 찢어진 동체 틈새에서는 크리스마스 장식 같은 리본이 무수하게 내걸려 있었다. 잘 보니 그것은 인간의 내장이었다.

비행기의 승객은 아무도── 한 명도 살아있을 리 없다는 것은 이미 불 보는 것보다도 뻔했다.

모두 죽었다. 평등하게, 도망칠 수 없는 죽음이 펼쳐져 있었다.

"거짓말이지! 아버지!"

불사신이다. 불사다. 오우츠키 타츠야잖아? 그 아버지잖아?

분명 괜찮다. 지금이라도 저 잔해 밑에서 벌떡 일어나서 '조금 피부가 그을었군.' 이라고 농담을──.

"윽……."

기름과 피가 뒤섞인 점액에 발이 미끄러져서 넘어지는 바람에 어깨를 부딪쳤다.

그때 주머니에서 스마트폰이 튀어나왔다. 화면이 밝아졌다.

"아……."

떨리는 손으로 스마트폰을 주웠다.

받은 문자 메시지가 떴다.

발신자는 오우츠키 타츠야. 바로 2분 전이었다.

──뒷일을 부탁한다.

"뭐냐고……. 이런, 아버지답지 않은 소릴……. 항상 그
래…… 댁은…… 말이 짧고, 대충이고…… 뭘 해도 뜬금없고!"

메시지는 조금 더 이어지는 것 같았지만, 전부 읽을 수는 없었
다. 엄청난 열기에 스마트폰이 맛이 가버린 것이다.

머리가 불타듯 아팠다. 아니, 실제로 불길에 타기 시작했다.

내 머리와 속눈썹이 타는 기분 나쁜 냄새가 났다.

발밑이 더 기울었다. 퀸 아이리호가 침몰하기 시작했다. 우직
우직. 현실미 없는 소리를 내며 선체가 갈라졌다.

나는 산더미처럼 쌓인 잔해를 하나씩 치워나갔다. 여객기의
외벽이나 골조는 불탄 강판처럼 달궈졌고, 손을 대기만 해도 칙
소리가 났다. 내 두 손의 피부는 순식간에 녹아서 갈라지고, 열
개의 손가락은 이미 펼칠 수 없게 됐다.

그래도 온몸의 힘을 쥐어짜, 살아있는 인간을 찾았다.

"네 뇌수는 무슨 색이냐?"

갑작스럽게 들려온 그 소리는 오장육부를 직접 짓밟기라도 하
듯이 낮고 차가운 목소리였다.

검은 연기를 들이마셔서 위장 안의 것을 토해내면서 고개를
들자, 불길 너머로 그림자가 보였다.

당당하게 서 있었다.

"빨강이냐? 파랑이냐? 회색이냐?"

달궈진 공기가 흔들리며 내 시야를 흐렸다.

"침묵인가. 하지만 그거면 됐다. 누구든 자기 뇌수를 본 적은 없으니까. 바로 대답할 수 있는 녀석은 인간이 아니지."

불길 너머에 선 누군가는 담담히 내게 말했다. 마치 교차로에서 신호를 기다리는 동안의 잡담처럼.

침묵? 무슨 소리. 나는 그 인물의 질문에 대답하려고 했다.

나는 내 뇌수를 본 적이 있었으니까. 언제였더라, 머리가 깨져서 죽었을 때, 죽기 직전에 분명히 보았다. 그러니까 답해주고 싶었다. 하지만 내 목은 이미 불길에 당해서 쓸 수 없었다.

온몸에서 힘이 빠지고, 나는 다리가 풀려서 무너져 내렸다. 드디어 그 뇌수에 산소가 미치지 않게 됐다.

"네 뇌수가 회색이면 좋겠군. 오우츠키 타츠야처럼."

의식이 흐려지는 가운데, 나는 불길 너머에 선 그림자를 눈으로 좇았다.

하지만 곧 시야가 가려져서 쫓을 수 없게 됐다. 내 안구가 불길에 증발하고, 세계 그 자체가 보이지 않게 되었기 때문이다.

아무것도 보이지 않는 채로, 말할 수 없는 채로, 나는 온몸이 불타서──또 죽었다.

신이시여, 이건 너무하잖아.

너무 엉망이잖아.

혹시나 내 몸만이 아니라 운명까지 대충 쓴 거야?

이래선 유서를 몇 장 준비해도 모자란다.

사건 2 크림즌 시어터의 살인

KILLED AGAIN, MR. DETECTIVE.

정보 1 : 『여고생 탐정 우즈라』의 시사회

감독 : 토리호 히이치

출연 : 하이가미네 유리우, 마루코시 에이이치, 오우미네 아유미,

  오토하 요시아키, 카즈사 타케시

일정 : ○년 ×일 18:00

장소 : 크림즌 시어터

정보 2 : 크림즌 시어터

개관 후 80년 이상의 역사를 갖는, 역사 있는 영화관. 원래 명칭
은 츠바키 영화극장이지만, 제2차 세계대전 이후 현재의 크림즌
시어터로 개명. 이른은 극장 전체에 깔린 독특한 붉은 색조에서
유래한다. 1990년대 후기에는 불경기와 함께 폐업의 위기에 몰렸
지만, 지역 주민들의 보존 활동 덕분에 현재도 경영하고 있다.

1장 괜찮아. 한가하니까.

사상 최악으로 불린 여객기 추락 및 퀸 아이리호 침몰 사건에서 두 달이 지났다.

" '목숨을 건지다' 라는 말이 있잖아? 아슬아슬한 순간에 죽음을 모면하다──라는 의미의 그 말. 최근 아무래도 이 말이 마음에 걸리는 거야. 목숨을 건지다. 건져? 건진다는 건 뭔데? 그래선 마치 목숨을 한 번 잃은 거 같잖아. 이거 뭔가 이상하지 않아? 목숨은 애초에 모두가 가진 것이야. 그걸 건져? 하지만 건지기 위해서는 필연적으로 한 번 떨어뜨려야 하잖아? 애초에 떨어뜨리지 않으면 건질 수 없으니까. 하지만 목숨을 떨어뜨린다는 소리는, 즉 죽는다는 소리야. 낙명(落命)이라는 말도 있고. 그러니까 보통 떨어뜨린 목숨은 다시 건질 수 없어. 떨어뜨린 시점에서 죽었으니까 건질 수 있을 리 없다고. 이상하지 않아? 안 그래? 그러니까 '목숨을 건지다' 라는 말은 모순을 품고 있다고 생각하거든, 나는."

불타는 금요일의 오후 5시경. 도내의 잘 정비된 길을 걸으면서 나는 언어적 불완전성에 대해 열변을 토하고 있었다. 어젯밤

늦게 깨달은 그것이 최근의 제일 큰 발견이었기에, 얼른 리리테 아에게 가르쳐 주고 싶었던 것이다.

"귀여워……."

한편 리리테아는 신호를 기다리는 낯선 여성이 껴안고 있는 아기와 엇갈릴 때 살짝 손을 흔들고 있었다. 내 이야기를 요만 치도 안 들었다.

"잠깐만, 리리테아!"

"뭐가 모순입니까. 목숨을 건지는 거라면 사쿠야 님이 늘 하고 계시지 않습니까."

제대로 듣고 있었던 모양이다.

"나야 그럴지 모르지만, 일반적으로는……."

"그렇다면 목숨을 건진다는 말은 사쿠야 님만을 위해 있는 말이네요. 비뚤어졌어."

그렇게 말하며 리리테아는 자연스럽게 내 넥타이로 손을 뻗었다. 그 표정이 예상 밖으로 무방비했기에 좀 두근거렸다.

"이제 됐어, 리리테아. 사람들이 본다고. 게다가 오늘은 그냥 시사회니까, 너무 애쓸 것도 없어."

"뭐가 그냥입니까. 나오실 때 안 쓰던 향수까지 뿌렸으면서."

"……들켰나?"

"다 들켰습니다."라며 리리테아가 내 목덜미에서 냄새를 맡았다. 더더욱 창피하다.

"이 향수, 지난주에 도착한, 그 사람의 선물이로군요?"

"……그랬던가? ……그랬을지도."

그 사람이란 바로 신인 여배우 하이가미네 유리우를 말한다.

우리는 그녀의 첫 주연 영화 『극장판 : 여고생 탐정 우즈라』의 관계자 시사회에 초대받아서, 지금 시사회장인 도쿄 시내의 극장 『크림즌 시어터』로 가려는 중이다.

유리우와 알게 된 것은 두 달 전의 일이다.

우리는 원래 사는 세계가 다른 사람이었지만, 여러 일이 있어서 지금은 나를 스승이라고 부르며 따르고 있다. 그런 유리우에게서 지난주에 시사회 초대와 함께 어느 선물이 배달됐다. 상자를 열어보니, 안에는 멋들어진 향수가 들어있었다.

"그런데 선물 받은 향수를 뿌리지 않고 가면 불쾌할 거 아니야. 당연히 오늘은 유리우도 주연으로 시사회에 올 거고."

"딱히 나무라는 건 아닙니다. 다만 좀 양이 많았습니다."

리리테아는 얼굴을 더 가까이 댔다. 그렇게 말하는 리리테아는 향수와는 다른, 자연스럽고 좋은 향기가 났다. 꽃 같은, 과일 같은, 비누 같은.

"이런 건 은은하게 풍기는 정도가 좋습니다."

"그래? 향수 같은 걸 평소에 안 쓰니까 어느 정도가 좋은지 몰랐어."

오늘은 일단 향수에 맞춰서 평소에는 안 입는 근사한 양복까지 입고 왔다. 사실은 내 양복을 세탁소에 맡겼는데, 저쪽에서 뭔가 착오가 있었는지 오늘까지 돌아오지 않았기에 어쩔 수 없이 아버지의 옷을 빌렸다.

그러니까 전체적인 실루엣도, 양복의 색상도, 조금 시대와 역행한 느낌이 안 드는 것도 아니다. 하지만 사이즈는 딱 맞는다.

크림즌 시어터에 도착한 것은 5시 반 정도의 일이었다.

그 이름처럼 건물은 겉도 안도 붉은색으로 통일되어 있었다.

"와, 새빨갛다."

"통일감이 있어서 아름답네요."

"응……. 마치 피 같아. 생물의 몸속에 있다고 할까……. 아, 혹시 뭔가 잘못되어서 여기서 죽으면, 내 선혈도 이 붉은색에 물들어서 피고름 극장을 더 진하게 물들이려나."

"최악의 상정도 좋습니다만, 평범한 극장에 이상한 이름을 붙이지 마세요."

극장에는 홀이 몇 개나 있지만, 시사회는 그중 하나를 통째로 빌려서 한다.

6시부터 시작하니까 아직 시간에 여유가 좀 있었지만, 로비에는 이미 멋지게 차려입은 사람들이 여럿 모여서 각자 이야기꽃을 피우고 있었다.

그중에서 아는 얼굴을 발견했다.

유리우의 매니저다.

"어라, 안녕하세요, 카츠라기 씨. 벌써 오셨군요. 저번에는 다른 일로 신세를 졌습니다. 예, 예, 그야 물론. 유리우도 기뻐했죠."

고양이를 사랑하는 카츠라기 프로듀서와 친한 모습이다. 저렇게 명함과 선물을 손에 들고 저기 갔다 여기 갔다. 바쁘게 업계인에게 인사를 다니는 거겠지.

아직 직접 이야기를 나눈 적은 없지만, 열심히 일하는 자세가 전해진다. 부디 힘내서 유리우를 거물로 키워줬으면 싶다.

그런 모습을 바라보고 있자, 인파 저쪽에서 이 자리와 별로 어울리지 않는, 낡아빠진 코트 차림의 남자가 다가왔다.

"뭐야, 역시 너도 초대받았나."

"소조로기 씨도 초대받았나요?"

서로를 손가락질했다.

"당연하지. 이 영화의 촬영에는 형사로서 여러모로 힘을 보탰으니까. 관계자라고 해도 지장 없다고."

안면이 있는, 출세하지 못하는 형사, 소조로기 카오루타는 자랑스럽게 양복 옷깃을 척 세웠다. 하지만 그에게서는 담배와 커피 냄새가 났다. 평소랑 똑같다.

"딱히 아무것도 안 했으면서."

"했잖아! 이것저것!"

"농담입니다. 그때는 고생하셨어요."라고 가볍게 답해주자, 불만스러운 표정이 돌아왔다.

그때라는 것은 한 달 전으로 거슬러 올라간다. 어느 호텔에서 우리는 기막힌 사건에 휘말렸다.

그것은 통칭 쿠롱즈 호텔으로 불리는, 오늘 시사회가 열리는 이 영화의 로케이션 현장이었다.

그건 정말로 소름 끼치는 하룻밤이었기에, 떠올리자면 기막히다는 말로 표현하는 것은 어울리지 않을지도 모른다.

"흥, 정말로 기막혔던 건 네가 호텔을 떠난 뒤의 일이지."

소조로기가 징글징글한 기억을 되새기듯이 투덜거렸다. 하지만 그는 바로 "뭐, 그보다도."라며 화제를 바꾸며 나를 근처 소파로 데려갔다. 소파도 새빨갛다.

"여기 좀 앉아 봐."

소조로기는 주위를 살피는 듯한 시늉을 했다.

소파에 나란히 앉았다. 리리테아는 내 옆에 서서 대기 중이다.

"무슨 일인가요?"

"너 말이야, 그 사건에 대해 캐고 다닌다면서?"

그는 메마른 헛기침을 한 차례 한 뒤에 그렇게 말했다.

"너무 깊이 파고들진 마라."

"그 사건이라면?"

"어이! 시치미 뗄 상황이냐! 두 달 전의 대사고 말이야!"

"그건 사고가 아니라 인위적으로 일어난 사건입니다."

미증유의 여객기 추락 및 퀸 아이리호 침몰 사건. 그날 일을 생각하지 않은 날이라곤 없다. 깊이 파고들지 않을 리가 없다.

"그러니까 하는 말이야. 무슨 말인지는 알아. 거기에는 범인이 있지. 너는 그걸 일으킨 녀석들을 쫓고 있지? 하지만 거기에는 지금 전 세계의 경찰조직이, ICPO가, FBI가, 나아가서 군대까지 동원됐어. 국제적인 문제로 발전했다고. 그러니까……."

"소조로기 씨, 지금 놈들이라고 했죠? 역시 범인은 〈세븐 올드맨(최초의 7인)〉입니까?"

"너 말이지……."

소조로기는 어색하게 소파에 몸을 기울였다.

"역시 거기까지 도달했나. 일단 기밀정보라고, 그건."

"예. 하지만 거기가 끝입니다. 과거에 아버지가 탐정으로 붙잡았던 7명의 죄인. 그것이 〈세븐 올드맨〉이죠?"

그 존재를 안 것은 부끄럽게도 극히 최근의 일이다. 그 사건이 계기가 되어서, 처음으로 아버지가 남긴 사건부를 읽게 되어서 그것을 알았다.

살인마 (킬 원 더)	우레시바라 미미	징역 250년
국가급 무력 (워 로 드)	하오타오	징역 411년
꿈꾸는 기계 (안드로이드)	펠리세트	징역 638년
인간애식가 (랜 시 드)	타리타 리그비	징역 784년
세계의 연인 (엠프레스)	Y 데린저	징역 999년
대부호괴도 (셀러브리티)	샤르디나 임페리셔스	징역 1466년
파계탐정 (술 루 스)	질치	징역 3875년

세븐 올드맨. 그것은 재앙으로 일컬어지는 국제 수배범 7명의 총칭이다. 누가 붙인 말인지는 모른다.

"놈들은 아버지의 손에 붙잡힌 뒤로 세계 각국에 있는 최고 수준의 형무소에 수용됐다고 들었습니다."

"그래, 그렇게 7인은 죄인에서 죄수가 되었지."

당연히 나라에 따라서는 사형 집행의 대상이 되어도 이상하지 않은 자도 있었지만, 하나같이 이루 헤아릴 수 없는 사정으로 목숨을 부지했다. 그 결과가 그들에게 내려진 장난 같은 형기다.

"그래. 그리고…… 현재 그중 다섯 명이 탈옥했다."

그 여객기를 떨어뜨린 것은 세븐 올드맨 중 누군가라고 나는 보고 있다. 어쩌면 전원이 뒤에서 조종한 것이라고도 생각할 수 있다.

경찰도 그렇게 생각하는 모양이다.

"놈들은 복수를 위해 하이재킹 사건을 일으켜서 아버지를 유인, 여객기를 추락시켰지. 정성스럽게도 아들인 내가 탄 크루즈 여객선까지 조사해서 그 위에."

몇 명이 휘말렸을까? 몇 명이 죽었을까?

"너도 그렇게 알기 쉽게 화내기도 하는군."

소조로기는 그렇게 말했지만, 딱히 농담 같은 것이 아니라 정말로 놀란 눈치였다. 그 뒤로 그는 졌다는 듯이 정보를 넘겨주었다.

"……여대까지 나라에서 이래저래 손을 써서 은폐한 모양인데, 이미 탈옥 사실은 보도되기 시작했어. 지금 시대에서는 인제까지고 정보를 조작할 수 없으니까. 하지만 최신 정보는 아직 가까스로 숨기고 있지."

"최신 정보?"

"그놈들 중 몇 명이 이미 이 나라에 입국했다는 정보다."

한순간 귓속의 공기압이 변했나 싶은 느낌이 들었다. 헤드폰의 노이즈 캔슬링 기능을 켰을 때 같은 감각이다.

세계가 아래로 푹 꺼지는 듯한——.

놈들은 이미 곁에 있을지도 모른다.

"이 사실을 알았으면 넌 얌전히 있어. 끼어들지 마. 알겠냐? 나는 좋은 뜻으로 충고한 거다. 사쿠야, 넌 지금 당장에라도 그 놈들을 붙잡아주겠다는 눈을 하고 있어."

허를 찔렀다. 무심코 내 얼굴을 만졌다.

"위험천만하다고."

"그런 짓은…… 안 합니다. 다만 나는 그날의 진실을 알고 싶어서."

"아버지의 복수라면 그만둬. 어쭙잖은 너로서는 무리야. 그 불사의 오우츠키 타츠야조차도…… 당했으니까."

복수? 아니다. 그게 아니야, 소조로기 씨. 그럴 생각은 처음부터 없어요.

"아버지는 살아있어요."

"괴로운 심정은 알아. 어머니에 이어서 아버지까지 그렇게 되었으니 너도……."

"희망적 관측이 아닙니다. 오히려 절망적 관측이라고 할까요. 최악을 상정해도 살아있다고 생각할 수밖에 없는 게 오우츠키 타츠야라는 남자입니다. 아들의 직감이란 거죠."

"너 말이야……."

"그러니까 조만간 아버지가 훌쩍 돌아올 때까지는 반푼이인 아들이 반푼이 나름대로 오우츠키 탐정사를 끌고 갈 수밖에 없지 않습니까."

그렇기는 해도, 이건 딱히 아버지에게서 마지막에 받은 메일의 내용을 충실하게 지키려는 게 아니다. 효도하려는 마음은 없으니까, 어디까지나 내 마음이다.

"지금은 내가 사장 대리입니다. 그걸 위해서 탐정다운 짓을 좀 해야만 하는 겁니다. 고생도 많지만요."

확신을 담아 그렇게 전하자, 소조로기는 퉁명스러운 얼굴로 살짝 웃었다. 재주도 좋다.

"위험천만해 보이기는 하는데, 망가지진 않은 모양이니 그 점은 안심했다. 어이쿠, 벌써 시간이 이렇게 됐나."

그렇게 말하며 그는 소파에서 일어섰다.

시계를 보니 정말로 이제 곧 6시였다.

이야기에 몰두한 동안 로비에는 관계자가 많이 모여 있었다.

화장실에서 나와 기분 좋게 저쪽에서 걸어오는 것은 감독인 토리호 히이치다. 아직 30대일 텐데, 나이에 어울리지 않게 몇 세대 진의 양복을 입고 있다. 남 말 할 처지는 아니지만.

나와 잠깐 눈이 마주치자, 그는 감개와 두려움이 공존하는, 참으로 미묘한 얼굴로 인사하고 서둘러서 지나쳤다.

그와는 촬영 현장에서 얼굴을 맞댔다. 내 얼굴을 보고 쿠롱즈 호텔 사건을 떠올린 거겠지.

그런 감독을 발견하고 서둘러 다가가는 남자가 있었다.

"감독님! 완성 축하드립니다! 오늘은 한가운데 특등석으로 모시죠. 옆에는 예쁘게 차려입은 유리우를 앉힐 테니까요."

아무래도 유리우네 사무소의 조금 높으신 인간인 모양이다.

옆에서 매니저가 안 좋은 표정을 하고 있었다.

"아니, 나는 저기……."

하지만 전시대적인 접대에 대해 토리호는 다소 내키지 않는 기색이었다.

"마음 편히 당당하게 앉아 계시죠!"

보아하니 감독이라는 일도 고생이 많은 모양이다.

"그렇긴 해도, 그런 일이 있었는데도 용케 완성에 도달했네."

유리우의 일을 생각하면, 영화가 폐기되지 않아서 다행이라는 생각이 들지만.

"……리리테아?"

나는 리리테아에게 말을 걸 생각이었는데, 답변이 없었다.

이상하게 생각해서 돌아보자, 매점에서 주스 2인분과 팝콘을 사고 있었다.

트레이에 그것들을 올리고 이쪽으로 돌아왔다. 기분 탓인지 발걸음도 가볍다.

"사쿠야 님, 핫도그도 추가할까요."

"아, 그런 건 착실히 사는구나. 준비는 완벽하군."

있는 그대로의 소감을 말하자, 리리테아는 놀라서 트레이를 뒤로 감추었다.

"아니야! 리, 리리테아는 딱히!"

꽤 기대하고 있었던 모양이다.

자, 영화 시사회의 시작이다.

□

"스승님~! 이쪽! 수제자인 유리우는 여기 있어요! 여기!"

극장에 발을 들여놓자마자, 저쪽에서 기운찬 강아지가 꼬리를 흔들고 있었다.

아니었다. 저것은 오늘의 주역, 주연 배우인 유리우다. 검은색 바탕의 타이트한 이브닝드레스 위에 얇은 볼레로를 걸치고 있는 게 참 잘 어울렸다.

극장 안의 의자나 벽도 빨강으로 통일이라서, 유리우의 검정 드레스는 아름답게 돋보였다.

"스승님! 진짜 좋은 자리를 확보해 두었어요."

유리우가 손을 흔들 때마다 가녀린 허리와 어울리지 않게 발육이 좋은 가슴이 덩달아 좌우로 흔들린다.

나는 말하는 대로 그 왼쪽에 앉았다. 중앙에서 약간 뒷자리. 과연, 진짜 좋은 자리다.

"어떤가요, 이 자리! 완전 다르죠?"

유리우는 두 팔을 펼치며 웰컴 포즈를 취했다. '칭찬해 줘, 칭찬해 줘!' 라는 생각이 머리에서 좔좔 흘러나오고 있다.

"완전 다를 것도 없이 다른 자리랑 똑같을 것 같은데."라고 대답하자 유리우는 "아햐햐!"라며 평소처럼 특징적이고 귀여운 웃음소리를 내었다.

"고맙긴 한데, 이런 자리를 내가 써도 돼? 더 높으신 분이나 관계가 중요한 사람이 앉는 게……."

주위에 앉는 사람도 그런 분위기의 사람들뿐이다.

"역시나 스승님. 날카롭네요. 자리는 지정하지 않지만, 관례 같은 걸로 앉는 자리가 정해지는 법이죠. 그리고 거기는 원래 감독님이 앉아야 하는 자리예요."

"어?"

그 말을 듣고 무심코 일어나려고 했다.

"아뇨아뇨. 그 감독 본인이 비밀리에 자리를 양보해 주었어요. 자기는 좋아하는 자리가 있다면서요. 저기요."

유리우는 내 어깨에 손을 얹어 눌러 앉히더니, 극장 뒤쪽의 구석 자리를 가리켰다. 거기를 보니, 제일 뒤쪽의 왼쪽 가장자리에 토리호 감독이 앉아 있었다.

"어렸을 적부터 영화관에서는 항상 저 자리래요. 저 각도가 제일 영화에 몰두할 수 있다나."

역시나 영화감독. 나로서는 좀 이해하기 어려운 원칙이다.

"그런 거라면 감사히 앉도록 하겠지만……."

하지만 내 옆에 리리테아의 자리가 없다. 그걸 깨닫자 유리우는 눈에 띄게 '아뿔싸!' 하는 얼굴을 하며 머리를 싸쥐었다.

"죄송해요! 마무리가 허술했네요……. 그, 그렇다면 리리테아 씨는 여기에 앉으세요! 괜찮아요. 저는 다른 자리를 찾아볼 테니까…… 혼자 쓸쓸히……."

그녀는 자리에서 일어서더니, 열심히 리리테아에게 권했다. 하지만 아무리 그래도 감독과 주연 배우를 밀어내고 앉을 수는 없다. 애초에 본인도 쓸쓸한 표정을 전혀 숨기지 않는다.

"유리우 님, 신경 쓰지 마십시오. 제가 이동할 테니까."

리리테아도 그런 점은 당연히 알고 있어서, 넌지시 유리우를 앞이고 발걸음을 돌렸다.

"그렇다면 사쿠야 님, 건강하시길."

"건강이라니……. 저기, 리리테아…… 내 팝……콘……."

"예? 이건 전부 제 겁니다만?"

내 조수는 아까 일로 아직 화난 모양이다.

이러쿵저러쿵하는 사이에, 토리호 감독이 멋쩍은 기색으로 스크린 앞으로 나와서 간단한 인사말을 시작했다.

오늘 날씨 이야기. 대기실에서 주고받을 듯한 농담. 그리고 완성까지 있었던 고난.

조용히 뒤에서 일하는 스타일인 토리호 감독의 인사말은 달변이라고 할 정도는 아니었지만, 고난의 제일 큰 부분을 공유했던 몸으로서 그 말은 심금을 울리는 바가 있었다.

"호불호와 관계없이, 영화는 시대를 반영합니다. 그런 의미로는…… 지금은 없는 미즈시마엔의 일류 관람차를 이번에 필름에 담을 수 있었던 것은 개인적으로도 기쁜 일이고, 뜻 깊은 일이었다고……."

시사회 후에는 배우진과의 인사도 예정되어 있었다.

박수와 함께 감독이 물러나자, 소리도 없이 조명이 꺼졌다. 아는 척할 생각은 전혀 없지만, 영화가 시작되기 전의 이 분위기는 싫지 않다. 눈앞에 팝콘과 탄산음료가 있으면 최고겠는데.

스크린에 영상이 나올 때까지의 짧은 정적 속에서, 유리우가 내 팔을 콕콕 찔렀다. 반응해서 그쪽을 돌아보자, 그 얼굴이 바로 옆에 있었다.

"그 향수, 뿌리고 와 줬네요."

속삭임이 귀를 간지럽힌다.

"어, 응. 에티켓으로."

"풋……! 그게 뭔가요."

역시나 조금 두근거리는 바람에 이상한 대답을 해버렸다.

유리우는 주위에 들리지 않을 정도로 웃음소리를 죽이고 "우크큭." 하고 천진난만하게 웃었다.

자꾸 놀랄 만큼 예쁜 애라고 생각했다. 오늘 이 자리가 본인의 데뷔 무대이기 때문일까. 평소와 달리 어른스럽게 보인다.

"선물, 고마워."

뒤늦게나마 감사의 말을 하자, 자기가 거리를 너무 좁혔다고 자각했는지 유리우는 다급히 내게서 몸을 뗐다.

"아, 아니에요. 보답이니까요. 가게에서 너무 고민하느라 시간이 걸렸지만요."

"향수는 평소에 안 뿌리니까 좀 어색하지만……. 하지만 그러고 보면 이 향기는……."

사실 이 향수의 향기는 왠지 기억에 있었다. 하지만 나는 그 말을 하려다가 그만두었다. 이전에 어딘가에서 맡은 기억이 있는 것 같다──고 말하려고 했지만, 열심히 골라준 그녀에게 '이미 아는 누군가가 뿌렸던 걸지도 모른다'는 취지의 말을 전하는 것은 눈치가 조금 없는 것 같았으니까.

그래서 "그런데 보답이라니?"라고 화제를 바꾸어 봤다.

"그거야, 여러 가지죠. 스승님께는 크루즈 여객선 때 구해주시기도 했고, 촬영 중의 사건 때도……. 게다가 스승님은 제 스승님이 되어 주셨습니다."

"스승이 된 거라면 꽤 억지 부려서 그랬던 것 같은데."

"예. 억지로 설득했어요."

귀여운 신인 배우는 가슴을 폈다. 얘는 이런 말을 해도 조금도 싫지 않으니까 신기하다.

"하지만 스승님을 보면, 덕분에 탐정이란 게 어떤 건지 조금은 안 것 같은 기분이 들어요."

"어떤 것 같은데?"

"탐정은 파이프 담배를 한 손에 들고 고민스러운 얼굴을 하며 범인만 생각하는 줄 알았는데, 현실의 탐정은 사건이 일어날 때마다 만신창이가 되어서 몇 번이나 죽을 뻔하는 것이었어요."

"그 인식은 잘못됐어."

그건 극히 일부의 나쁜 사례다.

"에헤헤. 그렇다면 잘못되어도 좋아요. 저는 스승님만을 모범으로 삼고 있으니까요. 앞으로도 잘 지도해 주세요."

"남을 지도할 만큼 잘난 것도 아니지만, 나라도 좋다면. 하지만 위험한 짓은 시키지 않을 거야."

"죄송해요. 스승님께 항상 도움만 받고……. 저도 리리테아 씨 정도로 강했으면 좋았을 텐데요."

"너까지 그렇게 강해지면 내 체면이 없어. 유리우는 지금 그대로가 좋아."

밝고 씩씩하고 기특하고 사랑스러운 소녀. 더불어서 강아지 같다.

응, 그래. 역시 그대로가 좋아——라고 혼자 끄덕이고 있자, 유리우의 얼굴이 확 붉어졌다.

"저기, 그건, 여차할 때면 또 몸을 바쳐서 지켜준다는 소리인가요?"

"어어…… 뭐, 여차할 때라면. 지켜야지."

그때는 몸을 바치는 것을 넘어서, 말 그대로 몸을 희생할 것 같지만.

유리우는 얼굴을 붉힌 채로 놀리는 표정을 보였다.

"혹시나 스승님은 그렇게 여러 현장에서 그럴싸한 소리를 하면서 여자의 밀실을 차례로 해명하고 다니는 건가요?"

"오해가 너무 심한데."

여자의 밀실이란 건 뭔데?

"자각이 없군요~. 전 탐정만이 아니라 스승님도 이해하기 시작한 것 같아요."

"잠깐만."

그때 스크린에 영상이 나오기 시작했다. 슬슬 시작하려는 모양이다. 변명할 기회를 놓쳤다. 하지만 본편이 시작하기 전에 이 말만큼은 해두자.

"나도 유리우를 이해하기 시작한 것 같아."

"예?"

"귀여운 얼굴이면서 의외로 가시를 숨기고 있어."

반격으로 해본 말인데, 내 말을 들은 유리우는 잠시 후 검지를 자기 입가에 대고 미소 지었다.

"남몰래 가시에 찔려볼래요?"

"나한테 항상 그럴싸한 소리를 한다고 했지만……. 그 말, 나비매듭을 묶어서 돌려줄게."

우리는 서로의 농담에 킥킥 웃었다.

자, 제자와의 장난은 이 정도로 하고 영화에 집중하도록 하자. 그만한 고생 끝에 완성한 영화다. 감사히 구석구석까지 감상해보실까.

영화는 주인공인 우즈라의 일상 묘사에서 시작했다.

평범한 고등학생다운 생활이 영화답게 길게 나왔다.

스크린에 비치는 유리우는 마치 다른 사람 같았다.

무심코 옆을 힐끗 보았다. 거기에 본인이 있다. 신기한 감각이다.

이쪽의 시선을 깨달은 현실의 유리우와 시선이 마주쳤다.

본인은 멋쩍은 듯이 혀를 내밀었다.

그 뒤로 영화의 장면은 메인이 되는 사건 현장으로 옮겨간다.

등장인물도 다 모이고, 스토리는 드라마틱해지기 시작한다.

영화는 거기서부터 서서히 열기를 띠고——.

그렇게 기대하는데 갑자기 스크린이 시커멓게 변했다.

"어라?"

당연히 극장 안도 어두컴컴해졌다. 집에서 TV를 보다가 갑자기 정전됐을 때 같은 느낌이다.

다들 술렁대었다.

"무슨 연출이야?"라고 유리우에게 물으려던 때 감독의 목소리가 울렸다.

"어이, 어떻게 된 거지!"

"죄송합니다. 기재 트러블입니다!"

떨어진 장소에서 스태프가 사과했다. 암흑이라서 목소리만 주고받고 있었다.

이 영화, 재난이 어디까지 가는 거냐.

그래도 조금 기다리면 상영도 재개하겠지. 짜증 낼 것도 없다.

영화가 멈춘다고 딱히 죽는 것도 아니고. 시간은 있으니까, 기대하면서 느긋하게 기다려──.

□

눈을 뜨자, 눈앞에 리리테아의 매우 단정한 얼굴이 있었다.

내가 눈을 뜬 것을 확인하자, 그녀는 이쪽으로 얼굴을 가져와서 달콤하게 속삭였다.

"돌아오셨습니까, 사쿠야 님."

"⋯⋯어?"

나는 한순간 상황을 파악하지 못해서 다급히 몸을 일으켰다.

거기는 시사회를 하던 극장이고, 나는 내 자리에 앉아 있었다. 리리테아는 왼쪽에 앉아 있다. 거기서 나에게 무릎베개를 해주었던 모양이다.

스크린에서는 영화가 상영 중이다. 분명히 트러블로 중단됐을 텐데, 지금은 그것도 해소되고 상영이 재개됐다.

장면은 우즈라가 사건을 추리하려고 머리를 최대한 굴리고 있는 장면이다.

『이 사건의 범인은 대체 어떻게 피해자의 뒤에 숨어든 걸까요. 전 전혀 모르겠습니다! 집에 가고 싶어요!』

이 미덥지 않은 모습도 여고생 탐정 우즈라의 특징이다.

"범인……."

그 장면을 본 덕분에 내 기억이 되살아났다.

"……그래, 나…… 살해당했군."

입가에 손을 대고 그저 허공을 바라보았다. 그것은 자기 죽음을 받아들이는 데 필요한 시간이었다.

"또 죽고 말았나요, 사쿠야 님."

"……그런 모양이야."

"아, 스승님, 일어나셨나요?"

리리테아와는 반대쪽에서 유리우가 말을 붙여왔다.

"많이 지치셨나 봐요. 이제 곧 라스트 신이에요."

"미안해. 저기…… 아무 일 없었어?"

"아무 일 없는 건 아니었어요. 스승님이 도중에 잠들었죠."

아무래도 유리우는 내가 옆에서 죽었던 것을 깨닫지 못한 모양이다.

"아까 트러블로 어두컴컴해졌을 동안에. 영화가 재개되었더니 눈을 감고 푹 주무시길래 깨울까 생각도 했는데요, 일 때문에 지치신 거겠구나 싶어서 그냥 놔뒀어요. 그랬더니 리리테아 씨가 조용히 다가와서."

"간곡히 부탁해서 자리를 바꾸었습니다."

리리테아는 자기가 앉은 자리를 가리키며 말했다. 왼쪽 자리에 앉았던 것이 누구였는지는 잘 기억나지 않지만, 높으신 분이 아니기를 빌자.

"역시나 리리테아 씨예요. 떨어진 자리에 있어도 스승님의 상태 변화를 놓치지 않는다니. 그리고, 저기, 무릎베개까지."

유리우는 뭔가 주저하는 기색이었다.

"좀 이상한 표현이지만, 전 성모를 본 기분이 들어서."

"성모?"

그녀가 무슨 말을 하려는 건지 잘 모르겠다.

"스승님의 잠든 얼굴을 볼 때의 리리테아 씨가 말이죠. 너무 인자한 얼굴로……."

"유리우 님, 잘못 보신 것 아닙니까? 보시다시피 극장 안은 어둡고요."

"어? 그렇다면 머리를 쓰다듬은 건?"

"리리테아는 그런 일 안——안 하거든! 안 하니까요."

앞의 '안 하거든!'은 나한테 한 말, '안 하니까요'는 유리우를 향한 말이다.

"자, 유리우 님, 영화에 집중하죠. 모처럼의 시사회니까요."

"그, 그랬죠. 아, 내 마무리 대사 장면이 끝난다……."

푸욱 어깨를 늘어뜨리면서도 유리우는 다시금 스크린을 보았다. 그걸 확인한 뒤에 나는 넌지시 리리테아에게 귓속말했다.

"그래서 나는 누구한테 어떻게 죽었어?"

"뭔가 독극물을 주사한 모양입니다. 목덜미에 주사 자국이 있었습니다."

그 말에 무심코 목을 만져보았다.

"아무것도 느끼지 못하셨습니까?"

"그때…… 상영이 멈춰 어두컴컴해졌을 때야. 누군가가 나를 재웠어. 암흑 속에서, 갑자기 뒤에서 무슨 냄새가 나는 걸……."

"클로로포름일까요. 죄송합니다. 바로는 알아차리지 못해서. 사쿠야 님은 눈을 떼면 항상 온갖 방식으로 살해당하니까, 평소 눈을 떼지 않도록 했는데."

"그 점은 나도 미안하기 짝이 없어."

"조명이 돌아오고 상영이 재개됐을 때 사쿠야 님을 돌아보니, 축 늘어져 계셨기에 안 좋은 예감이 들었습니다."

리리테아의 관찰안이라면 내가 자고 있는 건지 아닌지 정도는 한눈에 알았겠지.

"옆에 와서 확인해 보니, 이미 돌아가신 상태였습니다. 제 잘못입니다."

"아니, 무리도 아니야. 떨어진 자리에 있었고, 더군다나 어두컴컴했으니까."

실제로 옆자리의 유리우도 알아차리지 못했다.

"하지만 암흑이 아니었다고 해도, 놓쳤을지도. 리리테아는, 눈앞의 팝콘에 열중했던 모양이고."

그렇게 지적하자 리리테아는 살짝 눈썹을 움직이더니 뜻밖이라는 듯이 몸을 내밀었다.

"사쿠야 님, 저는 중요한 순간에 곁에 없었던 한심한 조수입니다. 꾸지람은 달게 듣겠습니다. 하지만 그런 억측으로 명예를 훼손하면 가만히 있을 수 없습니다. 무슨 증거로 그런……."

본인도 나름대로 긍지라는 게 있는 모양인지, 그 분노는 엄청났다. 리리테아의 말을 들으면서 나는 해야 할지 말아야 할지 고민했던 말을 하기로 했다.

"입가에 증거품(부스러기)이 있으니까."

"후후후. 제법 재미있는 줄다리기로군요."

하지만 리리테아는 여유로운 표정이다. 한 손을 입가로 가져가서 우아하게 웃었다.

"……지금 웃으면서 슬쩍 입가를 닦았지?"

얼굴도 빨갛고.

그건 그런 걸로 넘어가고, 나는 내 자리 뒤를 확인했다. 거기에는 1.5미터 정도의 통로가 있었다. 내가 앉은 줄이 딱 좌석 블록이 끊기는 지점이다.

아무 일도 없었다는 듯이 자세를 원래대로 되돌리고, 우리는 스크린을 본 채로 대화해 나갔다.

"누군가가 그 암흑을 이용해 내 뒤로 숨어들었다……인가."

스태프는 금방 고쳐진다고 했지만, 그때 극장 안은 어두운 상태였다.

"극장이 완전히 어두워진 게 몇 분 정도였지?"

"기껏해야 5분 정도였습니다."

"그 정도라면 범행은 충분히 가능하군."

"하지만 어떻게 사쿠야 님은 이렇게 연이어서 목숨을 위협받는 걸까요? 게다가 항상 확실하게 죽습니다. 이상합니다."

"내가 묻고 싶은 말이야."

영화관에서 죽는 건 차마 예상하지 못했다. 영화를 볼 때 정도는 안심할 수 있길 바란다.

"그래서 뭔가 짚이는 구석은 없습니까?"

"죽어야만 할 정도로 짚이는 구석은 없어. ……없지? 나만 모를 뿐이지, 여기저기서 원한을 사는 인간 말종은 아니지? 혹시 그런 분위기가 있으면 잠자코 있지 말고 말해줘야 하거든?"

"자기만 모르는 체취를 신경 쓰는 회사원 같은 말씀은 하지 마세요. 뭐, 이따금 오늘처럼 향수라도 뿌리고 조금 더 자기 자신을 돌아보시는 것도 좋지 않을까요."

"그런 쪽으로는 어둡거든. 내가 사러 가기도 창피하고."

"흐응."

그건 또 뭐야. 일단 나는 탐정이고 너는 조수잖아. 너무 대충이잖아.

"그렇다면…… 다음에 리리테아가 사쿠야 님께 어울릴 만한 것을 적당히 사드려도…… 좋지만요."

"괜찮아? 실은 최근 죽음의 냄새라도 떠도는 게 아닌가 싶어서 남몰래 신경 쓰……. 아니, 우리가 무슨 이야기를 했더라?"

"어흠……. 이야기를 되돌리겠습니다. 범인의 위치에 대해서였습니다."

"그런 이야기였나? 뭐, 좋아. 그래서?"

"사쿠야 님이 영면하신 뒤부터 현재까지, 극장 출입구는 아직 한 번도 열리지 않았습니다."

"그런 것도 체크하고 있었나."

"조금이라도 문이 열리면 복도의 불빛이 들어오니까 일목요연합니다. 제가 그것을 놓칠 리는 없습니다."

"즉 나를 독살한 범인은 아직 여기에 있고, 영화를 즐기고 있단 소리군."

"상영이 끝나고 모두가 일제히 극장을 나설 때, 그 인파에 섞여서 여기서 도망칠 생각이겠죠."

"으으음……. 하지만 그녀는 대체 나한테 무슨 원한이 있어서……."

생각하면 할수록 정말 오늘 이런 타이밍에 살해될 이유로 짚이는 게 없다.

"……사쿠야 님, 지금 뭐라고 하셨습니까?"

"응?"

"그녀라고 말씀하셨죠? 범인은 여자입니까?"

"아, 미안해. 말을 안 했지. 응, 그럴 거야. 잠들기 직전에 들었어. 범인의 목소리를. 그건 틀림없이 여자였어."

영화 속 이야기는 속속 진행되어서, 라스트 신에 가까워지고 있었다.

여고생 탐정 우즈라는 현실의 나와 달리, 이미 호텔에서의 무시무시한 사건을 무사히 해결하고 씩씩하게 정문 현관을 통해 밖으로 뛰쳐나가려 하고 있다.

"그런 건 처음부터 말씀해 주세요. 남의 팝콘을 말하기 전에."

아직도 꽁해 있었냐.

"미안, 미안."

"그래서 범인은 뭐라고 했죠?"

나는 약품 냄새와 함께 남은 기억을 더듬으면서, 들었던 말을 돌이켜보았다.

범인은 분명히 이렇게 말했다.

──관람차를 자르지 않은 게 잘못이야.

"관람차……? 유원지에 있는 그거 말입니까?"

"그렇겠지."

"자를 수 있는 것입니까?"

"가위나 나이프로는 무리겠지."

"무슨 암호입니까?"

"아마 이 말이면 아는 인간은 알 거야."

"짐작하시는 바가 있군요."

"응. 되살아난 뒤로 이 말의 의미를 여러모로 생각해 봤는데,

한 가지 떠올랐어. 그래서 리리테아, 네게 간곡히 부탁하고 싶은데."

"예."

좋은 대답이다. 리리테아의 시선에서는 어떤 문제라도, 위험한 임무라도 해내겠다는 마음이 느껴졌다.

"이 영화를 끝까지 나와 함께 봐줘."

"……예?"

리리테아는 벙찐 인간의 견본 같은 표정을 보였다. 예리한 인상이 있는 그녀가 그런 얼굴을 하면, 쉽게 말해서 아주 귀여운 맛이 있다.

"꼼꼼하게. 구석구석까지."

"그런 거면, 돼?"

"부탁이야, 리리테아. 같이 영화를 보자."

"뭐, 괜찮아. 한가하니까."

왜인지 리리테아는 데이트 제안을 떨떠름하게 OK하는 여자애 같은 분위기였다.

그 뒤로 내가 말한 대로 둘이서 진지하게 영화를 보았다. 아니, 관찰했다.

조금 뒤에 어느 장면의 어느 풍경이 스크린에 나왔다.

야외에서 촬영된 장면이다.

그 신을 본 뒤에 리리테아는 납득한 것처럼 작게 끄덕였다.

"사쿠야 님. 이런 말씀이었군요."

"그런 모양이야. 응."

나도 마찬가지로 끄덕이고, 확인하듯이 내 냄새를 맡아보았다. 그런 내 모습을 보고 리리테아가 미안하다는 눈치로 내 옷소매를 잡아당겼다.

"혹시 아까 제가 한 말을 정말로 신경 쓰고 계십니까? 그건 그런 의미가 아니거든요?"

"어? 아니, 진짜로 체취를 확인한 건 아니야. 범인이 나를 죽인 이유를 생각해 봤는데, 이제야 한 가지 떠오른 게 있었거든. 그걸 확인했을 뿐."

그리고 확인한 결과, 틀림없다는 걸 알았다.

"그렇습니까. 그렇다면 다행입니다만."

이상한 쪽으로 자상하군.

"리리테아, 다음에 할 일 말인데."

"알겠습니다. 그렇다면 저는 먼저 가보죠."

"그래."

내 조수는 소리도 없이 자리에서 일어나 가볍게 통로 쪽으로 움직였다.

그 자리에 남은 나는 얼마 남지 않은 영화를 끝까지 꼼꼼히 감상했다.

응. 좋은 영화다.

그러면서 별생각 없이 옆자리의 유리우를 봤는데, 침을 흘리면서 잠들어 있었다.

어이, 주연 배우. 이제 곧 엔딩 크레딧 차례야.

2장 극장의자 탐정이라고 평해야 할까요

리리테아보다 몇 분 뒤. 나도 자리에서 일어나서 범인의 자리로 향했다.

도중에 자리에서 일어난 나에게 뒷자리 사람이 다소 차가운 시선을 보냈다. 장내의 남녀 비율은 6:4 정도.

어두운 실내에 눈을 부릅뜨면서 찾았다.

있다. 리리테아는 이미 제일 뒷줄의 어느 자리에 앉아 있었다.

한눈에 나는 확신했다. 그 왼쪽에 앉은 인물이 범인이다.

양복 겉옷을 벗어 어깨에 걸치고, 그쪽으로 다가가서 말을 걸었다.

"옆자리, 괜찮을까?"

상대가 눈에 띄게 긴장하는 것이 느껴졌다. 뭐, 정상적인 반응이다.

나는 상대의 승낙을 기다리지 않고, 빈 왼쪽 자리에 앉았다.

리리테아와 둘이서 범인을 포위하듯이.

"……누구?"

"방금 너한테 죽은 사람이야."

"너 같은 사람 몰라."

소년은 딱 잘라 내 말을 부정했다. 나이는 초등학교, 아니, 중학교 1학년 정도일까. 머리는 귀가 반쯤 가리고 눈에 걸칠 정도로 길다.

"이쪽 메이드랑 한패?"

그 또래 소년 특유의 높으면서도 다소 불안정한 목소리. 분명히 그때 귓가에 들려온 목소리다.

그 목소리는 여성이 아니라 변성기 전 소년의 목소리였다.

"영문을 모르겠어. 너희는 대체 뭐야?"

"그러니까 나라고. 나야, 나."

"사칭 사기? 경찰 부른다?"

그 목소리는 다소 허스키하면서도 높고 묘하게 귀여워서 소녀의 목소리 같았다.

"경찰이 오면 난처할 게 누굴까. 이래도 몰라?"

나는 벗었던 겉옷을 소년에게 던져주었다. 무심코 받은 그는 순식간에 내 말을 이해했는지, 딱딱한 표정으로—— 내 겉옷을 얼굴에 가져가서 냄새를 맡기 시작했다.

단언하는데, 딱히 내 체취가 특별한 냄새라서 어떠한 성적 취향을 가진 사람을 홀린다——는 일은 없다.

그가 맡은 것은 오늘 내가 뿌린 향수 냄새다.

"냄새 나지? 토리호 감독과 같은 향수 냄새가."

그는 그 양복과 나를 교대로 본 뒤에 허탈한 기색을 했다.

"뭐야……. 설마, 그런 일이……."

아직 성장 과정에 있는 가녀린 몸이 자리에서 주르르 미끄러졌다. 본인도 이해한 모양이다.

"그래. 사람을 잘못 찍었어. 아, 겉옷 돌려줘. ……아니, 그렇게 잡아당기지 마. 느, 늘어난다고! 늘어나니까!"

간신히 소년에게서 단벌 양복을 탈취하고 다시금 입었다.

"너, 이름은?"

"나츠메……."

정신이 멍해서 그럴까, 의외로 솔직히 말해 주었다.

"나는 오우츠키 사쿠야. 탐정 일을 하고 있어."

"탐정……?"

그는 난해한 현대 미술 작품을 보았을 때처럼, 뭐라고 할 수 없는 수상쩍은 얼굴로 나를 봤다.

"나츠메, 네 진짜 타깃은 토리호 감독이었지. 하지만 어둠 속이라서 감독과 나를 착각해서 공격했어."

"그런……모양이네……."

"역시 그런가. 너, 시사회 전에 로비에서 감독이 어느 자리에 앉을지 사전에 확인했지? 그리고 감독 인사도 끝나고 슬슬 시사회가 시작될 즈음을 노려서 너는 한발 늦게 극장에 숨어들었어."

설명하면서 소년의 표정 변화를 엿보았다. 눈에 띄는 변화는 보이지 않았지만, 한 가지 깨달은 게 있었다. 이 애, 엄청난 미소년이다.

이 나이 때의 어느 시기에만 드러나는 중성적이면서 어딘가 아련한 아름다움 속에, 자칫하면 주저 없이 파멸로 향할지 모르는 아슬아슬함과 격렬함도 느낀다.

어쩌면 어디 출연 배우의 아들일지도 모른다. 그렇다면 오늘 시사회에 숨어드는 것도 일반인보다는 쉬웠겠지.

"하지만 미안하게도 여러 사정이 있어서 직전에 감독이 앉기로 한 자리에 내가 앉았어. 게다가 오늘 내가 입은 이 양복이 토리호 감독의 양복과 실루엣이 비슷했지. 이거 옛날 스타일이거든."

덤으로 자리에 앉으면 체격의 차이도 알기 어렵다. 스크린에서 나오는 빛이 역광이 되어서 드러난 몸의 윤곽. 어둠 속에서 멀리서 보면 착각하기 쉬웠겠지.

"그리고 너는 그 트러블 때문에 장내가 어두워진 순간, 이때를 놓칠 수 없다며 행동을 시작했어."

뒤로 다가가서 냄새로 표적을 식별하고 공격했다.

"그래. 하지만 아슬아슬할 때까지 망설였어……. 그런 트러블이라도 없었으면…… 아마 나는 행동으로 옮기지 않았을 거야."

그 모습을 보고 있으면 망설였다는 것은 본심이겠지. 하지만 눈앞에서 딱 좋은 기회가 생기고, 그것이 한 소년을 범행에 이르게 했다.

"그때는 어두컴컴했지만, 토리호 감독의 향수는 독특하니까 싫어도 인상에 남아. 너는 그 냄새를 따라서 다가갔지. 하지만 그 점에서도 미안해. 오늘 나는 우연하게도 감독이 뿌리는 것과 같은 향수를 뿌렸거든."

이 두 개의——나츠메에게는 불행한——우연이 겹친 탓에, 그는 살해 대상을 착각했다.

"그만큼 계획했는데…… 착각하다니……. 그런데…… 넌 왜 살았어? 난 분명히 이 손으로 독을……. 불사신?"

"나는 결코 불사신 같은 게 아니야."

"독을 잘못 조합했나……."

직접 만든 건가. 무섭다. 나한테 대체 뭘 주사한 걸까.

"안심해도 좋아. 지금은 너를 경찰에게 데려갈 생각이 없어."

"넘어가 준다는 소리야?"

"네 동기에 따라서. 나츠메가 정말 구제할 수 없는 쓰레기라면 장래를 생각해서 법적으로 확실히 대가를 치르게 하지. 하지만 네 행동 이유가 가슴 아픈 것이라면 봐줄 수도 있어."

"……너, 사쿠야랬지?"

"감사의 말은 필요 없어."

"왠지 그 제안, 무서운데. 상대에게 이상한 선택을 강요하고, 대답이 마음에 안 들면 바로 죽여버리는 위험한 살인마란 느낌."

맞는 말이다. 듣고 보니 그런 느낌도 이해된다. 하지만 남을 독살하는 소년에게 그런 소리를 듣고 싶지 않다.

"그래서? 왜 감독을 노렸지?"

"간단한 이야기야. 이 영화의 공개를 중지시키고 싶었어."

"관람차 장면이 마음에 안 들었단 소리?"

그렇게 말하자, 그는 안색을 바꾸며 다시금 내 쪽을 보았다.

"……탐정이란 이야기, 진짜인가 보네."

정곡이었나 보다.

"고마워. 하지만 네가 나한테 한 말이야. '관람차를 자르지 않은 게 잘못이야.' 라고. 사실은 그거 토리호 감독에게 한 말이었을 테지만, 실제로 그 말을 들은 건 나였어. 그리고 나는 처음에는 그게 무슨 소린지 전혀 몰랐어. 하지만 그 말이 감독을 향한 것이라고 생각하니까 왠지 모르게 이해되더군."

나는 한 손으로 가위를 만들어서 자르는 시늉을 했다.

"네가 말하는 '자르다' 란 말은 영화의 편집에서 필요 없는 신을 컷하여 삭제하는 걸 의미했던 거야. 필름을 컷한다. TV의 버라이어티 방송에서 종종 탤런트가 군소리를 하지. 지금 장면은 잘라달라고. 즉, 너는 어떻게든 감독이 관람차 장면을 삭제해 주길 원했어."

그걸 안 뒤로는 리리테아와 함께 극중에서 관람차가 비치는 장면을 찾기만 하면 됐다. 혹시 없으면 그 장면은 내가 죽은 사이에 넘어가 버렸다는 뜻이다. 그때는 나중에 감독에게 부탁해서 다시금 필름을 확인해 볼 생각이었지만, 마지막에 그게 제대로 등장했다.

그것은 구체적으로 말하자면, 오래된 뒷골목을 멀리서 촬영한 장면이었다.

똑바로 뻗은 뒷골목을 걸어가는 여고생 탐정 우즈라.

그 맞은편에 문제의 관람차가 인상적으로 찍혀 있다.

관람차의 원형 안에는—— 저녁 해가 멋지게 담겨 있었다.

감독도 상영 전의 인사에서 언급했던 관람차다.

그것은 특정 시각, 특정 장소에서밖에 촬영할 수 없는 장면으로, 그것 때문에 일륜(태양) 관람차라고 불린다.

통행인들은 엑스트라라고 생각할 수 없을 만큼 자연스럽게 일상을 보낸다.

그런 장면——의 직전에 나츠메가 찍혀 있었다.

그것은 의식해서 보지 않으면 놓칠 정도로 아주 잠깐으로, 다소 흐릿하게 찍히기도 했다. 하지만 본인이 맞았다.

"너는 정식으로 요청을 받고 엑스트라로 출연했다……는 건 아닌 거지?"

그렇게 묻자, 그는 바로 끄덕였다. 그렇다면 그 장면은 현장 책임자가 무허가로 촬영을 감행한, 이른바 게릴라 촬영이었다는 소리다.

"즉, 네 옆에 있던 여자도 실수로 필름에 담겼다는 소리군."

그 장면 도중, 바싹 달라붙은 채로 건물에서 뒷골목으로 나와서, 그대로 사람들의 눈을 피하듯이 앞쪽을 향해 걸어간 나츠메와—— 묘령의 여자.

여자는 모자를 눌러써서 얼굴이 보이지 않았다. 하지만 그 실루엣이나 걸음을 보면 평범한 여자 같지는 않았다.

"이건 완전한 추측이지만, 혹시 배우?"

"유카는…… 잘못 없어."

경칭도 없이 이름을 부르고 있다. 아니, 그보다도——.

"유카라니, 어? 설마 야나이 유카?"

조만간 뜰 게 확실하다는 말을 듣는 젊은 연기파 여배우다.

소년은 말없이 그저 끄덕였다.

이번에는 진짜 놀랐다. 두 사람이 나온 건물이 이른바 러브호텔이었기 때문이다.

"말해두지만, 아무 일도 없었어. 유카는 이 중요한 시기에 생각 없이 행동하는 바보가 아니고, 나도⋯⋯."

"그래, 자세히 말하지 않아도 돼."

들더라도 어떻게 해야 할지 모르겠다.

나이의 차이, 서로의 사회적 입장──.

그런 건 지금 아무래도 좋다. 바로잡을 생각도, 꾸짖을 생각도 없다.

다만 서로 끌린 두 사람이 비밀 데이트를 했고, 하필이면 그 모습이 영화 필름에 담겼다. 그게 전부다.

"그 장면, 물론 우리는 찍힌 줄 몰랐어. 하지만 그대로 길을 걸어가다가 카메라를 발견한 거야. 유카가 바로 눈치챘어. 그게 영화 촬영팀이고, 여태까지 무슨 장면을 찍은 거라고. 우리도 포함해서."

그 눈치는 역시나 배우라 할 만하다.

"난 그 자리에 토리호 감독도 있던 걸 보았으니까, 나중에 몇 번이고 그 사람 사무소에 전화해서 토리호 감독에게 부탁했어. 관람차 장면을 컷해 달라고. 하지만 들어주질 않았어."

"나이 차이가 큰 연인의 밀회가 찍혔다는 식으로?"

"그런 소릴 업계인에게 할 수 있을 리가 없잖아."

하긴 그렇다.

"당연히 감독도 이유를 알고 싶어 했겠지만, 너는 문제의 이유를 고지식하게 다 말할 수도 없어서, 그저 삭제 요망만 말할 수밖에 없었군."

그래선 그 말이 받아들여질 리가 없다.

"중요한 신이니까 절대로 컷할 수 없다는 소리만 들었어."

"아무래도 감독이 집착하던 요소 중 하나였던 모양이고, 간단히 승복하지 않겠지."

게다가 그 관람차는 촬영 후에 철거되어서 지금은 이미 없어졌다. 지금 와서 다시 찍을 수도 없다.

"하지만 너는 그렇다고 해도, 야나이 유카 쪽은 모자로 얼굴을 가렸으니까 특정할 수 없지 않나?"

"그렇다고 해도. 반드시 안전하다고 장담할 수 있어? 책임을 질 수 있어? 이 영화가 앞으로 전국에서 상영되면 언젠가 누가 눈치챌지도 몰라. 영화는 영원히 남아. 그렇지?"

"그렇지."

그 말에 간단히 고개를 끄덕였다.

"그렇게 되면 유카의 배우 미래는 끝이야……. 유카는 분명 앞으로 대단한 배우가 될 거야. 그런데 나 같은 놈 때문에 그 길이 막히면……. 그러니까……."

"아예 영화 자체를 공개할 수 없게 만든다?"

감독이 시사회에서 살해되기라도 하면, 정말로 영화가 폐기될까?

문외한인 나로서는 업계의 판단 기준이나 원칙을 잘 모른다. 하지만 『여고생 탐정 우즈라』는 촬영 중에도 이미 사건이 일어난 바 있다. 말하자면 일종의 액이 낀 작품이다. 그 액이 자꾸 겹치면 정말로 공개 중지도 가능했을지 모른다.

"하지만 그것도 실패했어……. 나는 좋아하는 사람을 지킬 수 없었어."

소년은 이 세상의 끝이라도 온 것처럼 고개 숙이고 있었다. 그 모습은 내게 다소 과장된 것으로도 비치고, 왠지 겸연쩍어지는 감각이었다.

"순애, 로군요."

조금 놀란 듯한 감상을 말한 것은 리리테아였다. 좌석에서 살짝 몸을 일으키고, 감탄한 것처럼 나츠메를 향해 고개를 끄덕이고 있었다.

"누구에게도 의논할 수 없고, 의지할 수도 없고, 그래도 연인을 지키고 싶다는 애절한 마음으로 행동한 것이로군요."

"으……응. ……예."

왠지 소년의 태도가 나를 대할 때와 전혀 다르다. 납득할 수 없다.

"리리테아……. 저기."

"사쿠야 님."

"그러니까……."

"사쿠야."

뭐냐고, 그 필사적인 얼굴은.

"어어……. 그리고 보면 이 영화는 촬영 중에 위험한 사건이 일어났던가? 듣자 하니 영화 회사가 뒤에서 손을 써서 억지로 촬영을 속행시켜 간신히 완성했다는 모양인데."

나는 왜 이렇게 뱅뱅 도는 말을 하는 걸까.

"그러니까 혹시 내가 실수로 그 사실을 세간에 공표할지 모른다고 감독에게 말하면, 부탁 하나 정도는 들어줄지도. 예를 들어서 어느 장면에 우연히 찍힌 야나이 유카의 이름을 우정 출연으로 정식으로 엔딩 크레딧에 올려달라든가."

그렇게 말한 순간 리리테아의 표정이 밝아졌다.

"그렇군요. 공식으로 출연한 것으로 하면 모든 것은 연기가 됩니다."

"응. 감독은 사정을 눈치챌지도 모르지만, 그것도 잘 입막음하면 괜찮아. 그 사람, 이 영화 개봉에 목숨을 건 느낌이니까, 오히려 이런 스캔들이 드러나서 문제시되고 싶지 않을 거야."

"다음엔 야나이 유카의 카메오 출연을 배우들이나 스태프에게도 비밀리에 감독이 감행했다는 것으로 하면 문제가 없습니다. 서프라이즈로군요."

리리테아는 두 손을 가슴 앞에서 모으고 몇 번이나 고개를 끄덕였다.

"참 나, 리리테아도 여자였구나."

나츠메 쪽은 아직 믿기지 않는다는 듯이 내 얼굴을 바라보았다.

"어물쩍 넘어가겠다고? 정말로? 넌 너무 착하지 않아?"

"의심할 거라면 지금이라도 이 이야기를 무르겠는데?"

"아, 아니, 아니! 미, 믿을게! 저기…… 독살해서 미안해."

이상한 사과다.

그때 조명이 켜지고 주위가 밝아졌다.

시사회가 끝난 것이다.

□

시사회에 이어서 무대 위에서는 배우진의 인사가 시작됐다. 하지만 나와 리리테아는 그걸 보는 일 없이 극장 밖으로 나갔다.

나츠메를 몰래 바래다주기 위해서다. 기특하게 보일 정도로 깊이 고개를 숙이더니, 뭔가에 쫓기듯이 크림즌 시어터를 뒤로 했다. 오늘 이 자리에서 무슨 일이 있었는지 말하기 위해서, 사랑하는 사람을 만나러 갔을지도 모른다.

나츠메의 모습이 보이지 않게 되자, 리리테아는 자신만만하게 이렇게 말했다.

"사쿠야 님, 이번에도 또 목숨을 건지셨군요."

과연, 내 경우는 그런 식이 되나.

목숨을 잃었다가 다시 건진다. 참 고생도 많은 체질이다.

"아무튼 우리 추리로 소동은 일어나지 않았고, 둘이서 한 사람 몫의 활약을 했어. 렛츠 엔딩 크레딧!"

"그런 시시한 말장난 시리즈는 싫습니다."

"미, 미안해⋯⋯."

"아, 그 얼굴은 좋아요."

어이, 조수. 애정이 비뚤어졌어.

"하지만 실제로 멋진 안락의자 탐정이었습니다. 아니, 이 경우 극장의자 탐정이라고 평해야 할까요."

제법 멋진 말이다.

"모처럼 리리테아가 칭찬해 줬으니, 순순히 받아들일게. 어디 보자⋯⋯."

"지금부터라도 안으로 돌아가겠습니까?"

지금쯤 무대에서는 잠에서 깬 유리우가 허둥대면서 인사하고 있겠지.

"그렇군. 하지만 그 전에 뭣 좀 사 올게. 리리테아는 먼저 돌아가."

리리테아와 헤어져서 나는 매점으로 총총 발을 옮겼다.

한 차례 고생했던 탓인지 팝콘이 당기는 기분이었다.

하지만 매점에는 다른 여자 손님이 있었다. 나이는 아마 나와 비슷하든가, 조금 아래. 발의 하이힐로 플러스한 걸 빼면, 꽤 조그마한 소녀다.

그녀의 머리는 눈이 번쩍 떠질 만큼 아름다운 금발이고, 몸에 걸친 새빨간 드레스는 오늘 본 다른 누구의 것보다도 비싸 보였다. 비싸기만 한 게 아니다. 그 붉은색은 크림즌 시어터의 모든 붉은색을 빛바래게 할 정도로 눈에 띄었다.

오늘 시사회의 관계자일까? 하지만 우리처럼 특수한 사정도 없이, 이 타이밍에 음식을 사러 나오는 인간이 달리 있을 것 같지 않다.

"오래 기다리셨습니다."

"고마워."

그녀는 점원에게서 우아하게 팝콘을 받더니, 가볍게 180도 턴을 하여——.

"꺄아아아아악?!"

뒤에 서 있던 나를 깨닫고 비명을 질렀다. 놀라는 바람에 팝콘을 성대하게 바닥에 쏟아버렸다.

"어어……."

뭐가 뭔지 몰라서 나는 그 자리에 굳어버렸다. 상대도 그랬는지 몇 초 동안 눈싸움이 이어졌다.

물론이라고 하긴 이상하지만, 내가 먼저 꺾였다.

"저기, 미안해."

"당신! 갑자기 샤르의 뒤에서 나타나다니, 무슨 생각이야! 조, 조금 놀라버렸잖아!"

그게 조금인가?

"아니, 놀라게 할 생각은 없었는데. 아니, 매점에서 뒤에 사람이 줄을 서 있다는 것만으로 그렇게 놀라? 미안하다고는 생각하지만."

"어, 어쩔 수 없잖아! 샤르는, 깜짝 계열에는 약하니까……."

"깜짝 계열? 깜짝 상자 같은 거? 갑자기 연못 안에서 손에 나오는 호러 영화 같은 거?"

적당한 예를 들었다. 그녀는 바로 그렇다는 듯이 고개를 연신 끄덕였다. 분위기도 행동거지도 그야말로 좋은 집안 아가씨란 느낌이지만, 배짱은 소시민인 모양이다.

　"그렇다고는 해도 여기는 영화관이고, 사각에 다른 사람이 있는 정도는 예상해도 좋을 것 같은데. 여기가 자택의 욕실이라면 이야기는 다르지만."

　"왜 샤르가 흠칫대며 다른 사람의 움직임을 고려해야 해?"

　"아니, 하지만."

　"주위가, 아니, 세계가 샤르를 예상하고, 놀라지 않게 움직이면 되잖아."

　"……그렇군. 맞는 말이야."

　귀찮아졌기에 적당히 말을 맞춰주기로 했다.

　"사과의 의미로 떨어뜨린 팝콘을 변상할게."

　"어? 샤르한테?"

　그건 거의 대화의 흐름이란 것으로, 그렇게 이상한 소리를 했다는 생각은 없었지만, 그녀는 정말 찾아보기 힘든 소리를 들은 것처럼 입을 쩍 벌렸다.

　"자, 여기."

　새 팝콘을 건네주자, 의외로 순순히 받아 주었다.

　"……고마워."

　"아니야."

　그렇게 깔끔하게 마무리한 뒤 다시금 내 몫을 사려는데——지금 팝콘을 사느라 내가 가진 돈이 바닥난 것을 깨달았다.

그러고 보면 오늘 소지금은 600엔뿐이었던가.

지금부터 리리테아를 불러서 추가 용돈을 받아? 아니, 이 소녀 앞에서 그건 너무 창피하다.

고민하고 있자, 옆에서 본 적 없는 색의 카드가 나타났다.

"좋아. 답례로 샤르가 베풀어 줄게. 특별한 거야. 캐러멜맛이면 되지?"

그렇게 말하며 드레스 차림의 그녀는 내게 팝콘을 사주었다. 기가 센 아이인가 싶었는데, 뜻밖에도 자상하다.

그녀는 근처 소파에 앉더니 우아하게 다리를 꼬았다. 그리고 멍하니 서 있기만 하는 나를 뒤늦게 알아차리고는, 옆자리를 손으로 탁탁 두드렸다.

"여기 앉아."

시키는 대로 나란히 앉았다. 그리고 각자의 팝콘을 와작와작 맛보았다.

"으음. 이거야, 이거. 여기 극장의 이 맛을 위해 일부러 왔으니까."

"헤에, 여기 팝콘이 유명했구나."

"당신, 모르면서 사려고 했어? 죄 많은 사람이네."

나는 나도 모른 채 죄를 지은 모양이다.

"TV 같은 데서 소개됐어?"

"아니. 그냥 샤르가 좋아할 뿐이야."

"그건……."

"샤르의 취향을 모르는 게 죄야."

그녀는 우아하게 다리를 고쳐 꼬더니, 팝콘을 하나씩 집어서 작은 입에 던져 넣었다.

"그렇게 말해도, 지금 처음 만난 네 취향을 내가 모르는 건 극히 자연스럽다고 생각하는데."

"저기, 그쪽은 어때?"

"어? 캐러멜맛? 뭐, 괜찮아."

"흐응……."

"……괜찮으면 먹어 볼래?"

그렇게 흥미진진한 눈으로 보면 이렇게 말할 수밖에 없다.

"딱히 괜찮은 건 아니지만, 먹을래."

어디의 아가씨가 내 팝콘을 아름다운 손가락으로 차례로 강탈해갔다.

"너는 먹보구나."

"실례잖아, 오우츠키 사쿠야. 먹을 것에 관심이 없다고 할 수는 없지만."

"어라? 내가 자기소개 했던가?"

내 질문에 대답하는 대신 그녀는 손가락을 우아하게 입에 물고서 살짝 미소 지었다. 그것이 꽤 요염해서 왠지 눈 둘 곳이 곤란해졌다.

"어어, 이쪽도 이름을 물어도 될까? 샤르, 라고 했나?"

"샤르디나야. 샤르디나 임페리셔스."

"헤에, 세븐 올드맨 중 하나랑 이름이 같네."

"그래. 본인이니까."

"그렇구나."

"그래. 하지만 세븐 올드맨이라니 센스도 없네. 애초에 우리는 패거리를 만든 적도 없는데."

내가 말을 놓치지도, 잘못 듣지도 않았다. 그 개성 넘치는 자기소개를 똑똑히 듣고 이해했다. 그리고 그것이 농담인지 진짜인지를 생각했다.

이 아이는 지금 스스로를 세븐 올드맨이라고 말했다.

세븐 올드맨 2nd. 샤르디나 임페리셔스라고. 징역 1466년의 극악죄인, 탈옥수, 〈대부호괴도〉^{셀러브리티}라고.

어떻게 움직일지 망설였다.

망설였기에 움직일 수 없었다.

언제부턴가 멀리서 사이렌이 울리고 있었다. 그것은 서서히 이 극장으로 다가오는 듯했다.

"오늘은 여기 팝콘과 당신을 노리고 일부러 지구를 반 바퀴 돌아서 와봤어. 오우츠키 타츠야가 여객기, 여객선과 함께 죽고, 그 아들은 씩씩하게 절망하고 있을까 생각해서."

"……너는 그 배에 있었어?"

그녀는 아무 대답도 하지 않았다. 하지만 여기까지 사정을 아는 일반인은 없다.

나는 확신했다. 지금 옆에 앉아있는 것은 틀림없이 샤르디나 임페리셔스다. 탈옥하여 일본에 나타난 세븐 올드맨 중 하나.

온몸의 털이 곤두서는 감각을 느꼈다.

반대로 샤르디나는 미련도 없이 소파에서 일어났다.

"만족했으니 이제 갈게. 샤르는 지금부터 중동에 일이 있어."

"중동?"

"어느 나라에서 내전이 일어난 모양이니까, 무기를 좀 팔러."

"너는 무기 상인이야?"

"아니. 가벼운 부업이야. 장사 이야기가 정리된 다음에는 미국까지 가서 로켓이라도 살까."

"로켓이라니…… 우주에 가는?"

"우주에 가는."

"사람이 타는?"

"사람이 타는. 여러 개 가지고 있는데, 색상별로 모으고 싶어져서."

"색상별로."

우주 로켓을 운동화 같은 걸로 착각한 게 아닐까? 금전 감각이 망가졌다든가, 자릿수가 다르다든가, 그런 수준이 아니다.

"그렇게 됐으니까 탐정의 아들…… 아니, 사쿠야. 조만간 또 봐."

손등으로 긴 머리를 쓸어 어깨에 올리더니, 샤르디나는 나를 그 자리에 남기고 멋진 걸음걸이로 걸어갔다.

"아니……."

움직여. 쫓아가. 눈앞에 있다. 세븐 올드맨이. 아버지의 죽음 ── 아니, 실종의 수수께끼를 쥔 인물이.

나는 시동을 걸듯이 다리를 몇 번이나 때려서 내 몸을 일으켜 세웠다.

그래. 여기서 도망칠 수는 없다. 팝콘을 먹으면서 잡담이나 하고 끝——일 수는 없다.

고꾸라질 기세로 달려가서 샤르디나를 따라잡아 그 어깨에 손을 올렸다.

"잠깐 기다려!"

"히이이이익?!"

샤르디나는 비명을 지르며 바닥에 주저앉았다.

"아, 미안해."

또 놀라게 해버렸다. 꽤 까다로운 아이다.

"그, 그러니까! 갑자기! 그런 거! 하지 말라고!"

기가 세 보이는 눈에 눈물을 글썽이며 항의했다. 팝콘 통으로 내 다리를 탁탁 때려대지만, 하나도 아프지 않다.

화가 난 그녀는 가슴에 손을 대고 심호흡한 뒤에 일어섰다.

"……지금 무슨 일 있었어?"

"이것저것 있었지만."

전부 없었던 걸로 할 생각입니까.

"정말이지……. 멋지게 떠나갈 예정이었는데."

이렇게 되면 종종 섞는 아가씨 말투도 절묘하게 재미있다. 하지만 물론 웃고 있을 때가 아니다. 상대는 최악의 탈옥수다.

"너야? 네가 그 여객기를 추락시키고, 수많은 사람을…… 아버지를……."

캐물으려는 내 입에 갑자기 단맛이 퍼졌다. 샤르디나가 캐러멜맛 팝콘을 내 입에 욱여넣었으니까.

"샤르는 바빠. 그 문제는 다음 기회에 또 이야기하자. 마침 마중 나온 녀석들도 모여든 모양이야."

그녀가 한 발 내디뎠다. 자동문이 미끄러지듯이 좌우로 열렸다.

어느 틈에 밖은 수십 대, 수백 대의 경찰차로 미어터졌다.

완전히 해가 진 밤거리가 무수한 경찰 램프로 밝혀졌다.

"안심해. 이런 싸구려 택시를 탈 마음은 없으니까. 샤르는 이쪽이야."

영화관 바로 눈앞에 본 적도 없는 롱 리무진이 서 있었다.

운전석에는 상어처럼 흉악해 보이는 여자, 뒷좌석 문 앞에는 나이프를 머리핀처럼 꽂아서 냉혹해 보이는 여자. 양쪽 다 검은 양복 차림이고, 정상적인 일반인으로는 보이지 않았다.

나이프 장식의 여자가 주인을 위해 공손히 문을 열었다. 그 문으로 리무진에 올라탄 뒤, 샤르디나는 창문을 내리고 얼굴을 내밀었다.

손짓하기에 경계하면서 다가가자, 그녀가 내 넥타이를 움켜쥐었다.

"와웁."

넥타이를 잡아당기나 싶더니, 순식간에 그녀의 아름다운 얼굴이 눈앞으로 다가왔다.

그 직후 샤르디나는 내 얼굴에 뭔가를 뿌렸다.

"사쿠야, 이 말을 하고 싶었는데, 그 향수, 최악이야."

덧칠하듯이 뿌려댄 것은 그녀의 개인 향수인 모양이었다.

"그리고 팝콘 얻어먹은 보답으로 충고 하나. 엠프레스(여제)는 조심해."

"여제……?"

"어머, 당신 아직도 몰라? 그래. 그 애는 여전히 에두르는 짓을 하네. 역시나 마음에 안 들어."

샤르디나는 뭔가 생각하는 얼굴을 보였다. 하지만 그 두 손에는 아직도 팝콘 통이 들려 있었다.

"기다려 봐. 대체 무슨 소리를……."

"쉬잇. 아쉽네. 시간이 다 됐어."

"이 상황에서 어떻게 여기를 뜰 생각이야?"

큰길은 경찰차로 메워져 있다. 이런 리무진은 둘째 치고 오토바이 하나 지나갈 틈이 없고, 지나가게 해주지도 않겠지.

하지만 샤르디나는 전혀 아랑곳하지 않은 눈치였다.

"샤르의 방식을 몰라? 개인 공항에서 여기까지 오는 길은 사전에 다 사놨으니까, 보이는 범위는 이미 다 샤르의 개인 도로야. 그러니까 마음대로 갈 거고, 방해도 받지 않아. 누구한테도."

샀다고? 도로를?

"이만 쏘리하셔요."

갑자기 하늘에 굉음이 울려 퍼졌다.

빽빽하게 모인 경찰관들이 일제히 하늘을 올려다보았다.

빌딩 사이를 누비며 나타난 것은 무시무시한 실루엣을 가진 공격 헬기였다.

그 녀석은 아무런 경고도 없이 기관포를 비처럼 쏟아부었다. 20mm인지 30mm인지의 무시무시한 녀석이다.

밀집해있던 경찰차가 차례로 벌집이 되고, 딱지처럼 튀면서 획획 뒤집혔다.

백미러나 아스팔트의 파편이 날아와서 내 뺨을 찢었다.

통행인이 비명을 지르며 도망쳐 다녔다. 경찰관들도 건물 뒤로 숨었다.

약 30초 동안 마음껏 유린해댄 뒤, 헬기는 하늘 저편으로 날아가서 사라졌다.

현실이 아닌 것처럼, 길거리가 조용해졌다.

"때릴 거면 완력보다도 재력. 부자라서 미안해."

완전히 청소가 끝나서 길은 비워졌다.

이것이 〈셀러브리티〉.

"God speed you, 사쿠야."

샤르디나를 태운 리무진은 뒤집혀서 검은 연기를 내뿜는 무수한 차량 사이를 유유히 빠져나갔다.

"뭐, 뭐지, 지금 소리는?! 전쟁이라도 시작됐나?! 아니, 이건 뭐야!"

소조로기가 소리를 듣고 밖으로 뛰쳐나왔다. 그는 큰길의 참상을 보고 1미터 정도 펄쩍 뛰었다.

나는 그저 멍하니 그 자리에 서 있었다.

세븐 올드맨의 초법적 폭력(엑스트라 주디셜)에 발이 얼어붙었다? 절망했다?

아니, 그게 아니다. 그저 내 캐러멜맛 팝콘을 멋지게 빼앗겼다는 사실에 맥이 빠졌을 뿐이다. 그것뿐이다.

"어이, 사쿠야! 어이! 대체 무슨 일이 있었지?!"

"아가씨가…… 로켓을 깔맞춤하러 갔어."

길모퉁이 여기저기서 시뻘건 불길이 치솟고 있다. 마치 샤르디나가 남긴 향기처럼.

"뭐? 넌 무슨 소릴……. 제길! 본부! 응답해! 큰일이 일어났다! 경찰차가 하나도 남김없이 배를 보이며 불타고 있어! 이건 무슨 출동이지? 들은 적 없는데!"

핸드폰을 향해 떠들어대는 소조로기의 옆에서 나는 덧씌워진 향수의 향기를 느끼고 있었다.

셀러브리티
대괴도부호
샤르디나 임페리셔스
징역 1466년

과거에 재해와도 같은 대사건을 일으킨 흉악범.
명탐정 오우츠키 타츠야의 손에 붙잡혀서,
현재는 한 나라의 형무소에 수용되어 있어야 하는데……

사건 3 쿠롱즈 호텔의 살인마

KILLED AGAIN, MR. DETECTIVE.

오우츠키
사쿠야

리리테아

하이가미네
유리우

소조로기
카오루타

쿠롱즈 호텔 겨냥도

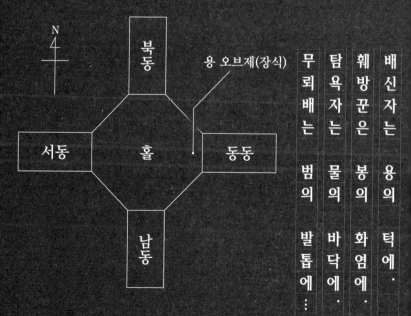

배신자는 용의 턱에·

훼방꾼은 봉의 화염에·

탐욕자는 물의 바닥에·

무뢰배는 범의 발톱에·⋮

1장 당연히 부끄럽습니다

"북……북…….."

더러운 유리창을 비가 거세게 때렸다.

"북……북쪽이 어느 쪽이지? 리리테아, 알겠어?"

"서쪽 옆입니다."

"그런 게 아니라."

여기 리틀 쿠룽은 요코하마시 해변에 있는 작은 중화가로, 오우츠키 탐정사에서 오토바이로 20분 정도 거리에 있다. 주민은 2차 대전 전부터 그 주변에서 살던 대륙 출신 사람들로 구성되어 있으며, 결속이 굳다.

여기에는 개발에서 방치된 옛 경관이 아직도 남아 있어서, 일본으로 생각하기 어려운 거리 풍경이 펼쳐진다.

그런 거리 구석에 쿠룽즈 호텔이 있다.

"풍수를 신경 써서 뭐 합니까. 사쿠야 님과는 거리가 먼 미신이겠죠."

호텔 방에 짐을 푼 내가 제일 먼저 시작한 것은 방향을 조사하는 것이었다.

"집에서도 내가 신경 쓰는 거 알잖아? 신경 쓰인다고. 아, 이

쪽인가! 하지만 큰일이네! 침대를 움직일 수밖에 없나. 리리테
아, 도와줘!"

"일설에 따르면 풍수학에서는 머리를 북쪽으로 두고 자는 것
이 재수가 좋다고도 하고⋯⋯. 아니, 그런 것보다, 사쿠야 님,
일단은 샤워를 먼저 하시죠."

"대담하네, 리리테아."

"리리테아는 그런 생각으로 말한 게 아니야! 어흠⋯⋯ 감기
걸리시겠습니다."

정말로 비를 맞아서 몸이 차갑다.

"미안해. 농담 좀 했어. 요즘 재수 없는 일이 자꾸 생겨서, 조
금이라도 기분을 밝게 할까 해서."

능청을 떨었더니, 리리테아는 치맛자락을 움켜쥐고 다소 괴
로운 표정을 보였다.

보통 쿨하고 무서운 줄 모르는 리리테아지만, 화제에 따라서
는 알기 쉬울 정도로 감정을 드러낼 때가 있다. 그보다도 감정
을 드러내게 됐다는 말이 정확할까.

작은 입술을 꾹 다물고 뭔가 말하려 한다. 그걸 보고 있으면 미
안한 마음이 든다. 나는 그 가녀린 어깨에 손을 올렸다.

"그런 얼굴 하지 마. 나는 괜찮으니까. 일단 하찮은 농담으로
리리테아를 곤란하게 하고, 다시금 사무소를 일으켜 세우자고
생각할 정도로는."

"사쿠야 님⋯⋯."

리리테아는 격려하듯이 내 손 위에 자기 손을 포갰다. 그리고

바로 시선을 내리고, 그 자리에서 도망치듯 욕실로 달려갔다.

　이런 리리테아는 처음 본다.

　하지만 나 자신도 한 달 동안 처음 보이는 모습을 많이 드러냈으니까, 피장파장이다.

　내가 생각해도 그건 정말로 꼴사나운 모습이었다.

　불사의 탐정, 오우츠키 타츠야가 죽었다.

　내 아버지이며, 오우츠키 탐정사의 사장이고, 세계 최고, 굴지의 탐정이——.

　한 달 전에 일어난 여객기 납치 및 추락 사고는 연쇄적으로 일어난 퀸 아이리호 침몰과 함께 금세기 역사에 남는 미증유의 대사고로 사람들의 기억에 새겨졌다.

　사망자는 지금도 계속 늘어나고 있고, 보도가 지금도 이어지고 있다.

　기체의 불길 때문에 시신의 신원 확인에는 시간이 걸리고, 행방불명자의 가족은 답답한 마음으로 매일을 보내고 있다.

　현장에서 발견됐다는 불탄 시체가 아버지의 시신으로 판명된 것은 대충 일주일 전 일이었다.

　그리고 사고 사망자에 오우츠키 타츠야의 이름이 정식으로 포함됐다.

　그와 동시에 그때까지 사무소에서 일하던 다른 탐정은 조용히 떠나갔다. 애초부터 오우츠키 타츠야라는 태양 아래에 모여들었으니까, 태양이 저물면 떠나간다. 당연한 일이다. 누구도 그들을 나무랄 수 없다.

그리고 오우츠키 탐정사에는 탐정이 한 명도 안 남았다.

있는 거라곤 반푼이, 탐정 미만인 나──오우츠키 사쿠야뿐.

그런데도──리리테아만은 사무소를 떠나지 않았다. 다음 날도, 그다음 날도, 마찬가지로 곁에 있어 주었다.

큰 기둥인 아버지를 잃고, 함께 사무소를 키워나갈 터였던 선 배 탐정들도 떠나고, 나와 리리테아는──그래도 뻔뻔하게 살 아가기로 했다.

절망하고, 땅만 바라보면서 버러지처럼 지내는 건 사흘 만에 접었다. 이유의 반은 절망에 질렸기 때문이고, 나머지 반은 절 망할 정도로 희망이 없는 것도 아니기 때문이다.

"그 아버지가 그 정도로 진짜로 죽을 것 같아?"

"절대로 아닙니다."

이게 우리의 공통된 인식이었다.

발견된 시제의 DNA가 아버지와 일치? 경찰의 공식 견해?

관계없어.

육친이니까 안다. 아버지는 죽지 않았다.

그건 아버지의 시신이 아니다. 바뀐친 가짜다.

그러니까 나는 아무것도 내팽개치지 않는다. 반푼이 나름대 로 탐정 업무도 계속할 거고, 사무소도 지켜나간다. 거기가 가 족이 돌아올 장소니까.

"리리테아, 우리, 열심히 하자."

새로운 결의를 가슴에 담고, 욕실에 있는 조수에게 말을 걸었다. 하지만 대답은 없었다.

"……리리테아?"

　대답은 샤워 소리와 콧노래로 돌아왔다.

"아까의 그 슬픈 표정은?"

　그리고 나보고 먼저 씻으라고 하지 않았어?

　따뜻한 샤워를 만끽한 리리테아는 젖은 머리를 타월로 꼼꼼히 싸서 말리면서 말했다.

"하지만 사쿠야 님, 이런 기이한 호텔을 용케도 아시는군요."

　나이에 걸맞은 가녀린 허리와 반대로 발육이 좋은 가슴을 검은 속옷이 감싸고 있다.

　리리테아는 침대 위에 앉아서 그 모습을 아낌없이 보이고 있었다. 머리에서 살짝 흘러내리는 물방울이, 부드럽고 육감적인 다리 위를 흘렀다.

"여기서 일하는 지인이 있는데, 갑자기 묵어도 싸게 해준다고 했거든. 나도 처음 이용하지만."

　이상한 의미는 요만치도 없다. 일부러 지금 단언하지.

　저 다리는 좋은 것이다. 아주 중요한 것이다.

　피부의 윤기, 부드러움, 소녀다운 탄력, 형태, 성장성──.

　각각의 요소가 이상적인 밸런스로 형성되고, 레이더 차트가 아름다운 오각형을 그리고 있다.

　매번 되살아날 때마다 무릎베개로 체감하는 나는 그 훌륭함을 잘 알고 있다. 거듭 말하지만, 이건 어디까지나 베개로서의 가치를 칭찬할 뿐이다. 어디까지나.

나는 같은 방에서 창가 의자에 앉아, 그런 리리테아의 모습을 바라보고 있었다. 하지만 리리테아는 나를 나무라지 않았다. 나도 노골적으로 얼굴을 숨기거나 돌리지 않는다.

리리테아는 자기를 내 조수라는 위치에 놓고 있다. 지금은 나 자신도 그렇게 생각한다. 즉 서로 멋쩍어할 사이도 아니다.

"이 건물, 80년 넘는 역사가 있대. 하지만 여행사의 팸플릿에는 없어."

옛날에는 뒤가 구린 사람이 많이 흘러들고 이용했다는 모양이다. 그런 탓일까, 기본적으로 관광객이 묵을 일은 없다.

"확실히 고풍스러운 맛이 있네요. 샤워의 수량이 안정되지 않고, 창 틈새로 비가 조금 새고."

"……나중에 아는 종업원한테 말해둘게."

옷을 갈아입는 리리테아는 머리칼을 땋아서 묶었다. 목욕을 마친 뒤에 짧은 시간에만 볼 수 있는 모습이다.

"하지만 달리 싸게 묵을 만한 곳이 없었어. 기껏해야 오늘내일만 참으면 돼."

"요즘 안 좋은 일만 골라 생긴다는 말씀이 맞군요. 설마 사무소에서 물이 샐 줄이야."

"그래, 그래. 덤으로 이 비 때문에 이중으로 고생이었지. 이제부터 사무소를 재건하자고 주먹을 쳐든 순간에 천장에서 물이 쏟아져서……."

업자한테 조사시켰더니 위층 배관이 터졌다는 모양이다. 노후화려나.

피해는 심각해서, 가구나 서류, 기타 등등에도 피해가 발생했고, 사무소도 자택도 도무지 머물 만한 상태가 아니게 됐다.

물론 바로 수리를 부탁했지만, 내일까지는 어떻게 안 된다는 대답이었다.

그렇게 갈 곳을 잃은 나는 세찬 빗속에서, 갓 면허를 딴 오토바이의 뒤에 리리테아를 태우고 흠뻑 젖은 생쥐 꼴로 여기 쿠롱즈 호텔에 달려온 것이었다.

현재 시각은 오후 2시. 리틀 쿠롱은 회색으로 어두워져 있다.

"그런데 리리테아……."

"예."

"전부터 생각했는데, 리리테아의 다리는 부드러워."

"……갑자기 무슨?"

"아니, 항상 죽은 내 부활을 무릎베개로 맞아주잖아? 그때 느꼈던 건데, 그 감사 인사를 한 적이 없다는 게 불현듯 떠올라서. 정말로 항상 고마워. 부드러움을 줘서 고마워. 하하하. 역시 이렇게 말하니 낯부끄럽군."

그건 리리테아의 다리를 무심결에 바라보고 있으니 자연스럽게 나온 감사의 말이었다. 하지만 리리테아는 '공들여 피운 꽃이 다음 날 아침에 아저씨 팬티로 바꿔치기 당한 사람' 같은 표정을 하고 있었다.

"제일 불쾌해."

"에엑?!"

모든 장르 중에서?

"엉뚱한 타이밍에 엉뚱한 칭찬을 들어도 하나도 기쁘지 않아. 그런데 사쿠야 님, 이왕이니까 저도 하나……."

"음?"

"왜 제가 옷 갈아입는 것을 계속 보고 계십니까?"

"후후. 이제 와서 그런 걸로 부끄러워할 사이도 아니잖아?"

"당연히 부끄럽습니다. 그런 차분한 얼굴로, 턱을 괴고 다리까지 꼬고 관람하시면."

잘 보면 부끄러움에 얼굴을 붉히고 있다. 리리테아는 확실히 여자애였다.

"미, 미안해!"

다급히 창밖으로 얼굴을 돌렸다.

"바보 같은 사람."

리리테아는 항상 하던 신랄한 말을 내게 던졌다. 하지만 창문에 반사된 그 얼굴에는 정겨운 미소가 떠올라 있었다.

그냥 나를 놀린 건지, 정말로 화내는 건지 판단하기 어렵다.

교대로 샤워를 해서 시원해진 뒤에, 둘이서 호텔 안을 보고 다니게 됐다.

방을 나가자, 일단 붉은 융단과 오래된 벽지가 눈에 들어왔다. 그 양식은 일종의 차이니즈 고딕이라고 표현해도 될까.

복도를 나아가자 상층까지 뻥 뚫린 홀로 나왔다. 홀은 팔각형 모양이고, 각층에 마찬가지로 팔각형 회랑으로 이어져 있었다. 팔각형의 공간이 통 모양으로 9층까지 뚫려 있다.

"이 홀이 호텔의 중심부 같군."

홀에서 네 개의 복도가 사방으로 뻗어있고, 각각의 벽에 알기 쉽게 동서남북의 글자가 크게 적혀 있었다. 어느 층이고 구조는 똑같다. 복도 끝에는 각각 동서남북의 별관이 있고, 숙박하기 위한 방이 줄줄이 이어져 있었다.

각층으로 통하는 계단은 동서밖에 없다. 꽤 오래되어서, 여러 명의 체중이 실리면 끼익끼익 소리가 나서 시끄럽다.

"엘리베이터는 북쪽에 한 대 설치되었지만, 노후화로 지금은 사용할 수 없대."

"최상층은 9층이었나요. 그렇다면 거기에 묵는 사람은 계단으로 다녀야 하는 거군요."

"그래, 그것만 해도 꽤 운동이 되겠어."

4층 난간에서 1층 로비를 내려다보자, 박력 있는 커다란 용 오브제가 눈에 들어왔다. 대륙적인 디자인으로, 긴 몸을 구불거리고 있다.

체크인 때도 그게 눈길을 끌었다.

용 오브제는 로비 동쪽에 설치되어 있었다. 참고로 1층 서관 복도 안쪽에는 커다란 호랑이 박제도 있었다. 대체 어디서 산 걸까.

이상한 것은 비단 오브제만이 아니다. 복도 벽에도 기타 다양한 동물의 머리 박제나 오래된 유엽도(柳葉刀), 손에 다는 동물

발톱 같은 암기가 장식되어 있었다.

그것들을 보고 리리테아는 "악취미……."라고 중얼거렸다.

이 인테리어는 리리테아의 미의식과 맞지 않은 모양이었다. 자기는 항상 치마의 슬릿 안에 나이프를 숨기고 있는 주제에.

하지만 그 마음은 이해한다.

"무슨 일이 일어날 것만 같은 분위기군."

"무슨, 이라고 하시면?"

"뭔가 일이 꼬여서 이 호텔에 갇히게 되든가 하는 이야기. 바깥과 연락도 단절되어서."

"예전의 크루즈 여객선 같은 클로즈드 서클입니까?"

"그래, 그거. 그리고 왜인지 호텔 안에 살인마가 숨어 있어서……. 아, 그렇지. 분명 그렇겠다. 나는 분명 이번에도 제일 먼저 살인마에게 찍혀서 획기적인 죽음을……."

"사쿠야 님, 좋지 않은 버릇이 나오고 있습니다."

따끔한 나무람에 나는 최악의 상정을 멈췄다. 나쁜 버릇이 나왔던 모양이다.

"일어나지도 않은 사건에 겁먹는 탐정이 어디에 있습니까. 정신 좀 차리세요."

"미안, 미안. 무심결에. 뭐, 아무튼 보다시피 여기는 빈말로도 멋진 호텔이라고 하기 힘들지만, 그래도 좀 참아줘."

"현재 사무소에 돈을 벌어다 줄 사람은 사쿠야 님뿐. 투정하진 않겠습니다."

"고생시키네. 하지만 사무소가 닫힌 동안 의뢰는 받을 수 없고, 공사비용도 장난 아니고……."

애초부터 받았던 의뢰도 없었기에 사무소가 원래 상태로 돌아갈 때까지 며칠 동안은 완전히 휴일. 즉, 금전 수입은 하나도 없다. 점점 눈물이 나려고 한다.

내가 한탄하고 있자, 리리테아가 난간에서 몸을 내밀었다. 아래쪽 상황을 살피는 것 같다.

"왜 그래?"

자그만 그녀의 발끝이 살짝 바닥에서 떠 있었다. 떨어지지나 않을지 조마조마해진다.

"로비가 왠지 시끄럽군요."

그 말을 듣고 보니 이상하게 사람이 많다. 열 명, 아니, 스무 명. 갑작스러운 단체 손님이라도 온 걸까.

로비 바닥은 오래된 타일에 의해 기하학 문양을 그리는데, 그 위를 사람들이 다급히 오가고 있었다.

저절로 이끌리듯 계단을 내려갔을 때, 그들의 정체를 알았다.

차분한 얼굴로 카메라를 살피며 체크하는 사람. 수면이 부족한 얼굴로 음료를 들고 뛰어다니는 사람. 굵직한 팔뚝으로 조명 도구를 나르는 사람. 이른바 촬영팀으로 불리는 사람들 같다.

"무슨 촬영이라도 해?"

나는 리리테아를 계단 옆에 남기고 카운터로 가서 거기 있는 소녀에게 말을 붙였다. 상대는 이 동네 중학교의 교복 차림으로, 호텔 접수처 일을 맡기에는 어울리지 않는 모습이었다.

이 소녀는 이리야 우타키라고 한다. 이 호텔에서 종업원으로 아르바이트를 하고 있다.

우타키는 턱을 손으로 짚고 그 모습을 깨나른하게 바라보고 있었다. 종업원답지 않은 태도지만, 본인의 말로는 오너의 눈에 든 모양이라서 잘리지 않는다.

"그래. 영화래. 영화."라고 우타키는 말했다.

"헤에, 오너가 허가를 내줬어?"

고개를 옆으로 흔들며 내 말을 부정했다. 검은색 긴 머리칼이 흔들렸다.

"내가 설득했어. 돈을 많이 주니까."

제법이군.

"이런 거라도 없으면 채산이 안 맞아. 우리는."

우타키는 어디를 어떻게 봐도 중학생이지만, 때때로 묘하게 어른스러운 모습을 보인다.

나와는 전혀 모르는 사이도 아니다. 애초에 싸게 묵게 해준 사람이 우타키다.

우타키는 여기 오너인 쵸우(趙)씨 어르신과는 먼 친척으로, 호텔의 1층 방에 살고 있다. 여기서 일하면서 중학교를 다니고 있다. 사정이 있어서 집을 떠나 쵸우 어르신의 비호 하에 여기에 굴러들어왔다고 한다.

그녀와는 이전에 어떤 의뢰 때 알게 된 뒤로 왠지 교류가 계속됐다.

"어떤 영화?"

"액션 미스터리 대작이래."

"그 장르는 또 뭐야? 주연은? 유명인이면 사인 받으러 갈까!"

"글쎄, 모르는 여배우였어. 저기 있는 쟤."

그 말에 고개를 돌려본 순간, 그쪽에서 익숙한 목소리와 말이 들려왔다.

"스승님~!"

두 팔을 크게 펼치고 이쪽으로 달려오는 것은 하이가미네 유리우였다.

"어?! 유리우가 주연?! 그렇다면 언젠가 말했던 첫 주연 영화, 여기서 찍는 건가!"

"그렇게 됐어요!"

대답하는 유리우의 옆에는 리리테아가 있었다. 팔을 붙잡힌 모습으로, 반쯤 체념한 표정이었다. 이미 유리우에게 발견, 확보된 뒤인 모양이다.

"여고생 탐정 우즈라! 으음, 하지만 스승님이 왜 여기 계신가요? 어? 어? 혹시 격려해 주러 오신 건가요?"

"아니, 우연이야. 실은……."

나는 여기에 묵게 된 사정을 간단하게 설명했다.

"고생이 참 많네요! 리리테아 씨도! 하지만 덕분에 만나게 되었어요~."

순수하게 기쁜 눈치인 유리우와 달리 리리테아는 조금 난처한 듯한, 멋쩍은 듯한 얼굴을 하고 있다. 분명 이런 분위기에 익숙하지 않은 거겠지.

그렇긴 해도 유리우는 참 천진난만하게 웃는구나. 파닥파닥

좌우로 흔들리는 꼬리가 눈에 보이는 듯하다. 자연스럽게 리리테아에게 달라붙은 모습은 마치 개가 낯가림 하는 고양이에게 장난치는 것 같았다.

"이런 곳에서 만나다니! 와, 기쁘다!"

그렇긴 해도 심상찮게 기뻐하는군. 뭔가 묘한 느낌도 들었다.

"너무 오버 아니야? 일주일 전에도 사무소에서 만났잖아."

그 참혹한 여객기 추락 및 퀸 아이리호 침몰 사고에는 유리우도 말려들었다. 막 침몰하려는 순간에 리리테아가 붙잡아서 구명정에 태웠기에 간신히 위험을 피했다는 모양이다.

밝게 행동하지만, 그 눈에도 새겨졌을 것이다. 그때의 지옥이.

그런데도 유리우는 사고 후에 일부러 오우츠키 탐정사의 소재지를 조사해서 만나러 와 주었다. 여배우로서의 일이나 레슨, 게다가 학업도 있을 텐데, 시간을 쪼개서 찾아와 주었다.

그때 아버지를 구하려고 용감하게도, 한심하게도 불길에 휩싸였던 나를, 눈앞에 있는 두 소녀가 잡아끌고서 같은 구명정에 태워 주었다고 들은 것은 얼마 후의 일이었다.

참 좋은 조수와 제자다. 나한테는 아깝다.

"그런데 스승님, 제 말 좀 들어주세요……. 저 오늘부터 크랭크인(촬영 시작)인데요, 주위에 아는 사람이 없어서 마음이 무거워서……. 게다가……."

"어라, 그쪽은 유리우의 친구인가?"

촬영팀 중에서 남자가 튀어나와서 이쪽으로 다가왔다.

열 받을 정도로 얼굴이 반반하고 키가 큰 남자였다. 어디서 본

적이 있나 싶었더니만, 배우인 마루코시 레이이치였다. 세제 CM에서 본 적이 있다.

"잘 부탁해요. 이번에 유리우의 상대역을 맡게 된 마루코시입니다. 챠오."

챠오! 요즘 세상에 챠오라고 말하는 사람을 만나다니. 역시나 연예인.

그는 상큼하기 짝이 없는 모습으로 악수를 청해왔다.

"이번에는 나와 유리우가 간판이라서."

"아하하…… . 간판이 될 수 있도록 힘내겠습니다. 하지만 실제로 현장에 와보니 완전히 분위기에 휩쓸려서."

유리우는 신인답게 기죽은 모습이었다.

"분명히 여기는 대단한 호텔이네. 세트로는 도저히 낼 수 없는 박력이 있어. 감독님 말로는 이 독특한 로케이션이 작품 이미지에 딱 맞는다고."

"마루코시, 대사 문제로 잠깐 이야기할 수 있을까?"

그러고 있자 선글라스를 낀 남자가 다가와서 자연스럽게 마루코시의 어깨에 손을 얹었다.

"호랑이도 제 말 하면 온다더니. 이쪽이 감독인 토리호 히이치 씨야."

"토리호입니다. 너는…… ."

소개받은 토리호 감독은 내게 시선을 주자마자 선글라스를 살짝 내리고 뚫어지게 바라보았다. 그렇게 눈가를 보니 생각보다 젊은 듯했다. 아직 30대겠지.

토리호에게서는 독특한 향수 냄새가 났다.

"설마 유리우의 애인……은 아니겠지."

그것만큼은 절대로 안 된다고 말하는 듯했다. 분명히 신인 여배우로서 중요한 이 시기에 애인이라도 있었다간 관계자 모두 난리가 나겠지.

"오우츠키 사쿠야입니다. 유리우…… 하이가미네 양과는 조금 인연이 있어서……."

"그런가. 미안하지만 소도구팀에 들어가 줄 수 있을까."

"예?"

"가면 알아. 이것저것 알려줄 테니까 긴장하지 말고 ……."

"저기, 나는 그냥 숙박객인데요."

"어? 아, 그래? 나는 분명히 영화 세계를 동경해서, 유리우의 연줄로 업계에 뛰어든 야심 찬 젊은이인 줄 알고."

"아쉽게도 아닙니다. 오늘은 우연히……."

"감독님, 스승님은 탐정이에요."

거기서 유리우가 나서서 내 소개를 시작했다. "그리고 저는 제자입니다."라고 말했다.

"탐정?"

"예. 우수한 탐정이에요."

"음……? 듣고 보니 오우츠키라는 성은 들어본 적이 있군. 세계적으로 이름 날리는 탐정 아니었던가?"

"그래요! 스승님은 바로 그 오우츠키 타츠야 씨의 아드님이에요! 그러니까 감독님! 꼭, 꼬옥 좀 부탁하는 편이 좋을 거예요!"

"부탁? 유리우, 그게 무슨 소리…….."

"오우츠키의 아들! 왜 네가 여기에 있지!"

그런 우리의 대화에 또 끼어드는 남자가 있었다.

"이 목소리는…… 역시나. 소조로기 씨 아닌가요. 왜 또 이런 곳에 있죠?"

"그건 내가 할 말이다! 참 나, 너는 어디서든 나타나는군!"

서로 익숙한 사이인, 출세하지 못하는 형사, 소조로기 카오루타가 거기에 있었다. 그는 촬영 스태프를 헤치듯 성큼성큼 다가왔다.

"설마 사건의 냄새를 맡고 온 건 아니겠지?"

의도치 않게 이 자리에 사람이 점점 불어난다.

"아쉽게도 네가 나설 자리는 없어. 여긴 내가 확실하게…….."

"사건……입니까?"

소조로기의 기세를 자르듯 말을 꺼낸 것은 리리테아였다.

"지금 사건이라고 말씀하셨죠?"

"아니……. 그선…….."

"사건이라고 할 정도는 아니야."

소조로기 대신 대답한 것은 토리호였다.

"실은 어제 장난 편지가 내 사무소에 왔거든. 그래서 만일을 위해 경비하고 있지. 그것뿐이야."

"장난 편지?"

"뭐, 이른바 협박장이란 것으로 …….."

거기까지 말하고 그는 조금 목소리를 낮추었다.

"협박장……입니까?"

"이건데."

그렇게 말하며 토리호는 가슴 주머니에서 한 차례 접은 종이를 꺼냈다. 그걸 받아서 펼쳐보았다.

거기에는 필적을 알 수 없게 흘려 쓴 글씨로 이렇게 적혀 있었다.

『쿠룽즈 호텔에서 순서대로 먹겠다 필름을 돌려라

개머리 벨보이』

"쿠룽즈…… 호텔에서 순서대로 먹겠다? 이건 즉 …….."

"그래. 이 호텔이 촬영에 사용되는 것을 안 누군가가, 촬영 중에 방해하려는 걸지도 몰라."

"그렇긴 해도 '먹는다' 니, 꽤 흉흉한 표현이로군요."

개머리. 머리가 개인 벨보이. 그러니까 '먹는다' 는 걸까? 하지만 그 말이 뭘 표현하려는 건지는 모르겠다.

잡아먹는다──가 아니라면 좋겠는데.

"개머리 벨보이라니, 무슨 캐릭터입니까?"

"글쎄, 나도 들어본 적 없지만, 아주 오래된 미스터리에 있을 만한 괴인을 적당히 쓴 거겠지."

"이름도 그렇지만, '필름을 돌려라' 라는 표현도 특이하네요."

리리테아는 조금 발돋움을 해서 내가 든 협박장을 엿보았다.

"여기서는 보통 '필름을 멈춰라' 라는 식으로 촬영을 방해하는 말이 오는 법입니다만, 개머리 벨보이라는 사람, 영화를 방해하고 싶은 건지, 그게 아닌지 알 수 없습니다."

리리테아의 말이 맞다.

"개머리 벨보이라고……? 지금 그렇게 말했나?"

그때 쉰 목소리가 우리의 대화에 끼어들었다.

"당신은……."

목소리의 주인은 눈빛 날카로운 노인이었다. 긴 백발을 머리 뒤쪽에서 묶어두었다.

"호텔의 오너인 쵸우 어른신이셔."라고 소조로기가 말했다.

"저기, 아무 일도 아닙니다. 이건 그냥 장난이라서……."

말을 흐리려는 토리호를 쵸우 어르신이 가로막았다.

"……어디서 들은 건지는 모르지만, 여기서 그 이름은 입에 담지 마라. 안 그러면 촬영 이야기도 없던 걸로 하지."

으르렁대는 듯한 말을 남기고 쵸우 어르신은 그 자리를 떠나갔다. 우리는 서로의 얼굴만 바라볼 수밖에 없었다.

"뭔가 문제 발언이었나……?"

"호텔에서 괜한 소동을 일으키기 싫은 거 아닐까요?"

"오너를 화나게 해서 촬영을 못 하게 되면 안 되지."

"괜찮아요, 감독님. 유치한 협박 같은 건 그냥 무시하고 촬영하면 되는 거 아닙니까?"

불안한 소리를 하는 토리호를 보고 마루코시는 털털한 기색으로 격려했다.

나는 슬쩍 옆의 유리우를 보았다. 유리우도 내 쪽을 바라보고 있었다.

"스승님……."

커다란 눈망울이 살짝 흔들리고 있었다.

유리우도 이 협박장 이야기를 듣고서 불안한 심정이겠지.

아까 우연히 만났을 때, 내가 이상하게 여길 만큼 호들갑스럽게 기뻐했던 것은 그 탓일지도 모른다.

"나는 그냥 장난이겠거니 하고 웃어넘겼는데, 걱정도 팔자인 스태프가 경찰에 연락했어. 그래서……."

"그래서 소조로기 씨가 여기에?"

"그런 거다."

소조로기는 왜인지 자랑스러운 기색으로 팔짱을 꼈다.

"이런 경우 경찰은 움직이지 않을 줄 알았는데, 혹시 소조로기 씨는 연예인을 보고 싶어서 억지로 달려왔다든가……."

"그럴 리가 있겠냐! 그럴 리……."

그럴 리가 있는 것 같다.

"감독님, 스승님은 전에도 대단한 사건을 해결했어요. 그러니까……."

"이 사람에게도 의뢰하라고? 그렇게까지 심각해질 건 없어. 이쪽 형사님도 같이 계실 거고."

"그렇습니다! 이 소조로기에게 맡겨 주시길! 그런고로 이번에는 탐정이 나설 일 없다."

"아무도 나서게 해달라고 하지 않았습니다."

그렇게 대답하자 소조로기는 '속으로는 아니면서'라고 하듯이 의기양양하게 웃었다.

하지만 실제로 이건 틀림없는 본심이다.

그런데—— 내 옷소매를 세게 잡아당기는 자가 있었다.

"사쿠야 님……. 사쿠야."

리리테아다. 아주 불만스러운 듯이 나를 올려다보고 있었다.

"왜 쉽사리 물러나는 겁니까. 제 발로 찾아온 일인데."

"아, 아니……. 하지만 무섭잖아."

리리테아가 귓속말해서 나도 귓속말했다.

"무슨 한심한 말씀을."

"협박장이잖아? 먹는다고 그러잖아? 개머리잖아? 혹시 이게 장난이 아니라 진짜 협박장이라면 진짜로 위험해. 그런 사건에 머리를 들이밀었다가, 들이민 머리가 날아갈지도 모르잖아."

아아, 생각만 해도 싫다. 무섭다.

"춘추공양전에 나오는 말을 인용해서, 탐정, 죽음과 위험에는 접근하지 마라, 라고 말해주지."

"또 그렇게 약한 소리를……. 그래서는 오우스키 딤징사를 키워나갈 수 없습니다. 그리고 군자, 위험한 곳에——의 정확한 출전은 춘추공양전이 아닙니다."

"윽……."

꽤 아픈 곳을 찌르고 든다.

하지만 무서운 건 무섭다. 괜한 짓을 했다가 또 죽을지도 모른다고 생각하면, 위액이 역류하려고 든다.

어차피 되살아나니까 괜찮다는 문제가 아니다. 오히려 반대다. 또 살아나니까 죽는 게 무섭다.

죽음의 공포나 고통은 평생 한 번밖에 없는 체험이니까, 인간은 간신히 견딜 수 있는 것이다. 강제로 부활하고, 다시 한번, 아니 몇 번이나 그걸 맛보라고 하면 어떻게 될까? 누구든 싫겠지. 나도 싫다.

그러한 취지를 전하자, 리리테아는 탄식했다.

"애초에 협박장의 내용 중에서 죽니 마니 하는 건 모두 사쿠야 님의 상상, 아니, 억지스러운 망상이죠? 무슨 확정된 사항처럼 말씀하시는데요."

"우우……."

그것도 정곡이다.

"결국 꼴사납게 겁먹고 탐정 일을 소홀히 하는 걸로만 보여."

이어서 "정신 좀 차려."라고 리리테아는 혼잣말처럼 말하며 고개를 돌렸다.

아아, 화나게 해버렸다.

그렇게 애태우고 있자, 갑자기 유리우가 못 참겠다는 듯이 손을 들었다.

"그렇다면 제가 고용하겠습니다!"

나를 포함해서 전원이 그쪽을 보았다.

유리우는 드높게 선언했다.

"제가 스승님을 고용하겠습니다!"

"유리우가?!"

나와 소조로기와 토리호의 목소리가 겹쳤다.

"아니, 역시 걱정되잖아요. 게다가 감독님도 말씀하셨죠? 이번 작품은 반드시 성공시킬 거라고."

"그건…… 그렇지만."

"만에 하나라도 사고가 일어나면 영화는 폐기되잖아요."

"그건…… 안 되지."

"저도 그런 건 싫어요."

"응……. 뭐, 유리우가 개인적으로 탐정을 고용하고 싶다면 억지로 막을 마음은 없지만……."

"고맙습니다! 해냈어요, 스승님! 일이에요!"

"아니, 저기……."

솔직하게 감사의 말을 할 수 없다. 복잡하다.

하지만 그런 복잡한 나를 아름다운 두 쌍의 눈이 똑바로 바라보았다.

리리테아와 유리우다.

한동안 눈싸움이 이어졌다.

"하아……. 그렇게까지 말한다면 알았어!"

그리고 결국 나는 그 눈싸움에서 패배했다.

"받아들일게! 호텔에서 촬영하는 동안 나 나름대로 움직여서 개머리 벨보이인가 하는 녀석의 단서를 찾아볼게. 이러면 돼?"

리리테아와 유리우, 두 사람의 얼굴이 순식간에 밝아졌다.

아아, 받아들이고 말았다. 그렇게 생각한 것도 잠시, 이어진 유리우의 발언에 나는 거듭 당황하게 됐다.

"예! 그리고 물론 저도 돕겠습니다!"

"뭐? 설마 또 끼려고?"

"당연합니다! 저는 스승님의 제자니까요."

"아니, 그건 배역에 몰입하기 위한 공부였잖아?"

"그렇습니다. 하지만 그건 이 영화를 위해 한 일이죠. 여기서 도망치면 본전도 못 찾아요."

"그……그런가?"

왠지 어물쩍 넘어간 것 같지만, 설득력이 있는 것처럼 들린다.

"안…… 될까요? 전 힘이 되고 싶어요."

유리우는 애원하듯이 "스승님~." 하고 발돋움하여 내게 고개를 들이밀었다.

"알았어! 알았다고!"

주위의 눈총이 따가워서 나는 그만 고개를 끄덕였다.

리리테아가 살짝 한숨을 쉬는 게 느껴졌다.

"사쿠야 님이 사건을 받아들이신 것, 리리테아는 기쁘게 생각합니다."

"그래……. 뭐, 내키지 않는 면도 있지만, 아무튼 이걸로 사무소의 수리비는 낼 수 있겠네."

"기막혀라. 정말로 제자인 유리우 님에게 의뢰비를 확실히 받아낼 생각입니까?"

"우우……. 안 될까? 역시 싫어하려나?"

"게다가 또 유리우 님을 끌어들였습니다."

"으으…….'"

아프다. 아픈 곳 천지다.

내가 정론에 괴로워하고 있는 동안 촬영은 시작됐다.

첫 촬영은 유리우가 분한 여고생 탐정 우즈라가 호텔 로비에 들어오는 장면이었다.

본래 배우인 유리우의 솜씨를 보고 싶지만, 촬영 중에는 주변을 경계해야 한다.

우리는 현장 전체를 살펴보기 쉬운 장소를 찾아 계단을 올라갔다.

유리우가 억지로 떠맡긴 형태지만, 일단 받아들인 이상은 명하니 있을 수 없다. 할 일은 한다.

"안녕하세요."

2층으로 올라가는 계단 중간쯤에 청년이 서 있기에 말을 붙였다. 청년은 지금 촬영이 시작되려는 현장을 열심히 바라보고 있었다.

"당신도 촬영 관계자입니까?"

인사와 함께 물어보자, 청년은 살갑게 웃었다. 외모를 봐서 나이는 25~26살 정도 될까.

잘 보니 그는 한 손에 들어가는 작은 핸디캠으로 현장 모습을 촬영하고 있었다.

"그렇습다. 난 스턴트맨이에요. 액션 신까지는 얌전히 있으라고 하기에."

기록 담당이나 그런 거라고 생각했는데 생각지도 못한 역할이 튀어나왔다.

"스턴트맨입니까. 멋지네요. 아, 나는 오우츠키 사쿠야라고 합니다."

"사쿠야라고 하는군요. 잘 부탁해요."

흔해 빠진 감상에서 자기소개로. 나는 탐정으로서 이번 현장에 동행하게 된 취지를 전했다.

"탐정입니까. 혹시 아까 밑에서 유리우 씨랑 이야기했던 게 그겁니까?"

"아, 보셨나요. 뭐, 그런 거죠."

"헤에, 무슨 사건임까?"

"아뇨, 아뇨, 이 동네는 빈말로도 치안이 좋다고 할 수 없는 거리고, 말썽을 피하려고 두는 경비원 같은 겁니다."

"친구 같은 겁니까?"

"예? 아, 그 애랑은 인연이 좀 있어서."

협박장 얘기는 일단 덮어두었다. 다른 관계자가 사정을 어디까지 아는지 모르기 때문이다. 섣불리 퍼뜨려서 불안을 부채질해도 의미가 없다.

"아, 자기소개가 늦었습니다! 난 시라사기 쇼라고 합니다."

"스턴트맨인데 주연처럼 멋진 이름!"

"사쿠야 님, 예의가 없어요."

"괜찮슴다. 완전히 이름값을 못 하고 있으니. 하하하. 쇼라고 불러주세요."

예명이 아니라 본명이라니 더욱 놀랍다.

"그렇긴 해도 쇼, 꽤 열심히 보고 있네요. 카메라까지 들고."

스턴트맨이라면 자기 차례가 올 때까지 쉬어도 괜찮을 것 같은데, 이건 초짜의 생각일까.

"감독님에게 허가를 받아서 개인적으로 현장 모습을 기록하는 겁니다. 공부를 위해서죠. 난 사실 연출 지망인데, 체력밖에 없는 놈이라서 어느샌가 스턴트를 하고 있죠. 하하하."

현장을 구석구석까지 관찰하고, 촬영의 노하우를 배우려 하는 거라고 말했다.

호감이 가는 자세라고 말하자, 쇼는 심하다 싶을 정도로 창피해했다.

"지금은 몸으로 먹고살지만, 언젠가는 감독이 되겠습니다. 머나먼 꿈이지만, 이뤄내고 말겠어요. 아, 사인해 드릴까요?"

"어? 쇼의 사인?"

"물론임다! 장래 출세했을 때를 위해 오리지널 사인을 만들어 둔다! 꿈을 좇는 자의 기본임다!"

"기본입니까. 하지만 좀 성급한 것 같은데."

뜨겁게 말하는 쇼에게 애써서 냉정하게 대답했다.

"사쿠야 님도 연습하지 않으셨습니까? 자기 사인."

그게 아무런 타의도 악의도 없는 지적이었다고 해도, 때로는 연약한 나를 상처 입힐 수 있다는 것을 리리테아에게 나중에 가르쳐 줘야만 하겠다. 특히나 그게 사실인 경우는.

"그건 모두에게 비밀이라고 약속했는데! 리리테아는 금방 떠벌려!"

내 자존심에 큰 상처가 났다.

그건 넘어가고, 쇼는 움켜쥐고 있던 주먹을 펼치고 눈썹을 찌푸렸다.

"하지만…… 토리호 감독님에게는 아직 조금도 인정받지 못했죠……."

"그렇습니까. 착한 사람으로 보였는데, 의외로 깐깐하네요."

"평소에는 온화한 사람이지만, 감독님은 영화 문제가 되면 사람이 달라짐. 게다가 이번에는 특히나 집착하는 모양이라서요."

"특히나, 입니까?"

"아……. 어어, 여기서만 하는 이야기인데요."

쇼는 주위를 살피는 시늉을 한 뒤에 작은 목소리로 말했다.

"감독님, 10년 전의 데뷔작에서 느닷없이 큰 상을 받아버려서, 예전에는 업계에서 천재란 소리를 들었죠. 하지만 최근 몇 년 동안 히트를 못 치고 있어요. 그러니까 다음에는 어떻게 해서든 재기를 노리겠다며 기합이 들어가서."

"반드시 성공시키고 싶다. 그러니까 아무도 촬영을 방해할 수 없다?"

"뭐, 그런 거죠."

그래서 오늘 처음 만난, 외부인인 탐정(나)의 입회를 쉽사리 허락했나.

"뭐, 그런고로……."

"쇼, 외부인에게 내부 사정을 나불나불 떠들기 전에 몸을 움직이는 게 어때?"

이야기에 빠져 있자, 계단 밑에서 끈적한 목소리가 들려왔다.

그 목소리에 쇼가 노골적으로 어깨를 으쓱이는 게 느껴졌다.

목소리의 주인은 계단 난간을 기분 나쁘게 손가락으로 훑으면서 천천히 올라왔다.

"출연이 없으면 잡일이든 뭐든지 해야지. 장기가 체력밖에 없으니까. 안 그래?"

"그, 그게…… 죄송합니다……."

나타난 것은 포마드로 머리를 멋지게 다듬은 40대 정도의 남자였다. 남자의 끈적한 시선이 이번에는 나를 향했다.

"당신은 처음 보죠? 안녕하세요, 하이가미네 유리우의 매니저~를 맡고 있는, 엠프레스 예능의 나쿠지 준고입니다."

"유리우의 매니저십니까."

엠프레스 예능이라면 최근 갑작스럽게 이름이 알려지게 된 예능 프로덕션이다.

"예이. 매니저~입니다."

나쿠지는 억양이 독특했다. 그렇다기보다도 전체적으로 언뜻의 개성이 대단하다.

"저기, 나고리 씨, 사쿠야는 탐정이라고 해서 ……."

"아까 밑에서 유리우한테 들었어. 유리우가 멋대로 고용했다면서? 그러면 안 되는데. 자, 쇼. 어서 일해."

"아, 옙!"

나고리의 끈적한 시선에서 도망치듯 쇼는 후다닥 그 자리를 떴다.

자신만만한 미소로 쇼를 지켜보면서 나쿠지는 "귀엽네~." 같은 소리를 했다. 왠지 모르겠지만, 쇼, 조심해.

"그래서? 그 탐정 나리는 벌써 이것저것 캐고 다니는 거네? 그 협박장 때문이지?"

이 남자는 사정을 아는 모양이다.

"캐고 다닌다고 할 정도는 아닙니다만."

"그래. 유리우가 고용한 건 어쩔 수 없지만, 너무 현장을 휘젓고 다니진 말아줘. 우리 유리우의 화려한 극장 데뷔작이니까."

"그야 물론이죠. 유리우가 열심히 해줬으면 싶……."

"아까부터 마음에 걸렸는데, 유리우, 유리우 하면서 너무 친하게 구네. 스캔들러스야. 그러니까 앞으로는 말조심."

"하아……."

"사쿠야, 친구인지 뭔지는 모르지만, 함부로 유리우에게 접근하진 마. 그 애는 앞으로 뜰 거야. 미친 듯이 돈을 긁어다 줄 테니까, 그 가치를 떨어뜨리는 짓은 NG야. 위약금 발생이야."

나쿠지는 내 턱을 손가락으로 슥 쓸었다. 제발 그러지 마.

그때 그는 내 옆을 묵묵히 지키고 있던 리리테아를 보더니 "어머나."라고 작은 목소리를 흘렸다.

"어머나, 당신…… 좋네. 좋아. 기품도 충분, 투명감도 충분. 조금 더 붙임성 있으면 제법 잘나가겠어. 이거 연락처. 관심이 생기면 연락해. 스타가 될 수 있을지도 몰라."

자기 할 말만 다 하고, 나쿠지 매니저는 또 끈적하게 계단을 내려갔다. 그것을 확인한 뒤에 나는 슬쩍 리리테아에게 시선을 보냈다.

그 손에는 나쿠지의 명함이 쥐어져 있었다.

"지금 그거 스카우트? 대단하잖아. 리리테아는 배우에 관심이……."

"전혀 없습니다."

"하지만 사무소에서 곧잘 영화나 TV 드라마를 보……."

"관심 없습니다. 남들 앞에서 연기를 하거나, 재밌지도 않은데 웃는 일, 저는 전혀."

"그, 그래?"

"저는 뼛속까지 탐정의, 사쿠야 님의 조수입니다."

정말이지 기쁜 소리를 해준다.

2장 치마를 잡아당기면 안 됩니다

촬영은 로비를 시작으로 호텔의 객실 안이나 보일러실, 상층 복도 등 여러 차례 장소를 바꾸면서 진행됐다.

개인행동이 많은 탐정업과 달리 영화 촬영은 거의 집단 현장으로, 그 중심에 서 있는 것이 유리우였다. 그녀가 연기하는 우즈라는 당찬 여고생으로, 동시에 매번 어려운 사건에 말려드는 초보 탐정이기도 하다.

"그 말, 고대로 나비매듭을 묶어서 돌려드리겠습니다!"

그것이 원작에서도 등장하는 마무리 대사인 모양이다. 만났을 때부터 때때로 유리우가 말했는데, 원래 출처는 이거였다.

나는 연기를 잘 모르지만, 의상을 입고 화장을 하고 조명을 받은 유리는 딴세상 사람처럼 보였다. '스승님, 스승님'이라며 내게 천진난만한 미소를 보이는 평소의 유리우와는 완전히 다른 사람이다.

상대역인 마루코시 레이이치는 당당한 평소 모습과는 달리, 강아지처럼 우즈라를 따라다니는 심약한 가난뱅이 작가를 멋지게 연기하고 있었다.

참혹한 사건은 촬영 장소로 뽑힌 이 쿠롱즈 호텔 안에서 일어나고, 우즈라는 탐정으로서 사건에 임한다.

조역 여배우도, 범인 역할이라는 거물 배우도 모두 연기에 힘이 들어가 있다. 토리호 감독의 열량에 자극받은 걸지도 모른다.

촬영은 순조롭게 진행되어서 순식간에 밤이 됐다.

"완성이 기대되네! 언제쯤 개봉할까!"

"이 의뢰를 멋지게 수행하면 시사회에 초대받을 겁니다. 그러면 일반인보다는 빨리 감상할 수 있을지도요. 그날은 어떻게든 일정을 비워야 합니다. 어떻게든."

나와 리리테아는 호텔 입구 앞에 나란히 서서 뜨겁게 이야기를 주고받았다. 우리는 나란히 작품에 푹 빠졌다.

물론 그냥 멍하니 진기한 촬영 현장을 구경하기만 했던 건 아니다. 촬영 중에는 따로 움직여서 호텔 안에 수상한 인물이 없는지 확인하고 다녔고, 뒷문, 출입구 모두 지켜보았다.

호텔의 숙박명부도 확인하고, 촬영 스태프 이외의 숙박객에 대해서도 파악했다.

"지금으로선 아무 탈 없이 진행되고 있군."

"역시 그냥 장난이었을까요."

"그러길 빌고 있어."

"스승님~! 리리테아 씨~! 수고하셨습니다!"

이야기를 나누고 있을 때, 유리우가 기분 좋은 눈치로 등장했다. 의상도 갈아입고 화장도 지워서 완전히 평소의 유리우로 돌아왔다.

"그 모습을 보면 오늘 촬영은 잘 풀렸나 보군. 여어, 명배우."

"히익, 그러지 마세요~! 두 분이 보고 있다고 생각하면 부끄럽기 짝이 없었어요. 하지만…… 으음, 뭐라고 할까요. 예, 연습의 성과는 낼 수 있었다고 생각합니다!"

"그거 다행이네. 오늘 촬영은 이걸로 끝?"

"예. 나머지는 내일부터 속행이래요. 하지만 한 장면밖에 안 남았다나 봐요. 오전 중에 찍는다나요. 그리고 지금부터 일부 스태프 말고는 일단 시내로 돌아갈…… 예정이었는데요."

"무슨 문제라도?"

유리우는 두 손의 검지를 모아서 꼼지락거렸지만, 이윽고 그 검지를 똑바로 세우며 말했다.

"폭우가 쏟아져서요."

"어, 설마 폭우 때문에 못 움직이게 된 거야?"

하지만 듣고 보니 낮부터 퍼붓고 있다. 장마전선 정체와 고기압이 어쩌니 하는 오늘 아침 뉴스를 떠올렸다.

"그 설마가 맞나 봐요. 도로가 홍수? 침수? 라나……."

"아아! 역시나! 여~억시나 갇혀버렸어!"

"왜, 왜 그러시나요, 스승님?"

"신경 쓰지 마십시오. 항상 있는 발작이니까요."

발작은 무슨.

하지만 결국 불길한 예감이 적중했잖아. 이렇게 투덜대는 정도야 용서해달라고.

"하아……. 비가 그렇게 쏟아졌나. 일과 촬영 견학에 정신이

팔려서 의식하지 못했어. 비가 너무 심하면 내일 촬영에 지장이 생기지 않아?"

"글쎄요. 비가 그치면 좋겠지만요……."

"오늘 밤부터 새벽에 이르기까지 빗발은 더욱 거세진다…… 고 합니다."

리리테아가 스마트폰을 꺼내어 폭우와 관련된 최신 뉴스를 읽어 주었다.

"이 호텔은 괜찮나?"

"그거라면 걱정할 것 없네."

프런트에서 이야기를 듣고 있었는지, 쵸우 어르신이 안전을 보증해 주었다.

"이 동네는 예전부터 곧잘 침수되는 곳이지만, 우리는 그중에서도 높은 장소에 세웠으니까. 평생 수해는 안 겪어봤네."

여전히 눈빛이 매섭지만, 딱히 화내는 건 아닌 모양이다.

"그렇긴 해도 주변은 이미 물이 들어차고 있을 테니, 차량은 쓸 수 없지만."

하지만 이렇게 되면 점점 더 사무소가 걱정된다. 2층에 있으니까 침수 걱정은 없겠지만.

"그래서? 다음에는 뭘 하나요? 범인의 흔적을 찾는 건가요?"

"아니, 유리우……. 아직 아무 일도 안 일어났어. 애초에 협박장이 진짜라고 확정된 것도 아니고."

"에헤헤. 그랬습니다."

"그러니까 너무 신경 쓰지 않는 편이 좋아."

"그러, 네요! 아! 그렇다면 스승님의 호실 가르쳐 주세요. 나중에 놀러 갈게요. 인생전생 게임 하죠! 집에서 가져왔어요."

인생전생 게임이란 주사위를 굴려서 말을 전진해 나가는 보드게임이다. 친구들끼리 하면 하룻밤을 새워도 지루하지 않겠지.

"어렸을 적 생각나네."

"주사위 눈에 운명을 희롱당하여 결혼하거나 빚을 지고 이혼하는 등의 스캔들러스한 삶을 살아요~!"

뒤숭숭한 소리다.

"그건 좋은데, 그 악센트 강한 매니저가 화내지 않을까? 스캔들은 NG야~라면서."

이렇게 말하기도 그렇지만, 그 매니저는 좀 그렇다. 유리우를 노골적으로 상품 취급하는 것도 포함해서.

"나쿠지 씨 말인가요? 분명히……. 그렇다면! 들키지 않게 밤에 몰래 갈게요!"

"한층 더 밀회 같은데."

"괜찮잖아요. 고용주의 명령이에요. 스승님~."

얘는 어른이 하는 말에 순순히 따르는 성격일 줄 알았는데, 의외로 장난꾸러기 같은 면도 있군.

아니, 그냥 수학여행 기분일까.

"게임한 다음에는 리리테아 씨랑 밤새 연애 이야기 해야지!"

응. 이 추리는 맞는 것 같다.

"예?! 그, 그건……."

"해요! 부탁할게요! 그런 거 하고 싶어요! 꼭 좀 부탁할게요!"

"아, 치마를 잡아당기면 안 됩니다. 그렇게 부탁하셔도 안 됩니다."

그냥 봐줘라, 리리테아. 구원을 청하는 눈으로 바라봐도 나한테는 짐이 무거워.

두 소녀를 슬쩍 보며 나는 로비 프런트로 향했다. 우타키가 지루한 눈치로 스마트폰을 만지작거리고 있었다.

"어때, 우타키?"

"또 왔어? 엄청 오네."

우타키는 팔을 주욱 뻗더니, 카운터 위로 팍 엎드렸다.

"비 엄청 오네."

"응. 엄청나~."

"이야기할 때만이라도 스마트폰에서 눈을 떼면 안 될까?"

"선생님 같은 소리 하지 마. 그보다 삿쿤은 한가해? 탐정이잖아? 일이라도 찾아보지?"

"일이라면 아까 하나……. 그보다 이 호텔, 비는 안 새?"

"뭐야? 클레이머?"

"아니야. 하지만 여기는 꽤 오래됐다고 하니까, 이만큼 쏟아지면 그런 쪽으로 괜찮은가 싶어서."

"난 계속 여기서 살았는데, 의외로 괜찮거든?"

"하지만 실제로 내가 묵는 방, 창틈 사이로 물이 들어오던데."

완곡하게 이쪽의 참뜻을 전하자, 소녀는 "또 그런다~."라고 말하고서 카운터에서 몸을 내밀어서 스마트폰으로 나와의 투샷을 찍었다.

"이에이~."

"이에이~가 아니야! 안 믿는 거야? 아무리 싸다고 해도 서비스를 방치해선 안 되잖아."

"엄청 필사적이네."

"비웃지 마! 아! 지금! 머리 위에 물방울이 떨어졌어! 홀 위에서 떨어진 거 아냐? 비가 샌다고! 새고 있어!"

"신의 눈물이야~."

"시적……이 아니야! 울고 싶은 건 나라고!"

우타키의 장난 하나하나에 반응해 줬더니, 이윽고 깔깔거리며 웃기 시작했다.

"아하하! 삿쿤, 재미있어!"

몸을 굽히고 카운터를 두들겨댄다. 인상과 달리 의외로 잘 웃는 게 특징이기도 하다. 어른스러운 것 같으면서도 이런 점은 역시나 중학생이다.

"저기, 조금은 손님……을."

계속 더 따지고 들려던 때, 시야에 들어온 것이 마음에 걸려서 내 말은 뚝 끊겼다.

"어? 왜 그래?"

나는 카운터 안쪽의 벽을 바라보고 있었다.

"아, 이거? 예전부터 여기에 적혀 있었다나 봐."

먹으로 직접 벽에 글자를 써놓은 것이었다. 세로쓰기로 총 네 줄. 종횡 2미터에 걸쳐서 한자가 적혀 있다. 광동어일까. 달필인 점이 내 눈길을 붙들었다.

"올 때는 몰랐거든. 뭐라고 적혀 있는 거야?"

그런 건 모른다고 하든가, 또는 장난스럽게 넘어갈 줄 알았는데, 의외로 우타키는 벽의 글자가 무슨 의미인지 번역해서 읊어주었다.

"배신자는 용의 턱에.
  훼방꾼은 봉의 화염에.
  탐욕자는 물의 바닥에.
  무뢰배는 범의 발톱에……."

"……왠지 흉흉한 내용이군."

"전에 할아버지가 가르쳐 줬어. 무슨 철칙이라고 그랬어. 조직을 배신하면 정말로 이렇게 된다? 라는 식으로."

"조직이라면 대륙의 범죄조직인가."

나도 들은 적이 있다. 요새는 조용하지만, 옛날—— 제2차 세계대전 전후에는 상당한 세력을 자랑했다는 모양이다.

"조직을 배신한 자의 말로를 노래한 것……인가."

"옛날에는 이 호텔도 그쪽 사람과 관련이 있었겠지. 그렇긴 해도 할아버지의 또 아버지 시절에. 하지만 지금은 지울 타이밍도 놓쳐버렸고 다들 말의 의미도 잊어버렸으니까, 그냥 장식으로 남겨뒀대."

"눈에 익숙한 게 사실은 무서운 의미를 담고 있다니, 무슨 도시전설 같군."

"그래. 난 일하러 간다~."

"아니, 잠깐, 잠깐. 빗물이 샌다니까……."

"탐욕자는 물의 바닥에, 라고 하잖아?"

그렇게 말하며 우타키는 방금 찍은 사진을 보여주었다. 나와 우타키의 투샷 사진이다. 내 머리만 여기저기 귀엽게 부풀리고, 두 사람 사이에 하트 마크가 장식되어 있었다.

상대는 중학생. 세간에 나돌면 내 신세가 여러모로 위태로워질 사진이 찍혔다.

□

폭우로 움직일 수 없게 된 촬영 관계자. 하지만 그런 그들을 위해 쵸우 어르신은 호텔 6층을 통째로 내주었다. 물론 자선사업은 아니고 숙박비는 확실히 받았다.

그래서 나와 리리테아의 방도 4층에서 6층으로 옮기게 됐다. 협박장 관련으로 무슨 일이 생겼을 때 바로 대응할 수 있도록 하기 위해서다.

그렇지. 촬영팀이 호텔에 머물 거면, 나는 그동안 계속해서 경계해야만 한다.

저녁 식사 후, 나는 일단 리리테아와 헤어져서 다시금 호텔을 보고 다니기로 했다.

"혼자서 순찰해도 괜찮겠습니까?"

방 앞에서 헤어질 때, 리리테아가 그렇게 걱정했다.

"음, 뭐, 괜찮겠지. 현재로선 수상한 녀석도 전혀 보이지 않으니까."

물론 이건 허세다.

"혹시 모르니까 리리테아는 유리우의 곁에 있어 줘. 그 애는 누군가가 지켜보지 않으면 제자의 의무니 뭐니 하면서 나를 따라올지도 모르잖아."

그렇게 설득하자, 맞는 말 같다며 리리테아가 고개를 끄덕였다. 그래도 어딘가 아직 못마땅한 눈치다.

"리리테아, 부탁할게."

"평소는 뭐라고 하면 안 좋은 상상만 하고 위험한 일이나 무서운 장소를 피하는데…… 이럴 때만큼은 이상하게 물고 늘어진다니까."

"아니……. 괜찮다니까! 매번 처음 보는 상대에게 죽는 실수는 안 하니까."

안심시키려고 한껏 밝은 목소리를 냈다.

게다가 가령 죽더라도 괜찮다. 유서라면 어제 잘 써놨다.

그리고 나는 조수의 머리를 가볍게 쓰다듬은 뒤에 순찰에 나섰다.

시각은 오후 11시 반을 넘었다.

이렇게 혼자서 복도에 나오자 거센 빗소리가 한층 귀에 잘 울렸다.

"싫은데……. 무서워."

혼자 약한 소리를 내며 조용한 복도를 걸어갔다.

스태프들은 이미 모두가 각자 방에서 쉬고 있다. 토리호 감독이 일찍감치 자라며, 문을 잠그고, 함부로 방에서 나오지 말고, 아침까지 얌전히 있으라고 전파했기 때문이다.

내일도 일찍부터 촬영이 있다며, 다들 시키는 대로 일찍감치 자러 간 모양이다.

이대로 모두가 아침까지 얌전히 있어 준다면 어지간한 일은 일어나지 않겠지.

"밤의 호텔은 을씨년스럽지만, 이걸로 아무 일도 없이 보수를 받을 수 있다면 편하려나……."

두려움을 쫓기 위해 낙관적인 말을 중얼거려 보았다. 물론 편하다고 해도, 의도적으로 건성건성 할 생각은 없다. 일단 각층 복도를 구석구석까지 확인하고 다니기로 했다.

"위에서부터 순서대로 갈까."

그렇게 정하고 고생해서 계단으로 제일 위층인 9층까지 올라갔다.

"여……역시 엘리베이터를 못 쓰는 건 힘드네……."

계단을 다 올라갔을 무렵에는 숨을 헐떡이고 있었다.

호흡을 가다듬고 회랑에서 각각 사방으로 뻗은 복도를 보고 다녔다.

최상층의 숙박객은 한 손으로 꼽을 정도밖에 없을 터이다. 올라오려면 이런 고생을 하니까 당연한 일이다.

각각의 복도 제일 안쪽에는 커다란 창문이 있지만, 밤의 어둠으로 덧칠되어 있어서 아무런 풍경도 보이지 않았다.

"이상은 없나…… 음?"

그렇게 말하며── 북쪽 복도에 접어들었을 때 발걸음이 멎었다. 복도 안쪽의 창문, 그 앞에 한 남자가 서 있었다.

"으헉!"

무심코 그런 소리가 튀어나왔다. 남자는 창가에서 책을 읽고 있었다.

"안녕."

이쪽을 알아차렸는지 남자가 내게 말을 걸었다. 조금 느긋하고 온화한 목소리다.

"……안녕하세요."

동요한 속마음을 들키지 않으려고 하면서 인사를 건넸다.

처음 보는 얼굴이다. 나보다 연상 같지만, 복도는 어둑어둑해서 확실한 나이를 알 수 없었다.

"901호실의 카나시노 큐입니다. 고생스러운 밤이네."

최상층의 몇 안 되는 숙박객 중 한 명이라고 했다. 마른 체형에 키가 크지만, 등이 굽었기에 나와 시선의 높이는 그리 다르지 않았다.

"고생입니까?"

"사실은 오늘 출발 예정이었는데, 이놈의 폭우 때문에 발이 묶여서 고생이란 말이야."

"그렇군요. 아, 오우츠키 사쿠야입니다. 고생하시는군요. 그런데 이런 장소에서 뭘?"

"보다시피 독서. 달빛 아래에서 독서."

"그렇습니까."

" '이런 날씨인데 독서?' 란 얼굴이군."

최대한 얼굴에 드러내지 않으려고 했지만, 그래도 드러났던 모양이다. 카나시노라는 이름의 남자는 빗방울이 흐르는 창밖을 보았다.

"구름이 끼든 폭풍이든, 어떤 밤이든 달빛은 비친다는 이야기. 비구름 위에 언제든 달님은 있으니까."

독특한 감성을 가진 모양이다.

"뭘 읽고 있었습니까?"

그런 독특한 남자가 읽는 책의 내용에 조금 흥미가 일었다. 물어보자 그는 멋쩍은 듯이 고개를 내저었다.

"소개할 정도의 책은 아닌데."

"에이, 그런 말씀 마시고."

"……그런가? 그렇다면."

그러며 카나시노는 내게 애독서를 건네주었다.

"어디 보자. 어어……『자기 자신과 ~오른손을 배양해 미소녀로 개조. 자기 자신을 품는 박사~』……."

정말로 소개할 정도는 아니었다. 마이너한 성인 소설이다.

"아, 그거 아니라! 이거야, 이거!"

다급히 내 손에서 책을 낚아채더니, 바로 다른 책을 내밀었다.

"그렇겠죠! 깜짝 놀랐네요. 이쪽 책은…… 아기 돼지 삼형제? 그림책입니까?"

이건 이거대로 의외다.

"응. 그림책은 꽤 심오해. 어른이 되고 보면 깨닫는 게 많아."

그렇게 열변을 토하는 본인의 얼굴은 새빨갰다.

"자기 자신과 ~오른손을 배양증식 어쩌구를 읽는 짬짬이 돼지 이야기를 본 거군요."

"마, 말하지 마! 하지만 양쪽 다 명작이야!"

엄청나게 허둥대네. 재미있는 사람이다.

"그렇게 말하는 너는 이런 시간에 뭘 해?"

"야간 경비입니다. 늑대라도 나오지 않나 싶어서."

"늑대?"

"개인적인 이야기입니다. 뭘 좀 조사하고 있어서. 아, 난 탐정입니다."

"탐정! 정말로? 그거 꼭 이야기를 들어보고 싶네! 나는 만화가인데, 다음에는 추리 만화를 그려 보려고!"

"만화가! 처음 봤다! 대단하네요. 그렇다면 카나시노 큐라는건 펜네임? 헤에! 난 이래 보여도 꽤 만화를 읽거든요. 어디서연재하고 있습니까?"

"아무도 모르는 마이너한 인터넷 만화가야. 그것도 부정기 연재……. 전혀 안 팔리거든. 하하하."

등이 더 구부러졌다. 콤플렉스를 자극하고 만 모양이다.

"어어, 하지만 대단하네요. 난 그림에 재능이 전혀 없어서. 그렇다면 이 호텔에 머무르는 건, 이른바 마감에 쫓기는 통조림상태인 겁니까?"

"그건 아니야. 쿠롱즈 호텔은 인터넷 소문으로 들어서 묵으러 왔어. 일본 같지 않은, 특이한 분위기가 나는 호텔이 있다는 소문 말이야. 말하자면 무서운 걸 보고 싶은 호기심인데, 덕분에 실제로 이런저런 영감이 떠올랐단 이야기.”

토리호도 그렇고, 카나시노도 그렇고, 이 호텔은 크리에이터를 끌어들이는 매력이 넘쳐나는 모양이다.

“나중에 방에 돌아가거든 신작 구상을 시작하려고. 어차피 갇혔으면 유의미한 시간으로 삼고 싶으니까.”

만화가라는 인종을 처음 만나서 그만 기분이 고양되는 바람에, 나는 그 뒤로 한동안 카나시노와 이야기를 나누었다.

서로 좋아하는 만화 이야기를 시작하자 화제는 끝이 없어서, 시간은 어느새 이미 자정을 넘겼다. 뭐라고 할까, 서로의 취미가 딱 겹쳤다.

하지만 나는 이제부터 아래층을 돌아봐야만 하고, 너무 늦게 돌아가면 리리테아가 걱정한다. 언제까지고 여기서 이야기할 수도 없다.

“이제 가봐야겠네.”

“벌써 가는 건가, 삿쿤.”

“아쉽지만.”

떠나갈 때, 늑대가 나올지도 모르니까 밤에는 나돌아 다니지 않는 게 좋다──. 그렇게 충고할까 싶었지만, 그만두었다. 영화 관계자가 아닌 그와는 상관없는 일이다. 내가 행동을 제한할 권한은 없다.

"그렇다면 안녕히⋯⋯."

"아, 그러고 보면."

"어?"

그 자리를 떠나려고 할 때, 갑자기 카나시노가 나를 붙들었다.

"아니, 아까 조사니 뭐니 했잖아? 깊이는 안 캐묻겠지만, 무슨 사건이라도?"

"그게⋯⋯."

말해야 할지 망설였다.

"아, 됐어, 됐어. 그냥 어제 이 호텔의 역사를 이것저것 물어봤더니, 오너가 흥미로운 이야기를 들려줬거든."

"쵸우 어르신이?"

"그래. 이 이야기가 네 조사에 도움이 될까 싶어서."

"무슨 이야기인데?"

"옛날이야기야. 듣기론 이 호텔에서 20년 정도 전에⋯⋯ 살인 사건이 있었다는 이야기."

바람이 세게 불어서, 유리창에 커다란 빗방울이   부딪치고 흩어졌다.

"살인 사건? 그건 몰랐네."

"당시 여기에 묵었던 일가가 하룻밤 사이에 차례로 살해당했다는 이야기야. 소문으로는 목을 물어 뜯겼다나."

참으로 끔찍한 이야기다.

"하지만 그 쵸우 어르신 과거 이야기라고는 해도 용케 자기 호텔에서 일어난 살인 사건 이야기를 했네."

"그건 말이지, 나는 만화가로서 종종 여러 직종의 사람들에게 취재를 하니까. 상대의 속내를 털어놓게 하는 건 나름대로 특기야."

그런 건가 싶어서 감탄했다. 그러고 보면 나도 어느새 그와 완전히 친해져 있었다.

"이런저런 말을 해봤지만, 나도 여기까지밖에 못 들었어. 그 이상은 도저히 가르쳐 주지 않더라고."

아쉽다고 마무리 지은 카나시노는 어깨를 으쓱였다.

"20년 전의 사건……인가."

문제의 협박장과는 관계없다고 보지만, 일단 기억해두자.

"그리고 하나만 더. 지금이랑 관계없는 거라도 될까?"

"물론."

"여기 쿠롱즈 호텔은 구조가 신기하잖아? 농담으로라도 멋지다고 할 수 없고 여러모로 불편해."

"뭐, 분명히."

"건물 자체도 낡았고, 과거에 그런 참혹한 사건도 있었지. 그런데 이러니저러니 하면서도 오랫동안 호텔업을 계속하고 있어. 게다가 노린 건지는 모르지만, 오늘 같은 폭우에도 괜찮은 입지에 지어서 말이지, 뭐라고 할까, 뭔가가 지키고 있다는 느낌이 안 들어? 라는 이야기."

"……뭔가가 지키고 있다? 갑자기 추상적이네. 오컬트 쪽 이야기?"

"그런 수상쩍은 눈으로 보지 마. 뭐, 하지만 오컬트……려나?

내가 보기론 아무래도 이 호텔, 풍수에도 꽤 신경을 쓴 모양이야."

"풍수라면, 방위가 어쩌고 하는 중국의 점술? 운수를 신경 쓰는 건가."

"응. 그쪽도 예전에 취재차 조사한 적이 있어. 사방신이라는 거려나? 이 호텔, 동서남북에 수호신을 배치하는 것으로 액막이를 하고 있어."

"사방신."

들어본 적이 있다. 동서남북에 각각 청룡, 백호, 주작, 현무의 사신(四神)를 대응하는 사고방식이다.

"그 용 오브제도 그렇지. 사방신 중에서 청룡이야."

그렇다면 서관의 호랑이 박제도 그런 것일까.

"혹시나 20년 전의 사고 때문에 운수를 신경 쓰게 된 걸지도 모르겠네. 로비가 위층까지 뻥 뚫린 구조였잖아? 풍수에서는 그것도 별로 좋은 게 아니니까, 다른 것으로 운수를 보충하려고 했을지도."

"쵸우 어르신 나름대로 과거의 일을 신경 쓴다든가?"

"어쩌면 그런 걸지도 몰라. 내가 들은 건 대충 그런 이야기. 그냥 잡담이라고 생각해 달란 거지."

"그렇게 생각하도록 할게. 고마워."

만화가 카나시노와 헤어져서 아래층으로 내려온 뒤, 나는 순서대로 각 층을 보고 다녔다.

"쿠롱즈 호텔……. 20년 전의 사건……이라."

계단을 내려가면서 나는 아까 들은 과거의 사건에 대해 스마트폰으로 조사해 봤다. 검색해보자, 분명히 그것인 듯한 사건이 걸렸다.

『리틀 쿠롱 일가족 살해 사건』

피해를 입은 것은 호텔에 숙박했던 가족으로, 네 명이나 살해당했다.

숙박이라고 해도, 실제로는 아주 싼 값에 몇 달이나 머물고 있어서 거의 여기서 살았다고 해도 좋았던 모양이다. 오갈 곳 없는 가족이 당시 오너의 선의로 방을 제공받았다, 라는 걸지도 모른다.

그리고 그 일가족은 살해당했다.

시신은 모두 날카로운 이빨을 가진 동물에게 물려 죽기라도 한 듯한 모습이었다──라고 기사에 적혀 있었다.

이런 시간에 이런 장소에서 혼자 읽을 만한 기사가 아니었다.

"으으, 싫다, 싫어."

범인은 무사히 붙잡히고 사건은 해결됐다는 게 그나마 다행이었다.

하지만 범인의 동기 같은, 그 이상의 자세한 정보는 나오지 않았다.

"그리고 20년이 지나서 이번에는 협박장인가……."

좋지 않은 장소에는 좋지 않은 일이 겹친다. 그것이 기의 흐름 때문인지, 사람의 흐름 때문인지는 모르지만, 이 호텔은 뭔가 일어날 듯한 분위기가 가득했다.

경계하면서 1층까지 내려왔지만, 어디에서도 딱히 수상한 물건이나 사람은 보이지 않았다. 그러면 충분하다. 뭔가 있는 것보다는 훨씬 낫다.

"돌아갈까."

밤의 정적을 누그러뜨리는 의미로 혼자 중얼거리고, 1층 서쪽 복도에서 로비로 돌아왔다.

거기서—— 내 발걸음은 멈췄다.

멈출 수밖에 없었다.

아무도 없는 프런트의 접수대 앞. 그 어둑어둑한 곳에 누군가가 서 있었다.

얼굴은 그림자가 져서 여기서는 잘 보이지 않는다.

"누구야……?"

녀석은 웃통을 훌렁 드러내고, 오른손에는 이상한 형태의 칼을 들고 있었다.

그리고 카운터 위에는——.

인간의 머리가 안치되어 있었다.

"우윽?!"

도저히 견딜 수 없어서 목소리가 흘러나왔다.

그 머리는 바로 지금, 누군가의 손에 의해 카운터에 놓인 것이 틀림없었다. 숙박객이 열쇠나 코트라도 맡기듯이.

그 얼굴은—— 그 머리는 내 기억에 있었다.

나쿠지다. 그건 유리우의 매니저인 나쿠지 준고의 머리다. 그 얼굴에서는 괴로움도 슬픔도 느껴지지 않았다. 표정 없이 죽었다.

어둠 속에 선 누군가는 꼼꼼하게 카운터 좌우의 폭을 확인하고 있었다.

아무래도 나쿠지의 머리가 딱 카운터의 중앙에 오도록 조정하고 있는 모양이다. 그 정체 모를 정확성에 나는 소름이 끼쳤다.

위치가 정해지자 그 녀석은 만족한 듯 고개를 끄덕이고——이쪽으로 몸을 휙 돌렸다.

목소리를 들을 것도 없이, 내 기척을 알고 있었다고 하듯이.

순간 상대의 얼굴이 똑똑히 보여서 또 소름이 끼쳤다.

그 녀석의 목부터 위는—— 개였다.

나왔다. 나타났다. 있었다. 개머리 벨보이!

이름만이 아니라 정말로 머리가 개인가.

"뭐야…… 너……! 그 머리로 뭘 한 거야!"

소리쳤지만, 녀석은 내 목소리 따윈 무시하고 이쪽으로 달려왔다.

반쯤 벌린 입에서 이빨과 혀가 엿보이고, 그 눈은 시꺼멨다.

아무것도 없다. 시커멓다. 허무다.

"우와아아아아악!"

그 순간 최대의 닭살이 온몸에 돋아서, 나는 본능적으로 계단을 향해 달려가고 있었다.

죽는다. 죽음이 그림자가 되어서 쫓아온다.

웃기지 마라.

그런 걸 정면에서 상대하는 취미나 용기는 내게 없다.

6층이다. 도망칠 거면 6층. 거기에는 촬영 관계자들이 묵고 있다. 유리우와 함께 리리테아도 있다.

꽤 먼 길이지만, 어떻게든 거기까지 도망쳐서 도움을 청하자. 괜찮다. 내 쪽이 압도적으로 계단에 가깝다. 호러 영화에서 그러듯이 넘어지지 않는 이상 따라잡힐 걱정은 없다.

머릿속으로 그렇게 계산하면서 다리를 쉬지 않고 세 칸씩 뛰어올라서 계단을 오르……려고 했는데, 고개를 들자 개머리 벨보이는 이미 계단 위에 서 있었다.

"왜, 왜 내 위에 있는 거야……."

언제 추월당했지?

"설마…… 계단 옆의 벽을 타고 단축했나? 3미터는 되는데…… 그런 인간 같지 않은 움직임……."

인간이 아니라고 한다면?

"대체 뭐냐고오오오!"

──그러니까 개머리라고 했잖아.

아무 말 없는 그 녀석의 얼굴이 그렇게 말하는 것처럼 보였다.

그때가 되어서야 녀석이 든 날붙이의 정체를 확실히 알았다.

유엽도다. 폭이 이상하게 넓은 독특한 형태의 중국식 칼. 비슷한 무기인 청룡도와 헷갈리곤 하지만, 내 눈은 속일 수 없다.

하지만 내 눈을 못 속인다고 해서 그게 뭐란 말인가.

높이 날아오른 벨보이가 나를 덮쳤다.

"으……윽!"

나는 반사적으로 몸을 젖혔다. 유엽도가 내 눈앞에서 허공을 가르──지 않았다.

현실은 액션 영화와 달라서, 쉽사리 칼날을 피할 수 없는 모양이다.

왼쪽 어깨부터 팔뚝에 이르기까지 크게 베였다. 깊다. 뼈까지 도달했다.

이어서 발차기를 맞고 후방으로 크게 나가떨어졌다. 모처럼 올라간 계단을 도로 굴러떨어졌다.

"컥…… 끄으…… 쿨럭……!"

숨을 쉴 수 없다. 목소리가 나오지 않는다. 시야가 번쩍번쩍하고 입안에 피 맛이 퍼졌다.

벽을 짚으면서 간신히 일어섰다.

베인 곳에서 혈액이 폭포처럼 흘러내리고, 벨보이는 칼을 기분 좋게 돌리면서 계단을 한 칸씩 내려왔다.

나는 거리를 벌리려고 로비를 반시계 방향으로 이동했다.

뭐지, 이 녀석? 이 이상한 신체 능력, 격투 기술은 뭐냐고?

여기가 리틀 쿠룽이기 때문인가? 중국 영화의 등장인물 전원이 기본적으로 쿵후에 능한 것 같은, 그런 걸까.

무릎이 후들거렸다. 호흡도 회복되지 않았다.

벨보이가 똑바로 돌진해왔다.

아아, 이거 죽겠구나 싶었다.

도망쳐도 틀렸다. 뛰어도 틀렸다.

그렇다면── 할 수밖에 없다.

죽는다는 건 최악 중의 최악이지만.

살해되는 건 정말로 사양이라고 생각했지만——.

"이게……!"

나는 각오를 하고 발을 내디디며, 희망을 갖고 죽으러 갔다.

의식아, 날아가지 마라.

나는 두 팔을 앞으로 뻗고, 상대를 붙잡았다.

푸욱 소리가 나며 유엽도의 칼끝이 내 복부에 깊이 꽂혔다.

순식간에 하체에서 힘이 빠졌다. 하지만 이 정도는 각오했다.

나는 두 손에 최대한 힘을 넣어서, 뜨거운 포옹처럼 벨보이를 껴안았다.

이 거리까지 붙어보니 잘 알겠다. 이 녀석은 머리에 마스크처럼 개의 머리를 뒤집어썼다. 보다 정확하게 말하자면, 개머리 박제를 뒤집어썼다.

호텔 복도의 벽 여기저기에 동물의 머리 박제가 전시된 것을 보았는데, 그걸 가져다가 분장에 이용한 걸까.

"너…… 왜 이런 짓을……?"

배를 찔려서 그대로 죽음을 기다리는 것도 나쁘지 않았겠지만, 이왕 이렇게 된 거 비는 마지막 시간을 이용하여 상대에게 물어봤다.

자, 가르쳐 줘. 왜 나쿠지를 죽였지?

좋잖아. 어차피 나는 죽어.

"죽은 자는 말이 없다……고 하잖……아?"

그러자 그 녀석은 숨죽인 작은 소리로 가르쳐 주었다.

"선녀…… 모독하지, 마라."

어느 틈에 내 몸은 바닥을 구르고 있었다.

넘어진 채로 로비 위쪽을 올려다보았다.

움직일 수 없어진 나를 용만이 내려다보고 있었다.

3장 날아갔었죠?

어느새 침대 위에 있었다.

기상의 느낌은 최악이었다.

너무 잤을 때 특유의 속쓰림과 내 몸이 내 것이 아닌 듯한 불쾌한 부유감──.

천천히 안구만 움직여서 방을 살폈다. 거기는 틀림없이 우리가 묵는 호텔 방으로, 창밖은 여전히 어두웠다.

드러누운 내 머리맡에는 부드럽고 따스한 베개가 놓여 있다.

탐정의 조수인 리리테아의 무릎베개다. 내가 눈을 떴을 때는 항상 가장 가까운 데 있다.

하지만── 이번만큼은 아직 내가 되살아난 것을 깨닫지 못한 모양이었다.

멍하니 방구석을 바라보면서 뭐라고 중얼거리고 있었다.

되살아난 것을 바로 전할까도 생각했지만, 그녀가 뭘 하는지에 가벼운 흥미가 생겨서 나는 조용히 귀를 기울여 보았다.

"그 말, 고대로 나비매듭을 묶어서…… 돌려드리겠습니다. ……조금 다르려나……. 돌려…… 돌려드리겠습니다. 나비매듭을 묶어서 돌려……."

여고생 탐정 우즈라의 마무리 대사다.

신나게 대사 연습을 하고 있다. 우리 리리테아는 배우업에 흥미진진한 모양이다.

"으윽……!"

나는 바로 지금 되살아났다는 듯이, 크게 신음했다.

"아."

그걸 알아차린 리리테아는 황급히 비밀 개인 레슨을 마치고, 옷과 머리를 두 손으로 재빨리 정리하기 시작했다. 몸가짐이 정리되자 무릎 위의 나를 바라보며 항상 하는 그 대사를 말했다.

"돌아오셨습니까, 사쿠야 님."

"그래, 리리테아. 저기, 나는…….'

로비에서 대치한 괴물.

개머리 벨보이.

나는 녀석의 손에 걸려서――.

"또 죽고 말았나요, 탐정님."

탐정님. 리리테아가 야유를 담아서 말했다.

"그런 모양이야."

시각은 오전 4시 전이었다.

"그런데 사쿠야 님……. 지금 뭔가 듣지 못하셨습니까? 못 들으셨죠?"

"어? 뭐가? 아무것도 못 들었는데? 지금 막 되살아나서."

데이트 약속장소에서나 하는 소리를 했다.

"……그나저나 지금 상황은?"

죽음의 잔재로 살짝 현기증을 느끼면서 몸을 일으켰다.

 "여러 일이 있었습니다. 하지만 너무 느긋하게 이야기할 시간은 없을지도 모릅니다."

 즉, 범인은 아직 붙잡히지 않았고, 다른 희생자가 또 언제 생겨도 이상하지 않은 상황이라는 소리였다.

 "나를 죽인 건 개머리 탈을 쓴 이상한 남자였어."

 "범인은 말 그대로 개머리 벨보이라는 겁니까. ……그렇긴 해도 한심한 사람. 그만큼 괜찮다고 말했으면서."

 "반박할 말이 없네."

 리리테아는 화내고 있다.

 매번 내가 죽을 때마다 시체를 돌보고, 되살아날 때까지 오래 기다려 준다――. 그녀의 입장과 마음을 생각하면 화내는 것도 어쩔 수 없다.

 "그리고 내가 죽은 동안의 경위를 듣고 싶은데……."

 "제가 처음으로 이변을 느낀 것은 오전 1시 20분경의 일이었습니다. 그때 저는 유리우 님과 둘이서 그녀의 방에 있었습니다만, 갑자기 호텔 어딘가에서 비명이 일었습니다. 세 칸만 더 가면 골인이라는 중요한 장면에서……."

 "세 칸?"

 "전생의 빚도 다 갚아가던 참이었기에."

 둘이서 인생전생 게임을 만끽하고 있었던 모양이다.

 "그리고 '아무나, 아무나 좀 와줘.'라고 사람을 부르는 목소리. 바로 방을 나가자, 목소리는 로비 쪽에서 들려왔습니다. 로

비로 내려가자, 거기에는 토리호 감독님이. 예, 목소리의 주인
은 그였습니다."

"왜 그 사람이 그런 시간에 로비에?"

"듣기론 잠이 오지 않아서 담배나 한 대 피울 요량으로 복도에
나왔다고 합니다. 그리고 6층의 회랑 난간에 몸을 기대어 로비
를 내려다보면서 담배에 불을 붙이려고 했는데, 바로 그때 로비
바닥에 혈액인 듯한 것이 묻은 것을 깨닫고 확인하고자 1층에
내려갔다고 말씀하셨습니다."

협박장이 오고, 스태프에게 방에서 나오지 말라고 했으면서
자기가 나오다니. 나보다 더 한심한 사람이다.

"이변이라면 혹시나 나쿠지의 머리를 발견했다……든가?"

"사쿠야 님, 보셨던 겁니까?"

예상대로다. 내가 죽기 직전에 본 것은 꿈이 아니었다.

"봤어. 프런트 카운터 위에 놓여 있었지?"

당당하게 말하자, 리리테아는 의아한 표정을 보였다.

"……아니야?"

그녀는 방문을 열고 나를 돌아보았다.

"실제로 보시겠습니까?"

안내하는 대로 로비에 내려간 나는 토리호가 본 것과 같은 것
을 보았다.

그것은 역시나 나쿠지의 머리였다.

다만 카운터 위에 없고 용의 아가리에 물려 있었다.

용이라고 해도, 물론 그건 로비에 장식되어 있는 오브제다.

하지만 너무 기분 나쁜 모습에 한동안 말이 나오지 않았다.

"토리호 감독님은 다리가 풀린 모습으로 계속 이렇게 말씀하고 계셨습니다."

──협박장은 진짜였다!

"달려갔을 때 나쿠지 씨는 이미 이런 모습이었습니다. 오브제의 밑에는 머리 없는 몸도 쓰러져 있었습니다만, 현재는 주방 뒤 냉동실에 일시적으로 안치했습니다. 머리는 억지로 용의 아가리에 쑤셔 넣은 바람에 이빨이 머리에 박혀서 빼려고 해도 빠지지 않았기에, 보기 괴롭긴 하지만 지금도 아직 그대로 놔두고 있습니다."

듣고 보니 바닥에 혈흔이 남아 있다. 거기에 머리 없는 몸이 쓰러져 있었던 거겠지.

"머리…… 왜 이런 곳에 물려 있는 거지?"

그때 개머리 벨보이는 프런트 접수 카운터 위에 분명히 머리를 놓고, 거기에 만족한 것처럼 보였다. 그런데 왜?

"소리를 듣고 다른 분들도 깨어나서 로비는 소란스러워졌습니다."

"경찰에는?"

"소조로기 님이 연락하셨는데, 애석하게도 폭우 탓에 도로가 대규모로 침수되어서 해가 뜬 다음에나 도착할 거라고 합니다."

움직이지 않는 용의 턱이 나쿠지의 피로 검붉게 더러워져 있다. 이미 굳어서 흘러내릴 기미도 보이지 않는다.

"즉, 그때까지 우리는 이 호텔에서……."

"예. 나쿠지 씨를 살해한 범인과 함께 지내게 됩니다. 다들 공포에 떨고 계십니다."

"그거 정말 힘들겠군. 그런 무시무시한 녀석과 함께라니."

개머리에, 상반신은 알몸에, 거대한 날붙이를 휘두르며 쫓아오는 남자. 되도록 떠올리고 싶지 않은 모습이다.

"아뇨, 다른 분들은 아무도 범인의 그 모습을 목격하지 않았습니다. 두려워하는 것은 다른 이유 때문입니다."

고개를 갸웃거리는 나에게 리리테아는 어떤 곳을 가리켰다.

접수 카운터의 안쪽 벽이다. 거기에는 글자가 적혀 있다.

예전에 이 동네를 주름잡았던 암흑가 조직 인간들이 남긴 말이라고 했다.

그거라면 우타키와 호텔에서 비가 샌다는 이야기를 할 때 나도 봤다.

"그게 어쨌다는 소……."

말하려다가 깨달았다. 글자가 뭔가 이상해져 있었다.

탐욕자는 물의 바닥에.

무뢰배는 범의 발톱에…….

"앞부분이 덧칠되어 있어……."

"저희가 로비에 모였을 때, 이미 이 상태였습니다."

다가가서 잘 살펴보니, 글자 위를 덧칠한 것은 인간의 피 같다.

"십중팔구 정도가 아니군. 이건 범인의 짓이야."

"예. 배신자는 용의 턱에. 덧칠된 첫 행의 내용을 따르듯이, 나쿠지 씨의 머리는 용의 턱에 물려 있었습니다. 이것은 이른 바……."

"카피캣 살인이군."

그것은 동요의 가사나 희곡의 각본에 따른 형태로 진행되어 가는 살인을 가리키는 말이다.

"애거사 크리스티, 엘러리 퀸, 반 다인……. 거기에 요코미조 세이시. 너무 많은 추리 작가가 다루는 과제로군요."

그렇게 설명해 주었지만, 나는 추리 소설을 잘 모른다. 변명할 생각은 없지만, 탐정이 다들 추리 소설을 좋아한다고 생각하지 않았으면 좋겠다. SF 소설을 안 읽는 과학자도 있을 테고.

벽을 적신 피는 메말라서 검게 변색되어 있었다. 호러 느낌이 장난 아니다.

"즉, 이건 이 훈시에 따라 범행을 계속하겠다는, 범인의 의사 표시인가."

"예. 이걸 보면 개머리 벨보이에 의한 살인이 앞으로도 계속 될 거라는 것은 누가 봐도 명백합니다."

그러니까 리리테아는 시간이 별로 없다고 표현한 걸까.

"그렇다면 어떻게 한다. 이런 무시무시한 살인을 하는 범인과 같은 호텔에 아침까지 머물러야만 하나. 다음에는 누가 죽는 걸까. 그렇게 다들 당황하고 계셨습니다. 하지만 그런 가운데 유리우 님이 당차게도 이렇게 외치셨습니다."

——안심하세요! 우연히도 이 호텔에는 우수한 탐정이 숙박 중입니다!

"우수한 탐정이라니, 혹시 나?"

엄청 추켜세우네.

"그러고 보면 그랬지, 라고 토리호 감독님을 시작으로 다들 거기에 한 가닥 희망을 드러내셨습니다. 당연하지만, 그렇다면 오우츠키 사쿠야는 어디 있냐, 탐정을 바로 여기로 불러와라, 라는 이야기가 되고."

"하지만 나는 그때 이미……."

내 몸을 돌아보면서 무심코 끼어들 뻔했지만, 리리테아는 관계없이 말을 이었다.

"하지만 아쉽게도 보다시피 훈시는 둘째 행도 지워져 있었습니다. 즉, 모두의 기대와 달리 그때는 이미 제2의 살인이 완료된 상태였습니다."

아하, 그렇게 되는군.

"그리고 딱 그 타이밍이었습니다. 호텔의 젊은 종업원, 우타키 씨였습니까, 그녀가 6층 회랑 난간에서 몸을 내밀고 화재라고 소리쳤습니다."

리리테아가 로비의 머리 위를 가리켰다.

"우타키가? 화재라고?"

"불은 동관 606실에서 났습니다."

"……잠깐만. 그 방은 분명히."

기억을 더듬었다.

"예. 유리우 님의 매니저인 나쿠지 씨의 방입니다."

말하면서 그녀는 로비의 계단으로 발을 옮겼다. 나는 이야기에 귀를 기울이면서 그 뒤를 쫓았다.

"토리호 감독님이 나쿠지 씨의 시신을 발견하고 모두가 로비에 모이기 시작했을 때, 우타키 씨는 최상층 부근에 있었기 때문에 소동을 알아차리지 못했던 모양입니다."

둘이서 삐걱대는 계단을 올랐다. 도중에 나는 몇 번이고 계단에 발이 걸려서 넘어질 뻔했다. 참혹하게 죽고서 막 부활한 탓일까, 몸이 생각대로 움직이지 않았다.

"어라? 이런 곳에 뾰루지가 있었나? 싫네."

왠지 순식간에 열 살 이상 나이를 먹은 듯한 감각이다.

"왜 그러시죠?"

"혼잣말이야. 그래서 우타키는 최상층에서 뭘 하고 있었지?"

"비가 새지나 않는지, 졸린 눈을 비비면서 기특하게도 돌아보고 있었다는 모양입니다."

우타키, 로비에서는 그렇게 대응했으면서 밤중에 몰래 살펴보고 있었다. 그렇게 보여도 성실한 구석도 있는 모양이다.

"그리고 6층에 내려왔을 때, 그녀는 606호실 문 틈새로 연기가 새는 것을 목격했습니다. 문은 잠겨 있었고, 안에 소리를 쳐도 대답이 없었던 모양입니다. 그래서 우타키 씨는 여벌 열쇠를 이용하여 문을 땄는데, 방 안은 연기가 자욱했다고 합니다."

그 순간 우타키는 확신하여 '불이야.' 라고 외쳤다.

리리테아는 그 소리를 듣고 즉각 606호실로 향했다. 그때 로비에는 많은 사람이 남았지만, 그 밖에 소조로기와 토리호도 따라왔다고 한다.

"제가 606호실에 도착했을 때, 간신히 화재 경보기가 울리고 천장에서 물이 쏟아지기 시작했습니다. 피어오르는 연기 너머를 살펴보자, 방바닥에 누군가가 쓰러져 있고, 불은 그 사람의 몸에서 일고 있었습니다. 하지만 그것도 곧 꺼졌습니다."

"사람이 불타고 있었어? 나쿠지의 방에서?"

리리테아는 내 의문에 대답하지 않고 계속 말을 이었다.

"저는 안전을 확인하면서 방에 들어가서, 남은 연기를 빼내기 위해 잠금쇠를 풀고 창문을 열었습니다."

그녀가 그렇게 말했을 때, 현실의 우리도 606호실 앞에 도착했다. 문은 열린 채였다.

"이 문, 우타키가 여벌 열쇠를 써서 열 때까지 잠겨 있었지?"

"틀림없이 그렇다고 말씀하셨습니다. 그리고 입구 옆의 열쇠걸이에 606호실의 열쇠가 걸려있던 것을 보았다, 고."

"즉."

"예. 즉, 밀실이었습니다."

"아……."

무심코 머리를 긁적였다. 귀찮은 게 또 하나 늘었다.

"그 뒤로 저는 쓰러진 인물에게 말을 걸려고 했습니다만, 그게 무의미한 행위라고 금방 깨닫고 그만두었습니다."

"무의미?"

"불타던 몸에는 머리가 없었습니다."

"머리……."

즉, 쓰러진 인물은 말을 걸 것도 없이 죽어 있었다.

제2의 살인은 이미 완료됐다.

"그 사실을 깨닫자 토리호 감독님은 점점 더 히스테릭해지고, 얼른 탐정을 여기로 부르라고 소리 지르셨습니다. 하지만 그의 요망은 이미 불가능…… 아뇨, 엄밀하게는 이미 이루어졌던 것입니다."

나는 한숨을 쉬었다.

"……이해했어. 즉, 여기서 죽어 있던 게 나였단 말이군."

"예. 이 방에서 사쿠야 님은 이미 살해당한 상태였습니다."

나는 조심조심 606호실에 들어갔다. 바닥과 침대 시트 일부가 불탔고, 천장은 검댕으로 더러워진 모습이었다. 불길의 흔적이다. 원래는 섬세한 무늬가 들어있었을 카펫도 본모습을 찾아볼 수 없다.

"불타고 있던 시체……. 훼방꾼은 봉의 화염에……인가."

그 용 오브제는 로비 동쪽에도 있다. 그리고 이 606호실은 남관에 있고, 불길은 거기서 일었다.

동쪽의 용이 청룡이라면, 남쪽의 봉은 주작으로 치환할 수 있다.

"그렇군, 호텔의 각 방위에 배치된 사방신인가."

리리테아는 방의 침대를 가리켰다.

"사쿠야 님의 머리는 저쪽 침대 위에 방치되어 있었습니다."

"여기에…… 말이지."

"그 타이밍에 도착한 유리우 님과 스턴트맨 시라사기 님이 방에 들어오셨습니다. 하지만 사쿠야 님의 죽음을 알고 유리우 님은 그 자리에 쓰러지셨고, 시라사기 님은 그런 유리우 님을 필사적으로 돌보셨습니다."

나의 그런 무참한 모습을 보여주다니, 유리우에게는 미안할 따름이다.

"하지만 왜 범인은 일부러 내 머리를 자른 걸까. 문제의 훈시를 따를 거면 죽인 시체에 불을 붙이기만 하면 완성되잖아. 애초에 왜 내 시체를 나쿠지의 방에 옮긴 거지……?"

내가 벨보이에게 죽은 장소는 로비였다.

"그건 저도 궁금합니다. 이런 곳에서 대체 뭘 하셨습니까? 설마 은밀한 만남입니까?"

리리테아가 미묘하게 내게 거리를 두었다.

"아니, 무슨 소리야! 왜 내가 한밤중에 몰래 나쿠지의 방을 찾아가야 하는데!"

그런 기억은 전혀 없다.

"그 점은 좀 진정이 된 뒤에 다시 듣기로 하고, 이상의 형태로 사쿠야 님은 발견되셨습니다. 몸도, 그리고 단벌 양복도 완전히 불타버려서, 정말 무참한 상태였습니다."

"……옷도?"

"당연합니다. 몸에 불이 붙었으니까요."

그 말에 나는 되살아난 이후 처음으로 내 모습을 제대로 확인했다.

분명히 옷은 많이 망가진 모습이었다. 육체는 재생을 마쳤지만, 옷은 불타서 넝마가 된 꼴이라서 완전히 무덤에서 되살아난 좀비 같다. 실제로 그게 맞긴 하지만.

"일찍 좀 말해줘! 이런 꼴로 돌아다니면 안 되지!"

이렇게 무의미한 서술 트릭은 싫다.

"안심하십시오. 호텔에 숙박하기 위해 갈아입을 옷가지를 확실히 챙겨왔습니다. 나중에 갈아입으시죠."

그렇다면 방을 나서기 전에 좀 알려주든가.

"사쿠야 님의 참혹한 시신을 저희 방으로 옮겨주신 것은 소조로기 님과 시라사기 님입니다. 자세하게는 몸이 시라사기 님, 머리가 소조로기 님입니다."

"그 설명이 필요해?"

"유리우 님은 쇼킹한 일 앞에서 정말로 크게 오열하셨습니다. 아마도 지금도 방에 틀어박혀 계시겠죠. 나중에 사과하러 가죠."

되살아난 것을 어떻게 설명해야 할까. 이번에는 아무래도 고민스럽다. 목이 절단되고 몸이 불타버렸는데도 운 좋게 살아남았다고 당당히 말할 자신은 도저히 없다.

"내 몸과 머리를 붙이고 안치하라고 지시한 건 리리테아지? 고마워."

감사의 말을 하자 리리테아는 공손히 머리를 숙인 뒤에 살짝

V 사인을 보였다. V 사인은 필요 없잖아.

나는 다시금 살아있는 것에 감사하면서 어깨를 빙글빙글 돌려 보았다. 관절이 뚝뚝거리며 가동 범위가 좁게 느껴졌다. 아직 몸은 완전치 않은 모양이다.

"머리와 몸을 따로따로 안치했으면 되살아날 수 없었겠지."

나는 아무리 죽고 살해당해도 되살아난다. 특기라고 할 정도는 아니지만, 그런 체질이다.

그리고 부활할 때는 당연히 육체의 재생이 이루어진다.

다치고 사멸한 세포가 소생하여 상처가 아물고, 절단되었던 손발이나 머리가 있으면 그것들도 원래대로 붙는다.

다만 그것은 각각의 신체 일부가 바로 근처에 있을 경우의 이야기다.

나 자신은 아직 내 육체의 특성에 대해 전부 검증한 게 아니지만, 혹시 오체가 분해되어서 떨어진 장소에 버려지기라도 하면 부활하기 어려울 것이다.

머리나 팔만 혼자 지면을 기어서 한 곳에 집합한다──라는 식으로 내게 유리한 일은, 기분 나쁜 일은 아무래도 일어나지 않겠지.

"하지만…… 지독한 짓을 다 하네."

나는 내 머리가 방치됐다는 침대에서 시선을 들어 벽을 봤다.

그 벽 전체에 적힌 메시지의 존재는 방에 들어온 순간에 이미 시야에 들어와 있었다.

『벨보이는 노크를 멈추지 않는다』

아마도 내 피로 적은 것이겠지.

"대단하기도 하셔라."

이것은 범인의 도전장이다.

"나는 벨보이에게 죽었어. 범행 도중인 녀석의 모습을 보았으니까. 하지만 그건 로비에서 있었던 일이야. 그런데 내 시체는 6층인 606호실에서 발견됐어."

"훈시의 2행, 봉의 화염이라는 말에 맞추기 위해서군요."

"그런 셈이야. 하지만 그러려고 일부러 내 몸을 들고 6층까지 올라가다니, 생긴 것에 비해서 참 성실하달까, 대단한 근성이야. 엘리베이터도 고장 나서 못 쓰는데."

"그리고 나쿠지 씨의 방에 들어가서 사쿠야 님을 참수하고 불을 질렀다. 언제 사람과 맞닥뜨릴지 모르는 리스크를 감수하면서까지."

리리테아가 내 생각의 정리를 도와주었다.

"어지간히도 훈시대로 진행하고 싶었던 게로군. 그 외모와 달리 성실하다고 할까, 완벽주의려나? 하지만."

나는 머리를 긁적이며 침대에 앉았다.

"뭔가 잘 이어지지 않아. 남관에서도 606호실이라는 건 이해돼. 이 방이 아무도 없는 걸 알고 있으니까. 범인 자신이 이미 나쿠지를 죽여서."

"범인은 복도에서 말을 걸어 나쿠지 씨가 문을 열게 한 것일

테니까, 그 시점에서 방문은 잠겨 있지 않겠죠."

그렇게 해서 나쿠지를 유인했다면, 범인은 면식범일 가능성이 크다.

"이 방은 제2의 카피캣 살인의 장소로 딱 좋아. ……그렇긴 한데, 그렇다고 해도 시체를 짊어지고 6층까지 돌아오는 수고를 할까?"

나라면 애초에 올라올 수도 없다. 체력적으로.

"불만 지를 거라면 그냥 호텔 어디라도 할 수 있어. 방위로는 남관이기만 하면 되는 거니까, 1층이라도 상관없지. 하지만 범인은 6층을 택했다……. 6층. 일부러 그렇게 해야만 하는 이유가……."

나쿠지는 머리가 잘려서 용에게 먹히고, 나는 머리가 잘려서 불에 탔다.

나쿠지의 몸은——.

"아!"

"왜 그러십니까?"

"리리테아……. 아까 나쿠지의 시체는 처음에 어떤 상태였다고 했지? 머리가 아니라 몸통!"

"목 아래 말씀입니까? 그러니까 그 용 오브제 밑에……."

"어, 없었어!"

"꺄아!"

언질을 받아냈기에 나는 무심코 흥분하여 일어서서 리리테아의 어깨를 붙잡고 소리쳤다. 리리테아는 어쩐 일로 놀라서 살짝 소리 내었다.

"그때! 내가 1층 로비에서 벨보이의 공격을 받았을 때! 그때
는 나쿠지의 몸이 없었어!"

"그건 즉……. 아."

나와 같은 것을 깨달은 모양이다.

"리리테아!"

"이쪽입니다."

우리는 서로 고개를 끄덕여주고 606호실을 뛰쳐나갔다.

본격적으로 뛰어보니, 내 몸이 얼마나 둔한지 깨닫게 됐다. 아
무래도 평소와는 다르다. 자잘한 문제점이 느껴진다.

하지만 그도 당연하겠지. 그도 그럴 터이다.

정말로 얼빠진 소리였다.

무사히 되살아났다고 생각하고 돌아다녔는데, 이건 내 몸이
아니었다.

다시금 말한다. 이런 서술 트릭은 싫다.

1층 냉동실 구석에 있는 머리 없는 시체는 딱딱했다.

"어떻습니까?"

"틀림없어."

그 몸을 검사하고서 나는 확신을 가지고 말했다.

"이게 내 몸이야."

나쿠지의 머리와 함께 로비에서 발견되었고, 그 뒤에 이 냉동
실로 운반된 이 몸. 그것이야말로 내 진짜 몸이었다.

"뒤바뀌었던 거야. 벨보이의 손으로. 여기 봐. 몸의 배 부분에 남아 있는 커다란 칼자국. 이건 벨보이가 흉기로 썼던 유엽도에 찔려서 난 거야."

"그렇게 말씀하시니, 분명히 606호실에서 발견된 몸은 불길에 불타버렸습니다만, 칼에 찔린 상처는 없었습니다."

분명히 되살아나는 과정에서 배의 상처도 재생되어 사라졌다고 생각했는데, 그게 아니었다.

"……이럴 수가 있나요. 자기 육체를 헷갈리다니."

리리테아는 기막힌 기색이었다.

"말하지 마! 뭔가 이상하네~ 싶었다고. 왠지 움직이기 힘들고, 기억에도 없는 부끄러운 장소에 이상한 뽀루지가 있고. 하지만 체형이 꽤 비슷해서 바로는 몰랐어……."

"부끄러운 장소라는 게 어디입니까?"

"게, 게다가 남의 몸과 내 머리가 한 세트로 안치된 적은 여태까지 없었으니까……."

"부끄러운 장소라는 게 어디입니까?"

"어디든 상관없잖아! 설마 이런 형태로 되살아나다니……."

"그렇다고 해도 보통 그렇게 붙습니까? 되살아납니까? 사쿠야 님은 플라나리아의 아종입니까? 상식이 없습니다."

상식이 없는 게 하루 이틀 일이 아니지만, 내가 봐도 충격이다. 남의 몸과 붙어서 되살아날 수도 있다니.

또 스스로의 이상한 체질을 또 하나 알아버렸다. 마음이 무거워진다.

"역시 벨보이는 틀림없이 로비에서 나를 죽였어. 그리고 나쿠지는 로비가 아니라 그의 방, 606호실에서 살해됐어."

"그 방에서 불탄 몸은 나쿠지 씨의 것이었군요."

"그래. 벨보이는 내 몸을 짊어지고 1층에서 6층까지 올라가기 어렵다고 생각한 거겠지."

"그래서 사쿠야 님의 몸에서 잘라낸 머리와 벗겨낸 옷을 들고 606호실로 돌아간 거군요."

나는 처음에 왜 태우는 것으로 끝이 아니라 일부러 내 머리까지 잘랐는지 이상하게 생각했는데, 반대였다. 그냥 자른 게 아니라, 운반하기 위해서 자를 수밖에 없었다.

"그래. 606호실에는 나쿠지의 몸이 굴러다니고 있었어. 그렇다면 내 머리를 침대 위에 놓고, 나쿠지에게 내 옷을 입히고, 내 몸에 나쿠지의 옷을 입히면 돼. 그걸로 교환 완료야. 물론 이 주변의 침수가 잦아들어서 호텔에 경찰이 도착하면 감식 결과 바로 들키겠지만."

"그때까지는 카피캣 살인의 양식을 지킬 수 있다는 거군요."

리리테아는 내 생각을 즉각 이해하고 그렇게 말했다. 하지만 내게는 다음 생각이 있었다.

"그래. 우발적으로 급조한 카피캣 살인을."

"······우발적으로, 말입니까?"

내 입에서 예상하지 않은 말이 튀어나와서 놀랐는지, 리리테아는 소박하게 고개를 갸웃거렸다.

"우발적이야. 카피캣 살인은 이어진 살인에 일관성이 있는 것처럼 연출해서 무섭게 꾸미기 위한 장식이었어."

"그냥 끼워 맞췄을 뿐이란 말씀입니까."

"그래. 살인 계획과 카피캣…… 이 순서도 반대였어. 생각해 봐. 내가 이 호텔에 묵게 된 건 완전히 우연이야. 벨보이가 어떻게 할 수 있는 게 아니야. 녀석은 어디까지나 영화 관계자에게 협박장을 보냈고, 내 존재는 갑작스러운 것이었지. 당연히 한밤중의 로비에서 내게 들킨 것도 계획 밖이었고, 입막음으로 어쩔 수 없이 날 죽인 것도 계획 밖이었어."

탐정을 처리한 뒤에는 어떻게 해야 할지 꽤 고민했겠지.

"하지만 그때 벨보이는 로비에서 그 훈시를 보고, 자기가 이미 실행한 두 개의 살인을 훈시에 맞추는 것을 떠올렸어. 그리고 그것은 동시에 범인의 계획이 나쿠지 하나만이 아니라는 것을 의미해."

다음 살인도 처치를 작정이니까 이렇듯 귀찮은 쪽으로 방향을 튼 것이다.

가령 범인의 목적이 나쿠지 한 명을 죽이는 것이었다면, 목적은 이미 달성했다. 그 경우, 카피캣 살인으로 가장할 필요성도 없다.

"갑자기 예정을 변경했다? 하지만 어떻게 그렇게 확신을 가지고 말씀하실 수 있습니까?"

"봤으니까. 그때 벨보이는 아주 꼼꼼하게 나쿠지의 머리를 카운터 위에 놓았어. 분명 당초의 계획으로는 거기에 머리를 전시할 생각이었겠지. 그래도 다음 날 아침에 발견됐을 때의 효과는 충분했겠지. 그런데 결국 생각을 바꾼 것처럼 머리를 용의 아가리에 억지로 쑤셔 넣었어."

실제로 참 대단한 대응력이다.

"그 정보는 사쿠야 님이 부활할 수 있는 인간이기에 가져올 수 있었던 정보로군요."

그 점에 대해서 리리테아는 납득한 것처럼 끄덕였다.

"그런데 또 하나 마음에 걸리는 점이 있습니다만, 범인은 어떻게 해서 606호실의 밀실에서 탈출한 걸까요? 우타키 씨가 연기를 알아차렸을 때, 문은 잠겨 있었습니다."

"그래, 그 점이라면 간단해."

"간단합니까?"

추리의 주도권을 빼앗겨서 재미가 없는 걸까, 리리테아는 조금 볼을 부풀리면서 못마땅한 얼굴을 했다.

간단하다고 했지만, 나도 그때 그 장소에 있었으면 속았을지도 모른다. 하지만 리리테아에게 간접적으로 이야기를 들었기에 객관적으로 생각할 수 있었다.

"범인은 계속 방에 있었어."

"그런 짓을 하면 바로 들키…… 아, 그렇군요."

리리테아는 반론하려고 했지만, 곧 이해했다.

"분명히 간단한 일이었습니다. 생각이 부족했습니다."

"그래. 우타키가 다급히 문을 열고 안을 확인했을 때, 방 안에는 연기가 가득해서 시야가 아주 나빴어. 범인은 그 연기 너머에 있었어. 뭐, 침대 아래 같은 데 숨어 있었을지도 모르지만."

"게다가 보통 문을 열고 그런 상태를 목격하게 되면, 사람은 방에 들어가기를 주저하죠. 일단 물러나서 사람을 부르려고 할 겁니다."

"실제로 우타키는 그 자리를 떠나서 사람을 부르러 갔어. 그동안 방을 빠져나갔겠지."

"방법은 이해했습니다. 하지만 그 타이밍에 우타키 씨가 지나가지 않았으면 어쩌려는 거였을까요? 연기에 휘말려서 범인 자신이 위험하지 않았겠습니까?"

"아니, 반대야. 애초부터 범인은 그런 밀실을 만들 생각이 없었어. 하지만 자기가 606호실을 떠나기 전에 우타키가 이변을 알아차리는 바람에 오히려 당황하지 않았을까."

"하지만 연기가 복도로 샜다면 우타키 씨가 아니더라도 언제 누가 알아차릴지 모릅니다. 리스크가 크지 않을까요?"

"발견될 리스크가 적은 타이밍을 고른 거야. 떠올려 봐. 호텔에 있는 사람들은 대부분 그때 어디에 있었지?"

"……과연, 토리호 감독님의 비명을 듣고 다들 1층 로비에 모여 계셨습니다."

"그래. 사람들의 이목은 그쪽에 쏠려 있었어. 하지만 우타키만큼은 비가 새지 않는지 점검 중이라서 따로 있었지."

이 사건은 범인에게도 꽤 아슬아슬한 외줄타기가 많이 있다. 그런데도 애드립으로 그걸 해냈다. 참 대단하다. 그만큼 어떻게든 범행을 완수하겠다는 집념 같은 것이 느껴졌다.

"그렇게 예측할 수 없는 사태를 뛰어넘어서 벨보이는 카피캣 살인으로 방향을 틀었어. 훼방꾼인 탐정도 처리했고, 이제부터 슬슬 라스트 스퍼트겠지."

탐욕자는 물의 바닥에.

무뢰배는 범의 발톱에.

적어도 앞으로 두 명이 더 죽는다.

"서둘러야 해. 어어, 그러니까…… 리리테아에게 부탁할 게 있어. 지금 이 자리에서."

"부탁이라니……. 설마, 사쿠야 님."

"음, 그래."

"싫어……. 싫어, 사쿠야."

뒷걸음질 치는 리리테아.

나는 냉동실 바닥에 드러눕고, 용기를 내서 부탁했다.

"내 목을 잘라서 머리를 내 몸과 다시 붙여줘!"

살면서 처음으로 해보는 말이었다.

냉동실에 오래 있었던 탓인지, 리리테아의 입술은 새파랗게 물들어 있었다. 그녀는 그 예쁜 입술을 분한 듯이 깨물면서 나를 노려보았다.

"큭……. 하필이면 리리테아에게 그런 짓을 시키다니!"

"제발 부탁해! 이제 이 몸은 싫어!"

드디어 본심이 나와버렸다.

□

"으음, 역시 내 몸이 최고!"

잘랐다가 바로 붙여서 그런 것일까. 다음 부활은 예상보다도 훨씬 빨랐다.

나는 오랜만의 내 몸을 곱씹듯이 끌어안았다.

"고마워, 리리테⋯⋯아."

고양된 기분으로 돌아봤는데, 리리테아는 눈에 눈물을 글썽이고 있었다!

"우우⋯⋯. 이걸로⋯⋯ 리리테아도 살인자⋯⋯. 탐정을 죽였다는 오명을⋯⋯."

"그, 그건 아니지. 이건 소생 치료잖아? 동의하에서 이루어진 의료 행위잖아?"

"사쿠야의 목을 베는 감촉이⋯⋯ 아직 손에 남아⋯⋯ 훌쩍⋯⋯. 그런 짓⋯⋯ 절대로 하기 싫었는데⋯⋯ 너무해⋯⋯ 싫어!"

두 손으로 얼굴을 가리고 드디어 본격적으로 울기 시작했다.

"우와아아아! 미안! 미안해, 리리테아! 그렇게 무거운 짐이 될 줄은 몰랐어! 미안, 미안해!"

저질렀다!

나는 다급히 달려가서 리리테아의 두 다리가 떠오를 정도로 껴안고 스무 번 넘게 사과했다.

리리테아는 강한 아이다.

실제로 여러 의미로 강하다. 쿨하고, 꼼꼼하고, 빈틈이 없다.

하지만, 아니, 그렇기에 나는 때때로 한 명의 연약한 소녀라는 사실을 잊어버리고, 그만 너무 많은 것을 짊어지게 한다.

"봐, 나는 아무렇지도 않아! 목의 상처도 다 나았어!"

열심히 허풍을 떨어본다. 완전히 아이를 달래는 아버지의 모습이었다.

"리리테아의 나이프 실력이 뛰어난 덕분이야. 생선 포뜨기도 잘하겠네!"

유머를 늘어놓으면 늘어놓을수록 경박해지는 것은 왜일까?

리리테아는 눈물을 닦더니 차가운 얼굴로 고개를 돌렸다.

아아, 이건 좋지 않다.

용서해줄 때는 대개 여기에서 '바보 같은 사람'이라는 말을 들을 수 있지만, 지금은 그게 없다.

이건 나중에 기회를 봐서 성의 있는 사과를 해야겠군.

하지만 그 전에.

나는 내 뺨을 찰싹 두드렸다.

"리리테아, 거듭 부탁해서 미안한데. 쵸우 어르신을 내 방으로 불러다줄 수 있을까? 나는 이런 넝마 차림이니까, 먼저 방에 돌아가서 옷을 좀 갈아입을게."

"……알겠습니다. 하지만 어떤 구실로 부를까요?"

"탐정이 부활했다고 말해줘."

□

　방에 돌아온 뒤 나는 불타버린 옷을 벗어던지고 리리테아가
가져온 트렁크를 열었다.

　"보자, 옷이, 옷이……."

　리모컨으로 방의 TV를 켜고 트렁크를 뒤졌다.

　"이건…… 칫솔인가. 빨강과 파랑이라……. 이쪽은…… 리
리테아가 입을 타이츠인가. 음? 뭐지, 이 상자는……? 인생전
생 게임? 리리테아, 놀 마음으로 가득해서 자기도 이런 걸 챙겨
왔나. 뭐, 됐어. 그보다도 옷이, 옷이……. 응? 이건…… 책?"

　그것은 책이 아니라 리리테아의 일기장이었다. 아, 무진장 읽
어보고 싶다.

　"안 돼! 그것만큼은! 아."

　사념을 뿌리치려고 고개를 내젓다가 일기장이 손에서 미끄러
져 떨어졌다. 그 바람에 바닥 위에 펼쳐져 버렸다.

　○월 X일

　오늘은 사쿠야와 둘이서 외박.

　짐은 엄선해야지. 뭐가 좋을까?

　사쿠야의 옷가지에 사쿠야가 좋아하는 과자──.

　그리고 모처럼이니까 보드게임 같은 거……?

　같이 해주려나. 자연스럽게 말하면 될 거야.

그런데 여기서 고백을———.

사무소의 물난리, 사실은 리리테아가 쥐 퇴치에 열중하다가 천장에 구멍을 낸 탓입니다.

악의는 없었어. 설마 나이프를 던진 게 수도관을 파괴할 줄이야.

미안해, 사쿠야.

"……."

나는 아무 말 없이 일기장을 덮을 수밖에 없었다.

사과하지 마, 리리테아. 아까 울리기도 했으니까, 이걸로 공평하게 비긴 걸로 치자.

"……하나도 공평하지 않나."

간신히 옷가지를 발견하여 입고 단추를 순서대로 꿰었다.

TV에서는 아침 뉴스가 시작되고 있었다.

벌써 그런 시간이다.

일단 폭우 뉴스. 간신히 칸토 지방의 빗발도 잦아들기 시작했다나. 다행이다.

이어서 연예인의 약물 뉴스. 최근 많군.

그리고—— 전 세계에서 연이어 발생한 죄수 탈옥 뉴스.

TV에서는 세계 각국의 견고한 형무소에서 중대한 범죄에 관여한 죄수들이 차례로 탈옥했다고 보도하고 있었다. 그 사실이 관계자들의 SNS를 통해 드러났다는, 무슨 거짓말 같은 뉴스였다.

"조사에 따르면 첫 탈옥은 작년에 일어났으며, 그것이 시발점인 것처럼 오늘까지 여러 죄수가 도망쳤다고 보입니다."

미녀 뉴스 캐스터가 불길한 원고를 읽어나갔다.

"현재 각국의 경찰이 수사를 진행 중이지만, 여전히 족적을 찾지 못하고 있습니다."

방문이 힘차게 열려서 내 의식을 TV에서 떼어냈다.

거기에 유리우가 서 있었다.

"스……스승님……?"

그 뒤에 서 있던 리리테아가 입을 열었다.

"쵸우 님을 부르러 가는 도중에 유리우 님의 방에서 들렀습니다. 이왕이니까 유리우 님에게도 알려드리는 편이 좋을까 싶어서. 괜한 짓이었을까요."

마지막 말을 하면서 리리테아는 다소 차갑게 고개를 돌렸다.

"괜찮아, 리리테아. 고마워."

나는 리리테아의 자상함을 어금니로 곱씹었다.

유리우는 멍한 얼굴로 나를 바라보았지만, 이윽고 상저에서 뒤늦게 피가 배어나오듯이 눈동자에 천천히 눈물을 맺었다.

"정말로…… 살아있어……. 우우…… 스승님……."

그러다가 감정이 터진 것처럼 유리우는 내 품을 향해 뛰어들었다.

"죽은 줄 알았잖아요~! 우와아앙! 날아갔으니까…… 스승님의 머리, 날아갔으니까! 전 이미 틀렸구나 하고……! 어라? 머리 날아갔었죠?"

"아니, 아슬아슬하게 살았어. 정말로 자칫하면 목이 날아갈 느낌으로."

어떻게든 넘기려고 농담을 짜내자, 유리우는 잠시 생각하는 얼굴을 한 뒤에 또다시 울음을 터뜨렸다.

"그 농담…… 진짜 스승님이야!"

"……걱정 끼쳐서 미안."

"진짜 그랬어요……. 나쿠지 씨가 그렇게 되고…… 그리고 스승님까지 죽으면 전…… 눈앞이 깜깜해져서……! 우우…… 웃기지 마! 사과해! 으아아아앙!"

사람은 패닉에 빠지면, 평소에는 절대로 안 쓸 것 같은 말도 튀어나오는 모양이다.

하지만 어쩔 수 없다. 유리우는 자기 담당 매니저를 잃었다. 배우와 매니저가 어떤 관계성인지는 모르지만, 생판 남이 죽는 것과는 경우가 다르겠지. 솔직히 말해서 나쿠지에게는 개인적으로 별로 좋은 인상이 없었지만, 그렇다고 해도 죽어도 된다는 소리는 아니다.

가슴을 얻어맞는 아픔을 곱씹으면서 활짝 열린 문 쪽을 보니, 거기에는 한발 늦게 도착한 듯한 쵸우 노인과 우타키가 있었다.

"기가 막히는군……. 너, 진짜로 살아있었나."

당연하지만, 두 사람 다 유령이라도 본 듯한 얼굴이었다.

간신히 진정이 된 유리우를 침대에 앉히고 나는 우타키에게 다가갔다.

"우타키, 따라왔구나."

"쵸우 님의 방에 계셨습니다. 사정을 이야기했더니, 꼭 오시겠다고……."

"그렇군. 우타키, 보는 바와 같아. 믿기지 않을지도 모르지만, 나는 이렇게 살아있어. 아마 나를 발견했을 때 리리테아가 크게 놀라서 과장스럽게 전한 거겠지."

"삿쿤, 진짜?"

"진짜야. 만져서 확인해 볼래?"

우타키는 중학생답지 않게 조숙한 성격으로, 항상 연상인 나를 놀리고 든다. 이번 일도 이것저것 귀찮게 추궁당하며 좀비다, 시체가 움직인다, 하고 놀림당할 줄 알았는데──.

"다행이다……. 무사해서, 정말로, 다행이야……."

뜻밖에도 평범한 반응이 돌아왔다. 그뿐만 아니라 눈에 눈물을 글썽이고, 다정한 미소까지 짓고 있었다.

"난…… 죽은 줄로만 알고……."

그러다가 내 허리에 팔을 두르고 꼭 끌어안았다.

"펴, 평범하게 걱정해 주는구나."

너무 뜻밖. 군소리가 끊이지 않던 애가.

하지만 본인은 내가 왜 그리 놀라는지 전혀 모르는 눈치로 코를 훌쩍였다.

"아니……. 당연히 걱정하지. 왜?"

모르는 점이 또 애 같아서 멋지다.

아니, 애초에 애가 맞나.

"아무것도 아니야. 그래. 지인이 죽었다는 소리를 들으면 보통은 그렇지."

"……지인이 아니라 친구인데."

"……그렇군. 미안해."

우타키의 소박한 의문에 나는 내 오차를 인식했다. 아무래도 나도 모르는 사이에 죽는 것에 익숙해지기 시작한 모양이다.

무섭지만, 아프지만, 그래도 죽는 것은 그리 소란 떨 일도 아니다. 그런 식으로 생각하기 시작한 모양이다.

하지만 생각해 보면 사정을 모르는, 남겨진 자들에게 인간의 죽음이란 큰일이다. 평생 갈 상처가 될 수도 있다. 예상치 못한 죽음을 목격하면 누구든 마음이 흐트러진다. 평소처럼 있을 수 없어진다. 나도 과거에는 그랬다.

"우타키, 고마워. 안아 줘도 될까?"

"삿쿤이라면 괜찮아. 한 번에 천 엔이야. 전자머니 결제도 가능해."

"하다못해 포인트 사용을……."

"안 돼."

그렇게 말하며 웃는 그녀는 아주 사랑스럽다.

"네가 어떻게 그렇게 무사히 서 있는 건지 나로서는 상상도 안 가네만, 살아있다면 그런 거겠지. 현실을 받아들이도록 하지."

재회 모습을 본체만체하며 쵸우 노인은 방 의자에 앉았다.

"과거에 이 동네의 불한당들도 죽었다는 소문이 돌다가도 나중에 훌쩍 돌아온 녀석이 몇 명 있었고."

대단한 도량이다. 연륜 만만세.

"그래서? 되살아나자마자 탐정이 나한테 무슨 일이지?"

"예. 여쭙고 싶은 게 있어서."

"호오. 나는 분명히 제일 첫마디로 '범인은 너다.' 라고 할 줄 알았는데."

"설마요. 저는 그저 이 호텔에서 20년 전에 일어난 일가 살해 사건에 대해 여쭙고 싶을 뿐입니다."

내 입에서 나온 심상찮은 말에 유리우도 우타키도 당혹한 표정을 지었다. 쵸우 노인은 날카로운 눈빛을 더욱 날카롭게 하여 나를 노려보았다.

"……누구에게 들었지?"

"어쩌다 보니 귀에 들어왔습니다. 일가가 참혹하게 살해당했다. 그 당시 쵸우 어르신도 현장에 계셨죠? 오늘 밤처럼."

"……그랬지."

쵸우 노인은 과거의 일을 떠올리듯이 허공을 올려다보았다.

"하지만 그게 이번 사건과 무슨 관계가 있단 말인가?"

"그때의 범인…… 혹시 이렇게 불리지 않았습니까? 개머리 벨보이……라고."

올려다보던 그의 시선이 흔들렸다.

"왜 그렇게 생각하지?"

"어제 로비에서 당신은 그 이름을 아시는 기색이었기에 혹시나 싶어서요."

"……흥. 이런 상황 속에서 괜히 잡아떼다가 의심을 사는 것도 싫으니까 이야기하겠네만. 기분 좋은 이야기도 아니야."

"감사합니다."

"그건 딱 지금처럼 비가 쏟아지는 밤이었지. 모두가 밖에 나가지도 못해서 발이 묶여 있었다. 그리고 여기서 장기 체류하던 가족 네 명이 차례로 살해당했지."

"넷이나……."

무심코 그렇게 중얼거린 것은 유리우였다.

"그들은 어떤 사람들이었습니까? 이런 말도 그렇지만, 이 호텔에 오랫동안 일가가 계속 머물다니."

"보통 일가는 아니야. 쫓기고 있었지. 멀쩡하지 않은 조직 놈들에게."

"당시 이 근방에서 활개를 쳤다는 조직입니까?"

"그런 모양이야. 아버지가 무슨 큰 실수를 했든가 배신을 했든가 해서."

"……어떻게 죽었습니까?"

그런 질문을 다 하나? 라는 표정이 돌아왔다.

"우타키가 따르는 걸 보고 신용은 하지만, 너도 제법 못된 인간이로군. 흥, 비참했지. 남편, 아내, 장남장녀. 죄다 온몸을 난도질당해서……. 그건 정말이지……."

"날카로운 이빨을 가진 짐승에게 잡아먹힌 듯한 모습……입니까?"

"……음, 그래. 바로 그래. 실제로 첫 피해자인 장남이 시체로 발견됐을 때는 아직 어린 차남이 이렇게 소리쳤을 정도야. '무서운 개가 형을 잡아먹었다.'라고. 처음에는 나도 귀를 의심했지만…… 아무래도 잠깐 범인을 목격했던 모양이야…….”

“봤던 겁니까?”

“본 거야. 그 녀석은…… 머리가 개였다.”

무시무시한 것을 말했다는 듯이, 쵸우 노인은 고개를 돌렸다.

“뭐야…… 완전히 요괴잖아.”

우타키의 감상도 지당하다.

“아니, 그 머리는 진짜가 아니었어. 실제로는 어딘가에서 조달해온 늑대 마스크를 써서 자기 맨얼굴을 숨겼던 거지. 애초에 그건 경찰에 연행될 때 알았지만.”

“아, 확실히 붙잡혔군요.”

20년 전 사건 이야기인데도 유리우가 안도한 표정을 지었다.

“그래. 당시에 어느 탐정이 사건에 개입해서 말이지. 통쾌하게 해결했지.”

어느 탐정……. 아니, 설마.

“결국 네 명이 희생되고 막내만 기적적으로 살아남았지.”

“그렇습니까. 그런데 그 범인은 역시 조직의 하수인이었던 건가요?”

“아니, 그게 아니었네. 조직과는 무관한, 평범한…… 남자였지. 하지만 한 명 죽일 때마다 뭔가에 씌어서 어느새 이상해진 걸지도 몰라. 동기도 없는, 단순한 살인마였지.”

왜 그 일가여야만 했을까, 그것은 지금 이 자리에서 생각할 일이 아니다. 그저 그랬다는 소리일 뿐이다.

“범인이 그 뒤로 어떻게 됐는지는 몰라. 사형됐는지, 지금도 복역 중인지. 떠올리고 싶지도 않았으니까 관련 보도를 찾아볼 생각도 하지 않았네. 하지만 이 동네에서는 사건 뒤에도 한동안 그 범인 이야기가 많았어. 그래서 어느 틈에 리틀 쿠롱의 인간은 남몰래 녀석을 이렇게 부르게 되었지. 개머리 벨보이라고."

한달음에 그렇게 말한 뒤 쵸우 노인은 크게 한숨을 쉬었다. 무거운 짐을 내려놓은 사람처럼.

"그로부터 20년……. 이제는 그 이름을 듣는 일이 없을 줄 알았는데."

"어제 촬영 준비 중에 갑자기 그 이름이 들려와서 당신은 자못 놀라셨겠죠."

토리호에게 온, 개머리 벨보이가 보낸 협박장.

"그래. 당시를 아는 이 동네 사람들에게 개머리 벨보이는 입에 담기도 꺼려지는 이름이야. 바깥 사람에게 함부로 말하지도 않아. 그런데……."

이 동네 인간들만 말하는 은밀한 속칭, 『개머리 벨보이』. 그것을 써서 누군가가 토리호 감독에게 협박장을 보냈다. 그것은 즉 과거에 이 동네에 살았던 누군가가 범인일 가능성이 크다는 것을 뜻한다.

"스승님, 그 말은 이번 범인이…… 20년 전의 범인을 모방했다는 소린가요?"

"유리우의 말이 맞아. 모방범이야."

창밖을 보니, 동쪽 하늘이 부옇게 밝아오기 시작했다.

반대로 서쪽의 조금 떨어진 장소에서는 관람차의 실루엣이 떠올라 있었다. 미즈시마엔이라는 이름의 오래된 유원지에 있는 것이다. 미즈시마엔에는 어렸을 적에 딱 한 번 가서 관람차를 탔던 기억도 있다. 일류 관람차라고도 불리며, 오랫동안 이 동네 경관의 일부였다.

하지만 미즈시마엔은 작년에 이미 문을 닫았고, 관람차를 포함하여 연내에 철거될 예정이라고 들었다.

시간은 허무하고 확실하게 흘러간다. 누구에게나 평등하게.

그 흐름에서는 개머리 벨보이도 벗어날 수 없다.

비는 이미 다 그쳤다.

이제 곧 경찰이 여기에 들이닥친다.

녀석에게도 시간은 없다.

그때 복도 쪽이 다소 소란스러워졌다.

우리는 서로 시선을 교환한 뒤에 방을 나갔다. 복도에서 촬영팀 몇 명이 난처하다는 얼굴로 이야기를 나누고 있었다.

"무슨 일 있습니까?"

말을 걸자 스태프 중 여자가 "감독님이 안 계셔."라고 말했다.

"밤중에 나쿠지 매니저한테 그런 일이 생겼잖아? 그래서 예정되었던 나머지 촬영을 어떻게 할지 확인하려고 감독님 방을 가 봤는데……."

"감독님이 없다? 산책이라도 나갔나?"

"그게 다가 아니야. 아까 보니까 옆방 마루코시 씨도 없었어. 그러니까 지금부터 순서대로 스태프를 깨워서 찾으려고……."

"마루코시 씨도? 둘이서 어디에……?"

내가 생각하고 있을 때, 유리우가 "저기." 라며 조심스럽게 손을 들었다.

"어쩌면…… 둘이서 촬영지를 살펴보러 간 걸지도요. 그게, 저기…… 제가 들었거든요. 어젯밤에 살인 사건이 일어나서 소동이 났을 때…… 감독님이 중얼거리는 걸."

"뭐라고?"

"이런 방해에 굴할 순 없어. 필름은 절대로 안 멈춰……라고."

"그 사람…… 역시 영화를 끝까지 찍을 생각이군. 살인 사건이 나는 와중에도."

"감독님은 정말로 이번 영화에 인생을 건 모양이라서…… 앞뒤 안 가리게 됐을지도 몰라요. 호텔에서의 촬영 예정 장면은 이제 한 장면뿐이니까, 어떻게든 찍자는 거 아닐까요?"

"이 상황에서 촬영이라니…… 완전히 영화광이잖아."

뒤에서 우타키가 한심하듯이 말했다.

그게 맞는 말인지 아닌지는 모르겠지만, 대단한 집념이란 것은 알겠다.

"그 나머지 장면의 촬영 장소는?"

"그게…… 호텔 최상층일 거예요. 그러니까 감독님은 마루코시 씨랑 회의라도 하러 간 거 아닐까 싶어서. 아침부터 갑자기 날씨도 좋아졌고, 찍을 거면 경찰이 오기 전이라고 생각……했을지도."

그 예상은 의외로 날카로울지도 모른다.

"참고로 묻겠는데, 마지막으로 찍는 건 어떤 장면?"

"마루코시 씨가 연기하는 캐릭터가 최상층 창문에서 뛰어내리는 액션 신이에요. 저를 감싸느라, 창문을 깨뜨리고 범인과 함께 몸을 날려서."

그렇게 말하며 그녀는 두 손을 얼굴 앞에서 펼쳤다.

"그리고 아래에 있는 연못에 떨어져서 살아남는 시나리오로…… 아, 물론 액션 자체는 스턴트맨이 해주시지만요. 그것도 실제로 떨어지는 게 아니라 와이어 액션으로."

"……연못? 그런 게 있습니까?"

무심코 유리우를 본 뒤에 나는 쵸우 노인에게 시선을 돌렸다.

"음, 뒤뜰에 내 아버지가 만드신 오랜 연못이 있네."

"커다란 거북이가 살고 있어."라고 우타키가 덧붙였다.

"그러고 보면 촬영에 쓰게 해달라고도 했군."

연못── 물…….

"그 연못이란 설마…… 북쪽에 있어?"

"용케 알았네. 삿쿤, 탐정다워."

"안 돼!"

카피캣의 조건이 충족됐다.

나는 반사적으로 계단을 향해 달려갔다.

"아! 스승님 어디 가세요! 저, 저도……!"

"유리우는 여기서 기다려! 리리테아! 어서 가자!"

무모하게도 따라오려는 제자에게 단단히 당부한 뒤, 계단을 뛰어올랐다.

아아, 역시 내 몸은 움직이기 편해.

4장 크랭크업, 이란 것입니다

최상층에 도달했을 때, 현장은 이미 준비되어 있었다.

촬영을 위한 것이 아니다. 살인을 위한———.

북쪽으로 뻗은 복도의 입구에 섰다.

곰, 사슴, 여우, 물소———.

양옆의 벽에는 수많은 동물의 머리가 진열되어 있었다.

그 제일 안쪽에 토리호 감독과 마루코시가 있었다. 두 사람은 창가에 서서 밖을 바라보며 뭔가 이야기를 나누고 있었다.

창문은 열려 있고, 습기 찬 바람이 복도에 밀려들어왔다.

그들은 아직 우리의 존재를 알아차리지 못한 모양이었다.

"헤엑…… 헤엑……. 스, 스승님…… 기, 기다려요! 저도…… 제자로서…… 히이!"

한 발 늦게 유리우가 계단에서 얼굴을 내밀었다. 헉헉대면서 결국은 따라왔다. 오지 말라고 했는데, 정말로 개……가 아니라 강아지 같은 애다.

"와버렸으면 어쩔 수 없지. 하지만 유리우는 거기 있어."

"하지만……."

"스승의 명령이야."

"머……멍!"

애는 기어코 멍멍 소리까지 내는구나.

"지, 지금 건 그런 게 아니에요! 알겠습니다, 라는 말과 싫어요, 라는 말을 동시에 하려다가!"

"어떻게 하면 상반된 그 두 말이 동시에 나오는데?"

"그건 복잡한 소녀심으로……. 우우……. 얌전히 여기서 기다리겠습니다……."

풀 죽은 유리우의 대답을 기다리지 않고, 나는 이미 앞에 있는 사람들에게 가기 시작했다. 리리테아도 살짝 뒤처진 옆에서 따라왔다.

그 순간, 그중 한 명이 어떤 행동에 들어가려는 게 보여서, 나는 재빨리 그 자리에서 소리를 쳤다.

"탐욕자는 물의 바닥에……였던가?"

내 목소리는 복도에 울려 퍼졌다.

창가의 감독과 배우──그 두 명의 뒤에서 태연한 얼굴로 서 있던 스턴트맨 시라사기 쇼까지 동시에 이쪽을 돌아보았나.

그들은 살아서 움직이는 나를 보자마자 일제히 소리를 지르며 놀랐다. 귀신이라도 본 것 같은 얼굴이다.

"너한테 하는 말이야."

나는 그를 똑바로 가리켰다.

"시라사기 쇼 씨. 아니, 개머리 벨보이."

그중에서도 쇼의 얼굴은 크게 경악한 빛으로 물들어 있었다.

마음은 안다. 이렇게 말하고 싶겠지.

왜 네가 살아있지? 분명히 죽였는데.

그러니까 나는 이렇게 말해주지.

"슬슬 크랭크업 시간이야."

"사쿠야 님, 이번 마무리 대사도 많이 유치합니다."

역시나 마음에 안 드는 모양이다.

리리테아를 만족시키는 건 어렵군. 그렇게 생각하면서 복도를 성큼성큼 걸어갔다.

"쇼, 지금 거기서 뭘 하려고 했지? 나한테는 마루코시 씨를 창밖으로 밀어 떨어뜨리려는 걸로 보였는데?"

추궁하는 나에게 감독과 마루코시가 말을 걸어왔다.

"사, 사쿠야 군······? 너 사쿠야 군이지?! 이건 대체······."

"분명히······ 죽었다고 들었는데······ 어······?"

"죄송합니다, 감독님, 그리고 마루코시 씨. 걱정 끼친 모양입니다만, 보다시피 나는 쌩쌩합니다. 지옥을 좀 보고 왔지만, 대신 사건의 진실도 보고 왔습니다."

"어······? 무슨 소릴······."

"그러니까 지금은 잠깐만 지켜봐 주세요. 나는 거기 스턴트맨에게 할 말이 있으니까."

나와 쇼의 거리는 3미터가 안 됐다. 그래도 나는 아직 발을 멈추지 않았다.

"어이, 쇼. 그 창 아래에 연못이 있겠지? 훈시를 따르기에 딱좋아."

"하하하, 사쿠야. 무슨 소림까······?"

"그러니까 벨보이 일 말이야."

"그보다 너…… 죽은 거 아니었어?"

그의 얼굴에서 미소가 사라졌다.

"죽였다, 라고 말해야 하지 않아?"

뭐, 죽은 건 틀림없다.

"죽였다니…… 사쿠야, 설마 내가 그 개머리 벨보이라고 말하는 겁까?"

"그래. 토리호 감독님에게 협박장을 보내고, 나쿠지 씨를 살해하고, 나를 공격한 건 너야."

"아니……. 아니, 아니, 무슨 소리를……."

"나쿠지 씨의 방에서 불이 났을 때, 너는 어디에 있었지?"

"예? 그야 그때는…… 로비에서 소동이 났으니까, 모두와 함께 나도 거기에……."

"정말이야? 시체가 발견되어 소동이 일어난 그 자리에 누가 있고 누가 없었는지 정확히 기억하는 사람이 있을까? 연기에 섞여서 606호실을 빠져나온 뒤에, 자기 방에 숨은 거 아니야? 그러다가 적당한 때를 엿봐서 유리우를 따라서 태연한 얼굴로 606호실에 돌아왔지."

"그런 건…… 죄다 그냥 상상 아닙까."

뭐, 처음부터 순순히 인정할 거라고는 생각 안 했다.

"나는 지금 쇼가 마루코시 씨를 뒤에서 밀쳐 떨어뜨리려는 순간을 보고, 그것만으로도 확신을 품었는데 말이야. 그렇다면 일단 확인을 해보도록 할까."

"확인이라니 무슨······."

"쇼, 그 겉옷을 벗고 등을 보여주겠어?"

"예······?"

"단언하는데, 네 상반신에 특별한 관심이 있는 건 아니야."

"벗으라니······. 대체 무슨 소림까. 영문을 모르겠네요. ······
하지만 반대로 말하자면 그걸로 내 결백이 증명된다는 거죠?
그렇다면 바로 하죠!"

그렇게 말하며 쇼는 입고 있던 T셔츠를 호쾌하게 벗고 이쪽에
등을 보였다. 스턴트맨답게 단련된 등짝이 드러났다.

"그래서 이게 어쨌단 말임까?"

내가 노리던 것이 거기에 있었다.

"사쿠야도 참······."

그것을 보고 리리테아가 한숨을 쉬었다.

"쇼, 역시 틀림없이 네가 범인이야."

"그러니까 왜 그렇게 되는 검까! 등에 내가 범인이라고 적혀
있기라도 함까?"

"응. 적혀 있어."

"엥······?"

궁금해졌는지, 상황을 지켜보던 토리호와 마루코시도 슬쩍
쇼의 등을 들여다보았다.

"이, 이건······?"

그의 등에 있던 것은 긁힌 상처다. 무슨 무늬 같은 모습으로 확
실히 남아 있었다.

"오우츠키 사쿠야 오리지널 사인입니다."

언뜻 봐선 그냥 긁혀서 부은 자리. 지렁이가 기어간 것처럼 기묘한 모습으로밖에 보이지 않겠지만, 그것은 내가 이 손으로, 이 손톱으로 할퀴어서 거기에 남긴 것이다.

"내 등에? 아니! 언제?!"

"잊어버렸어? 어젯밤에 쇼가 나에게 못된 짓을 할 때지."

"그때……! 아!"

그의 반응은 그것만으로도 자백이나 마찬가지였다.

유엽도에 배를 찔리고 서로가 밀착한 그 순간, 나는 두 팔로 상대를 부둥켜안고 발버둥 쳤다.

"마지막 힘을 쥐어짜 죽기 살기로 썼지. 아, 연습하길 잘했어."

오리지널 사인. 초등학생 때부터 연습한 것으로, 눈 감고도 쓸 수 있다.

그것은 죽는 순간에 내가 장래의 내게 남기는 다잉 메시지.

범인을 식별하기 위한 표식이다.

"다시금 말하지. 쇼, 네가 범인이야."

그렇게 말한 직후 또 바람이 불어와서 그의 손에서 티셔츠가 흘러내렸다.

"비가 멎어서 여기에는 곧 경찰이 들이닥쳐. 그전에 마무리하고 싶었겠지만, 그럴 순 없지. 내가 그렇게 놔두지 않아."

토리호 감독은 복도 구석에서 벽을 등지고, 쇼에게서 최대한 거리를 두고 있었다. 마루코시는 감독을 방패로 삼듯이 뒤에 숨어 있었다.

"시, 시라사기…… 너였나……? 협박장도, 살인도? 왜?!"

"하아."

현실감이 없는 것처럼 허탈한 한숨 소리. 그것이 쇼의 입에서 나온 것이었다.

"그러고 보니 어쩐지 등이 따끔거린다 했어……. 이런 표식을 남겼다니……. 모처럼 몰래 멋지게 연출했는데……. 사쿠야, 뒤에서 일하는 사람을 괜히 무대 앞으로 끌어내지 마시죠."

이걸 보면 내가 세운 추리는 멋지게 적중한 모양이다. 하지만 아직도 모르는 게 있다. 동기다.

"너는 무슨 목적으로 이런 짓을 했지?"

금전 문제일까? 치정 문제일까? 직장 내 괴롭힘에 대한 복수일까──.

하지만 어느 것이고 연속해서 영화 관계자를 죽일 정도의 이유는 될 것 같지 않다.

"더럽다고요."

"뭐?"

"나쿠지도 마루코시도 감독도…… 더럽다고요. 상품이 아니라고요. 장기말이 아니라고요. 그런데 다들 자기, 자기! 나, 나! 자기만족, 자기가 칭찬받는 것밖에 머리에 없지. 덤으로 더러운 속내를 드러내고, 침을 질질 흘리며 더러운 눈으로 쳐다보고……. 이런 녀석들에게 맡길 수 있겠냐고. 같은 공기를 마시고 싶지도 않아. 나야. 나…… 나, 나! 나만이 진짜 아름다움을, 존귀함을, 아련함을, 진짜 영혼의 색채란 것을 찍을 수 있어!"

"…………쇼?"

대체 무슨 소리를 하는 건지 전혀 모르겠다. 그렇다. 목적어가 빠진 말이다.

"나밖에 없다고오오오오!"

소리치면서 그는 갑자기 근처 벽에 장식되어 있던 여우 머리 박제를 움켜쥐더니 그걸 거칠게 머리에 뒤집어썼다.

그렇게 시라사기 쇼는 인간이 아니라 인간을 속이는 여우가 됐다.

개머리 벨보이가 됐다.

그래. 여우도 개과다.

"그 분장이 네 나름대로의 스위치인가? 2대 개머리 벨보이가 되기 위한 스위치?"

내 말에 개머리 벨보이는 움직임을 멈췄다. 그것이 가짜가 아니었다면 두 귀가 이쪽을 향해 움직였겠지.

"시라사기 쇼. 너는 20년 전에 이 호텔에서 일어난 일가 살해 사건을 알고 있었지? 그것만 아니라 그때 범인이 개머리 벨보이라고 불렸던 것도, 어떤 무시무시한 모습으로 범행을 저질렀는지도 알고 있었어. 알고 있으면서 그걸 모방했어. 혹시나 너는……."

나머지 말을 입 밖에 내기 전에 한 차례 숨을 골랐다.

"20년 전 참극이 일어난 밤, 이 호텔에 있었던 것 아니야?"

그의 나이는 대략 20대 후반. 사건 당시에는 대여섯 살이다.

"그 사건에서는 제일 어렸던 아이가 혼자 살아남아……."

철컥──.

내 목소리를 가로막듯이 차가운 소리가 울렸다.

어디에 숨겼을까, 벨보이가 뭔가를 오른팔에 장착했다.

그것은 갈고리 발톱(클로)으로 불리는 암기의 일종이었다. 날카로운 금속 발톱이 네 갈래로 뻗어서 둔하게 빛났다.

그것도 이 호텔에서 조달한 걸까.

나를 죽인 흉기인 유엽도를 어디에 숨겼는지는 모르지만, 다음은 금속 발톱인가. 정말로 이 남자는 온갖 것을 잘도 이용한다. 서바이벌 재능도 있을 것 같다.

"과연. 무뢰배는 범의 발톱에……. 다소 조잡하지만, 그것이 네 번째의…… 마지막 카피캣 살인의 도구가 되는 건가."

나머지 두 개의 살인을 이 자리에서 동시에 저지르기로 했단 소리다.

"하지만 진상이 폭로된 지금은 이미 폭력에 호소해도 어떻게 안 될 테고, 여기선 포기……. 우왓!"

아직 말하는 도중인데 갑자기 갈퀴가 날아와서 나는 재빨리 몸을 젖혔다. 아슬아슬했다.

"위, 위험…… 끄윽?!"

연이어서 벨보이의 돌려차기가 내 옆구리에 꽂혔다.

뚝, 하고 굵은 뼈가 부러지는 소리가 났다. 날아가서 벽에 부딪혔다가 바닥을 굴렀다.

제길! 아파, 아파, 아프다고! 웃기지 마. 사람이 없었으면 비명을 지르며 엉엉 울었을 거야.

왠지 모르게 그럴 것 같긴 했지만, 역시 내 설득을 들을 생각은 털끝만치도 없는 모양이다.

이미 그에게는 뒤가 없다. 배수의 진으로 눈앞의 탐정을 다시금 죽이고, 마루코시와 토리호의 살인을 강행할 생각이다. 그건 될 대로 되라는 마음에서 나온 행동일까, 신념에 따른 행동일까──.

짐승의 얼굴을 한 쇼에게서는 이미 아무것도 읽히지 않았다.

"스승님!"

"유리우……. 오지 마! 떨어져……."

창백해진 유리우를 손으로 제지했다. 그 직후에 나는 입에서 대량의 피를 토했다. 부러진 늑골이 폐에 꽂혔겠지.

생각해 보면 저 경이적인 신체 능력, 전투 능력도 스턴트맨이라면 이해할 수 있다.

벨보이는 쓰러진 나를 마무리하고자 몸을 회전시키며 높이 도약하고, 머리 위에서 내 목을 향해 발톱을 찌르고 들었다.

"윽……!"

이렇게 되면 추리고 통찰력이고 트릭이고 알리바이고 다 상관없다.

그저 죽지 않도록 최대한 애쓸 뿐이다.

그것뿐, 이지만──영 점 몇 초면 흉기가 나를 덮치는 지금에 와선 애쓰고 자시고 할 것도 없다.

"그렇다면!"

그러니까 애쓰는 건 그만두고, 여기선 어젯밤처럼 내 몸을 미끼로 쓰기로 했다. 일부러 발톱을 몸으로 받아내어 상대의 움직임을 막는다. 그것밖에 없다.

"그렇게는 안 됩니다."

하지만 중간에 끼어든 인물에 의해, 내 운명은 영점 몇 초 만에 뒤집혔다.

이미 리리테아가 뛰고 있었다. 벨보이와 같은 높이까지 도약하고, 상대가 한 짓을 그대로 갚아주듯이 그 옆구리에 날카로운 발차기를 날렸다.

충분히 체중이 실린 발차기에 벨보이의 몸은 옆으로 날아가서 923호실의 문을 부쉈다.

먼지가 날리는 가운데 착지하는 리리테아. 한발 늦게 치맛자락이 펄럭이며 내려왔다. 아침 해가 그 모습을 아름답게 비추었다.

"방심하셨습니다. 사쿠야 님."

"액션은 내 장기가 아니야. 아무튼…… 고마워, 리리테아."

괜찮은 척 버텼지만, 괴로운 기침이 흘러나왔다.

"아뇨. 이제부터가 진짜입니다. 교육이 안 된 강아지에게 본때를 보여줘야죠."

리리테아는 간신히 일어선 내 앞에 서서, 평소보다 낮은 목소리로 그렇게 말했다.

"리, 리리테아……. 화났어?"

"화나지 않았습니다만, 사쿠야 님을 살해하고 시신을 카피캣 살인의 도구로 이용했을 뿐만 아니라 제 눈앞에서 다시금 죽이려 했기에 다소 짜증이 났습니다."

사람은 그걸 보고 화났다고 하는데.

참고로 '나한테 화난 거야?'라고 말하려다가 그만두었다.

개머리 벨보이는 강하겠지. 아니, 실제로 강하다. 무슨 격투술에 능한 모양이란 것은 나 자신도 내 몸으로 체험했다.

하지만 그렇다면 리리테아는 지지 않으리라. 동일한 조건에서 싸운다면.

나는 눈을 한 차례 깜빡였다. 그 틈새를 누비듯 먼지를 가르며 발톱이 리리테아를 덮쳤다.

하지만 무자비하고 날카로운 발톱 끄트머리는 허공을 갈랐을 뿐이었다.

리리테아는 이미 없다.

벨보이의 몸이 흔들리고 신음이 터져 나온다.

리리테아는 자세를 낮추고 몸을 반회전하는 기세로 오른쪽 다리를 뻗었고, 그것은 이미 상대의 머리에 멋지게 명중했다.

감탄이 절로 나올 돌려차기였다.

"메이아 루아 지 꽁빠쑤입니다."

"메이…… 그런가! 멋있어, 리리테아!"

친절하게 기술 이름을 가르쳐 주는 모양인데, 이번 생에서는 외울 수 없을 것 같다.

승부가 났다고 생각되었지만, 벨보이는 괴물급으로 터프했다. 다소 비틀거리면서도 발톱을 좌우로 휘두르며 리리테아를 덮쳤다.

리리테아는 가볍게 발을 놀려 그걸 피했다.

나비처럼 마이웨이, 벌처럼 쏘다닌다. 이건 아버지가 한 말인 데——. 리리테아는 정말로 그래서, 간단히 잡힐 것 같지 않다.

하지만 그때 벨보이의 목표는 이미 다른 것으로 넘어간 상태 였다. 거리를 벌린 리리테아를 무시하고, 맹렬하게 계단으로 달려갔다.

"도망칠 셈인가……?! 아니, 그쪽은 안 돼!"

복도는 외길. 그 끝에는—— 유리우가 있었다.

궁지에 몰려 분노한 벨보이가 무슨 짓을 할지 모른다. 예상대 로 그는 유리우의 모습을 보자, 눈에 띄게 반응했다.

나는 다급히 달려갔다.

"아……!"

유리우는 겁먹어서 소리도 못 내는 기색으로 뒷걸음질 쳤다. 벨보이의 손이 접근한다.

이러다간 늦겠어!

"어라? 삿쿤이잖아. 이거 무슨 일? 무슨 이야기?"

유리우까지 앞으로 1센티미터일 때 벨보이의 손이 멎었다.

갑자기 유리우의 뒤에서 불쑥 나타난 남자의 손이 벨보이의 위험한 팔을 덥썩 붙잡은 것이다.

"어젯밤에 찾던 늑대가 이 사람이야? 늑대보다는 여우로 보 이는데."

그 남자, 만화가 카나시노 큐는 등을 구부린 채로 털털하게 말 했다.

"카, 카나시노 씨?! 왜 여기에……."

"어? 시끄럽길래 무슨 일인가 하고. 내 방이 바로 저기니까."

여기는 최상층. 그러고 보면 그가 묵는 층이다.

"카나시노 씨, 그 녀석은 위험해! 떨어져!"

이번에는 무관한 카나시노가 위험하다. 분노한 벨보이에게는 방해되는 자를 무차별 공격하는 야성이 있다.

만화가의 비실비실한 팔 따윈 순식간에 물어뜯고 도망치려 하겠지.

"……큭?!"

그렇게 생각했지만, 대체 어찌 된 영문인지 벨보이는 눈에 띄게 몸에 힘을 주고 한 차례 신음한 뒤에, 카나시노의 손을 뿌리치고 거리를 벌렸다.

뭐가 어떻게 된 건지 나로서는 모르겠다. 하지만 생각할 틈 따윈 없었다.

벨보이가 굳은 틈을 찔러서 나는 상대의 몸에 태클을 먹였다.

잡았다. 이렇게 되면 이젠 놓치지 않는다. 아무리 발톱으로 할퀴더라도 놓치지 않는다.

"리리!"

정신없이 외쳤다.

"리리테아는 여기에 있습니다."

고개를 들자, 이미 벨보이의 어깨 위에 올라가 있었다.

두 무릎 사이에 벨보이의 동물 머리를 끼우고 있었다.

"이것으로 크랭크업, 이란 것입니다."

그 눈부신 허벅지가 약동했다.

리리테아는 자기 몸을 비틀어서 상대의 머리를 바닥에 냅다 꽂았다.

요란스러운 소리. 호텔 전체가 흔들리는 것 같았다.

개머리 벨보이는 그 자리에 대자로 뻗고 움직임을 멈췄다.

승부가 났다.

"나이스, 리리테아. 그런데 내 마무리 대사, 유치하다고 하지 않았어?"

"······실수했어."

"그래, 그래."

웃음을 머금으며 돌아보자, 유리우와 눈이 마주쳤다. 다친 데는 없는 모양이다.

"스승님~!"

뛰어드는 유리우의 몸을 받아주면서 계단을 보자, 촬영팀들과 함께 간신히 소조로기가 달려오는 게 보였다.

"체포! 범인을 체포해라!"

□

2대째 개머리 벨보이인 시라사기 쇼는 달려온 경찰에게 체포, 연행됐다.

"어째서야! 네가! 네가 나한테만 메시지를 보내줬잖아! 네가 내 선녀였어! 그러니까 너를 위해서 나는! 이해해 줘! 여기 와서 나를 안아줘!"

그는 호텔에서 끌려 나가는 순간까지 그렇게 소리쳤다. 그가 말하는 '너'의 정체는 나중에 판명됐다.

시라사기 쇼의 소지품 중에서 소형 핸디캠이 발견됐다. 거기에는 수많은 영상이 남아 있었다.

그것은 영화 촬영 풍경의 기록인 듯했다.

왜 애매모호하게 말하냐면, 실제로 카메라에 담긴 것은 항상 한 인물이었기 때문이다.

하이가미네 유리우.

화면 중앙에는 항상 유리우가 있었다. 카메라는 그녀만을 쫓고 있었다. 다른 것은 모두 가치가 없다. 이 세상에 있는 것은 카메라를 통한 자신의 시선과 유리우밖에 없다――고 말하듯이.

그리고 그 영상을 찍은 카메라는 나쿠지의 시체가 발견됐을 때도, 606호실에서 내 시체가 발견됐을 때도 계속 작동하고 있었다.

나쿠지의 잘린 머리를 보고 공포에 일그러지는 얼굴――.

오우츠키 사쿠야가 죽은 걸 알고 넋을 놓았다가 울음을 터뜨릴 때까지의 표정――.

시라사기 쇼는 누구에게도 들키지 않도록, 조용히, 몰래, 극명하게, 하이가미네 유리우를 계속 찍고 있었다.

그는 자신의 일그러진 작품의 주연으로 하이가미네 유리우를 멋대로 캐스팅한 것이다.

하이가미네 유리우를 상품으로 대하는 더러운 매니저.

하이가미네 유리우에게 접근하는 불쾌한 남자 배우.

하이가미네 유리우를 올바르게 촬영하는 방법을 전혀 모르는, 한물간 영화감독.

시라사기 쇼는 개머리 벨보이가 되어, 마음에 안 드는 주위의 조역을 먹고, 제거했다.

협박장에 있던 『필름을 돌려라』라는 말은, 어쩌면 자기 자신을 다그친 말이었을지도 모른다.

"20년 전, 그는 개머리 벨보이에게 가족을 차례로 잃은 밤에 뭔가가 망가졌던 걸지도 모르겠군. 유일하게 목숨은 건졌지만, 어느샌가 그 망가진 부분에 짐승이 터를 잡은 거야."

호텔에서 사정 청취에서 간신히 해방된 나는 방에서 짐을 꾸리고 있었다.

이미 체크아웃을 위해 짐을 다 꾸린 리리테아는 문 앞에서 똑바른 자세로 서서 나를 기다리고 있었다.

"과거의 트라우마, 스스로 두려워하는 대상 그 자체가 되려고 했던 거군요."

어둠이 무섭다면 어둠이 되면 된다. 짐승이 무섭다면 짐승이 되면 된다.

"그대로 어른이 된 그가 일방적으로 의존했던 것이 유리우였던 거야."

유리우에 대한 시라사기 쇼의 이상한 집착. 당연히 경찰은 거기에 대해 유리우에게 사정을 물었다.

시라사기 쇼와의 개인적인 관계, 혹은 과거에 그의 욕망에 불을 붙이는 발단이 될 만한 특별한 이벤트가 있었냐고.

하지만 그 말에 유리우는 그저 불안한 표정으로 이렇게 대답했을 뿐이었다.

"아뇨. 데뷔 후의 첫 일 때였던가……. 예전에 다른 현장에서 한 번 얼굴을 마주친 적은 있었을지 모르지만, 그 사람이랑은 한 번도 이야기한 적…… 없어요."

이벤트 따윈 하나도 없었다. 유리우에게는 이유도 짐작 가는 바도 전혀 없었다.

그래도 시라사기 쇼는 망상 속에, 공허한 마음속에 이상적인 여자를 키우고 있었다.

그 집착이 과도하게 커지고, 부풀고, 터졌다.

"뭐, 본인에게 들은 것도 아니니까 죄다 내 망상이지만."

"범인은 붙잡혔습니다. 앞으로의 조사는 탐정의 영역에서 벗어납니다."

"그렇지. 이번에는 이걸로 잘된 걸로 칠까."

"안 됩니다."

"어?!"

뜻하지 않은 일에 반론이 돌아와서, 짐을 꾸리던 내 손길이 멈췄다.

리리테아는 못마땅한 얼굴로 이쪽을 노려보고 있었다.

"왜 그래……?"

"있잖아, 전부터 말할까 했는데."

"뭐, 뭐야? 왠지 미묘하게 말투가 조잡한데."

"사쿠야는 자기 목숨을 조금 더 소중히 여겨야 해."

생각도 해보지 않은 말에 나는 눈을 껌뻑였다.

"목숨을……? 아, 그건 물론 무엇보다 중요하지. 알고 있어."

"하나도 모르고 있어. 보나 마나 이렇게 생각하겠지? 아, 또 죽었네. 하지만 됐어. 나중에 또 살아날 테니까, 라고."

"그런 식으로는 생각하지 않아. 죽는 건 정말 죽도록 힘들어."

"하지만 되살아나잖아."

"그건 그렇지만……. 저기, 경어는 없어?"

"입 다물어."

농담으로 대답했더니, 교묘히 다리를 걸어차이고 뒤로 떠밀렸다.

나는 간단히 침대에 쓰러졌다.

그런 내 몸에 리리테아가 올라타서 내려다보았다.

"어, 어이……. 리리테아? 화내지 마."

"되살아나지 못하면 어쩔 거야? 다음이 없을지도 모르잖아. 아니, 그게 보통이야. 목숨은 한 번뿐. 그게 진실이야. 그러니까 간단히 내던지지 마. 소비하지 마. 낭비하지 마."

"그건…… 지당하지만……."

"안 그러면 아무리 리리테아가 지키려고 해도 끝이 없어. 언젠가 지켜낼 수 없게 돼."

"리리테아……."

나를 내려다보는 리리테아의 표정은 조금도 화난 것 같지 않았다. 그저 일관되게 걱정하고, 안전을 생각하고, 그리고 조금

토라졌을 뿐.

"그런데 리리테아의 손으로 목을 치는 짓…… 시키고."

"미안! 그건 정말로 미안해!"

역시나. 냉동실에서 있었던 일로 아직도 화나신 것이다.

"알았어. 직업상 확약은 할 수 없지만, 목숨은 소중히 할게. 리리테아에게 폐를 끼치지 않기 위해서라도."

애초부터 목숨은 신중하게 다루는 편이다. 신호가 껌뻑이는 데 무시하고 길을 건너지도 않고, 하얀 선 안쪽까지 확실히 물러나고, 베개도 북쪽을 피해서 둔다.

"폐 같은 게…… 아니고."

리리테아는 내 얼굴 옆에 손을 놓더니, 똑바로 위에서 바라보았다. 그 섬세한 머리칼이 내 뺨을 간지럽혔다.

"있잖아, 사쿠야. 넌…… 몇 번이나 죽고…… 괴로워하면서, 왜 탐정을 그만두지 않아? 그 사무소를 계속하려는 거야? 죽는 게 싫다면 전부 잊어버리고 평범하게 살 수도 있을 텐데."

"거기가 우리 집이기 때문이야."

대답을 돌려주기까지 시간은 필요하지 않았다.

"어머니도 아버지도 언제 또 돌아오실지 모르잖아? 그런데 내가 거기를 버리면 모일 장소가 없어지잖아. 그러니까 지키는 거야. 가족에게는 돌아올 장소가 필요하니까."

리리테아는 내 대답을 천천히 곱씹듯이 눈을 가늘게 떴다.

"우리 집입니까. ……나한테는 이미 그런 장소가 없으니까 왠지 부러워."

"뭐? 무슨 소리야."

나는 황당한 심정으로 밑에서 그녀의 뺨을 두 손으로 감싸고 그 눈을 들여다보았다.

그리고 당연한 소리를 했다.

"거기는 이미 리리테아의 집이잖아."

"흐윽……."

작은 동물처럼 리리테아가 울었다.

"음? 그 반응은 뭐야?"

조금 더 감동적인 감사의 말을 들을 수 있을 줄 알았는데.

"당신은…… 언제나 그렇게, 비겁해."

리리테아가 이어서 두어 번 내 가슴을 때렸다.

"저기……. 스승님."

그때 갑자기 유리우의 목소리가 들렸다. 드러누운 채로 고개만 그쪽으로 돌리자, 입구에 그녀가 서 있었다. 왠지 어색하다고 할까, 뚱한 얼굴을 하고 있었다.

그 순간 리리테아는 멋지게 공중제비를 돌아서 내게서 떨어져, 침대 가장자리에 똑바로 앉았다.

와, 엄청난 몸놀림.

"저도 간신히 경찰한테 해방되어서~요. 이제부터 일단 집에 갈 거라서~요. 실례함다~."

"그, 그래? 조심해서 돌아가. ……하지만 왜 그래? 왜 그렇게 말이 어색해……? 유리우답지 않게."

"어~ 하지만 전 원래 이런 느낌인데요~? 스승님은 리리테아

씨와 알콩달콩하느라 바쁜 모양이니까~요. 이제 가볼게요~. 안녕히 계세요~."

"어? 어? 아니, 저기……."

언제부터 목격한 거지? 궁금하긴 하지만, 창피해서 물어볼 수가 없다.

그런 식으로 허둥대고 있었더니, 유리우가 확 웃음을 터뜨리며 평소 같은 미소를 떠올렸다.

"아햐햐! 농담이에요, 농담! 저기, 이번에는……이 아니라 이번에도, 네요. 에헤헤…… 또 도움을 받아버렸어요. 스승님은 역시 대단해요."

"도와줬다는 느낌이 별로 안 드는데. 하지만 유리우, 이제 그 스승님이라는 호칭은……."

"싫어요."

"어?"

"싫어요. 많은 일이 있었지만, 그래도 감독님은 영화를 끝까지 찍어서 완성할 마음이 아직 한가득 있어요. 다른 장소의 촬영도 아직 남아 있고요."

"토리호 씨도 집념이 강한 사람일세……. 뭐, 유리우를 위해서라도 폐기가 되지 않기를 빌게."

"예! 그러면 속편도 있을 수 있어요. 즉 저의 탐정 캐릭터 메이킹은 앞으로도 계속되는 거죠. 그러니까 스승님은 앞으로도 제 스승님입니다! 앞으로도 제자를 돌봐주세요! 멍멍!"

"마지막에는 왜 짖는데?!"

"예? 아까 실수로 멍이라고 했을 때, 스승님이 기뻐하는 것 같길래, 이걸 좋아하나? 싶어서요. 멍!"

"좋아한 적 없어! 그런 취미는 없어!"

멋대로 남을 변태로 만들지 마.

"그런가요~? 에헤헤."

"왜 그렇게 실실대는데?"

"역시 스승님이랑 있으면 재밌구나 싶어서."

유리우는 청춘이란 느낌으로 입술을 어물거리면서 재주 좋게 미소 지었다.

"그렇다면 이번엔 진짜로 먼저 갈게요. 아, 그렇지! 영화가 완성되면 초대할 테니까, 시사회에도 꼭 와주세요."

하고 싶은 말을 다 하고 유리우는 "다음에 또 봐요!"라는 말을 남기고 폭풍처럼 나갔다.

"그런 사건이 있었는데도 씩씩하네, 유리우는. 어디 보자."

나는 상반신을 좌우로 비틀어서 내 몸 상태를 확인했다. 좋다. 회복이 빨라서 좋다.

"리리테아. 우리도 집에 갈까."

"예. 사쿠야 님."

짐을 들고 방을 나섰다.

"돌아가면 바로 젖어서 못 쓰게 된 서류 정리부터 해야지. 침수됐으니까."

"그렇, 군요. ……그런데, 저기, 사쿠야, 그 물난리 말인데……. 사실은 리리테아가……."

"그렇지, 리리테아. 정리가 끝나고 좀 여유가 생기면 오랜만에 게임이라도 안 할래?"

"……게임?"

"어제는 결국 같이 못 했고. 인생전생 게임."

"……어흠. 사쿠야 님은 애군요. 어쩔 수 없으니 함께하겠습니다."

"안 질 거야."

"후후, 바보 같은 분."

내 우수한 조수는 조금 난처한 듯이, 하지만 최고의 미소를 지었다.

"응. 바보는 죽어도 못 고친다고 하니까."

에필로그

──어느 가십 기사──

시간당 100밀리를 넘는 호우가 쏟아진 ○월 X일, 요코하마 시 ○○구에 있는 호텔에서 비극이 일어났다. 관계자들의 정보에 따르면 당일은 극장 공개용 영화 촬영이 진행 중이었는데, 그 도중에 살인 사건이 일어났다고 한다. 범인은 사전에 관계자에게 협박장을 보냈고, 스스로 개머리 벨보이라고 칭했다고 하는데, 그 자리에 있던 형사에게 체포, 연행됐다. 범인은 이미 범행에 대해 자백했다.

하지만 사건은 여기서 끝나지 않았다.

경찰 관계자가 현장이 된 호텔의 각 방을 검증해 보니, 개머리 벨보이가 자백한 것과는 또 다른 세 구의 토막 시체가 발견된 것이다. 이 세 건에 대해 개머리 벨보이는 전혀 아는 바가 없다고 말했다. 그렇다면 대체 누가 그 호우 속에서, 개머리 벨보이 이외의 누가 그런 대담한 범행을 저질렀을까. 수수께끼는 현재도 밝혀지지 않았다.

이 무시무시한 사건이 여태까지 부자연스러울 정도로 보도되지 않은 것은 어떤 힘이 작용한 결과라고 생각할 수밖에 없다. 당시엔 영화 촬영의 속행이 위태롭게 보였다지만, 현재는 무사히 촬영을 마치고 편집 작업에 들어갔다고 한다. 사망자가 나오면서도 제작을 중단하지 않았던 것 또한 어떤 힘이 작용했던 탓이 아닐까.

——말소된 통화 기록——

『—— 여보세요~? 여어, 오늘도 씩씩하게 미쳤어? 아, 이쪽도 이런저런 일이 있었지. 어이쿠! ……아니, 아무것도 아니야. 지금 콘택트렌즈를 빼다가 떨어뜨릴 뻔했을 뿐이야.

그래서, 뭐였더라……. 아, 그래, 내 스승은 이번에도 엄청 활약했어. 그래, 오우츠키 타츠야의 아들. 어떤 녀석일까 싶어서 관찰하고 있는데, 제법 재미있어. 옆에서 보고 있으면 질리질 않아. 저번 쿠롱즈 호텔에서도 어떻게든 미친개를 붙잡았으니까. 미국 개척 시대의 카우보이 같아.

그렇긴 해도 아직 명탐정이라고 할 정도는 아니야. 이 Y 데린저 님이 조금 더 뇌세포를 풀어줘도 좋아.

응? 호텔의 개? 내가 조종한 거 아니냐고? 아니, 나는 아무 짓도 안 했어. 다만 이전에 딱 한 번 개의 귓가에……——……라고 속삭였을 뿐이야.

어라, 지금 전파가 좀 안 좋았나?

그리고…… 그래, 우레시바라도 여전하더라. 아, 녀석은 표면적으로는 카나시노라는 이름을 쓰고 있던가. 그래, 녀석도 그 호텔에서 묵고 있었어. 아니, 그건 우연. 나랑은 상관없어. 그쪽은 그쪽대로 하고 싶은 일을 마음껏 하고 있겠지. 주님은 어떤 때라도 직접 뒤처리를 하신다──란 소리.

……뭐야, 졸려? 무리하지 마. 따뜻하게 하고 푹 자. 응? 지금 그쪽은 대낮 아니었나? 너 생활 습관이 망가졌구나. 그보다, 타리타, 너도 슬슬 밖으로 나와 봐. 앞으로 오우츠키 사쿠야도 이 세계도 맛있게 무르익을 거야── 아니, 그런 걸 너한테 말할 필요는 없나.

뭐, 됐어, 슬슬 끊을게.

어? 스승 편을 너무 든다고? 내가? 아햐햐. 누가?

『그 말, 고대로 나비매듭을 묶어서 돌려줄게.』

작가 후기

추리 소설이라는 카테고리 안에서 도무지 범인이 짐작도 가지 않는 어려운 사건을 신속하고 편하게 해결하는 방법은 뭘지 생각했을 때, 제일 먼저 떠오른 것은……

"대체 당신은 누구에게 죽었습니까?"

살해된 본인에게 누가 범인인지 물어보는 방법이었습니다.
더 나아가서 생각하면, 그 살해된 피해자가 탐정 자신이라면 더욱 간단.
하지만 탐정이 죽은 상태면 이야기가 안 되죠. 그렇다면 매번 바로 죽지만, 그때마다 좀비처럼 몇 번이고 되살아나는, 그런 탐정만이 주인공일 수 있습니다——.

그렇게 이 작품은 여러 의미로 난폭한 발상이 계기가 되어 태어난 이야기입니다.
새로운 탐정의 모습을 떠올린다고 해도 더 세련된 아이디어가 있었을 것 같지만, 그때는 왠지 '금방 죽는 탐정'이라는 단어가 이상하게도 마음에 들었습니다.

 자, 추리 소설에서 누가 죽는지를 밝히는 것은 예의가 아닙니다만, 이번 작품에서 '탐정이 죽는다'는 스포일러에 해당하지 않습니다.
 애초에 당당히 타이틀로 삼았을 정도니까 여러분은 탐정이 죽을 때마다 '또 죽고 말았나요'라며 웃어주세요.
 일상을 잊는, 기분 좋은 미스터리를 전할 수 있었다면 좋겠습니다.

테니오하

또 죽고 말았나요, 탐정님 1

2024년 12월 20일 제1판 인쇄
2025년 01월 03일 제1판 발행

지음 테니오하
일러스트 리이츄

옮김 한신남

제작 · 편집 노블엔진 편집부

발행 데이즈엔터(주)
등록번호 제 2023-000035호
주소 07551 서울특별시 강서구 양천로 570 NH서울타워 19층
대표전화 02-2013-5665

ISBN 979-11-380-5585-7
ISBN 979-11-380-5584-0 (세트)

MATA KOROSARETESHIMATTANODESUNE, TANTEISAMA Vol.1
©teniwoha 2021
First published in Japan in 2021 by KADOKAWA CORPORATION, Tokyo.
Korean translation rights arranged with KADOKAWA CORPORATION, Tokyo.

이 책의 한국어판 저작권은 데이즈엔터(주)에 있습니다.
저작권법으로 한국 내에서 보호를 받는 저작물이므로 무단 전재와 무단 복제를 금합니다.

구매 시 파손된 도서는 구매처에서 교환하실 수 있습니다.
기타 불편사항, 문의사항이 있으신 독자님께서는 노블엔진 홈페이지
[http://novelengine.com] 에서 Q&A 게시판을 이용해 주시기 바랍니다.